最幸の人生に挑む

CHALLNGE
OF THE
HAPPIEST LIFE

KOKI KITA

北昊輝

リーブル出版

目次

第一章　温室育ち

第二章　新しい人生の始まり

第三章 「理想郷の創造」と「最幸の人生」に挑む
―最幸の人生の基準―

第四章　「理想郷の創造」と「最幸の人生」に挑む
—マグロ漁船で大海原へ—

第五章　家族とともに幸せに

第六章　再び「最幸の人生」に挑む

第八章　人生とは

第一章

温室育ち

京都にて

寮の一室での会話

京都市上京区烏丸鞍馬口入ル《からすまくらまぐち》　ここに予備校の寮がある。

三帖《さんじょう》一室で、小さな窓がひとつ。ベットと机を置き、そこにわが身が入ると息苦しいほどである。そこで、学生風の五人が、「政治や人生に」ついて、熱い討論を延々《えんえん》と続けている……。

昭和四十五年四月、予備校生として、京都の地に立つ。住まいは、予備校の寮。蜂《はち》の巣のような、五階建ての鉄筋コンクリート造りの一室である。

京都は、小学校の修学旅行で訪れており、歴史の造詣《ぞうけい》が深い神社や仏閣、独特の京都弁が脳裏《のうり》に深く刻《きざ》まれている。しかし、学生運動のメッカ（ある分野の中心地や発祥の地）であることは、その時まで、全く知らないでいた。

現役から浪人へ

現役時代は、和歌山県立新宮高校の理系進学クラスに属し、志望は、漠然《ばくぜん》と、時代の花形であるコンピューター関係。大学は、豪快な生き方をした坂本龍馬に憧《あこが》れて、高知大学理学部一校のみを受験した。

が、「桜散《さくら》る」。

即座に、浪人《ろうにん》することに決める。当時は、「一浪《いちろう》」することを「ひとなみ（一浪）」とも言い、何の抵抗もなかった。

予備校入校時の運命の悪戯

昭和四十五年三月下旬。

和歌山県太地町から三名、京都市内の同じ予備校への入校と入寮を目指《めざ》して上京する。

一人は、中学時代、野球部の同僚で、高校では同じクラスの森上君。もう一人は、高校は違ったが、無二《むに》の親友の本田君。当時の予備校入校は、試験はなくて、本人直接の申し込み順で決定する。

三人は、受付日前日に、一緒に同じ列車に乗り、郷里《きょうり》を出発したが、

一　森上君は、兄のいる和歌山市に宿泊。

二　本田君と私は、本田君の兄が住んでいる大阪府寝屋川市のアパートに宿泊する。

和歌山市から京都の予備校まで、所要時間は二時間三十分。寝屋川市から、四十分。この時間の差が、われわれ三名の運命《うんめい》を左右することになるとは、誰も夢にも思わなかった。

当日の受付は、午前九時からである。

本田君と私は、京都の予備校への道のりは、初めてだったので、二人で相談して、遅れてはいけないとのことで、早めに出発し、午前八時前に着く。驚いたことに、既に長蛇《ちょうだ》の列で、急ぎ最後尾に並ぶ。その後も、列はどんどん伸びる。

森上君が兄と一緒に到着したのが、申込み時間五分前の八時五十五分、既に定員をはるかにオーバーした列の長さとなっていた。しかも、並ぶ順番には、厳《きび》しいチェックが入り、割り込みは不可能の状態にある。その長い列と、そのなかにすでに並ぶわれわれ二人の姿を見つけたときの森上君の顔が、複雑懐疑《ふくざつかいぎ》で、いまだに忘れることができない。

結局、本田君と私は、希望の予備校に入校し、森上君は、叶《かな》わず、その日のうちに別の予備校入校を決めた。

前日に、同じ予備校入校と入寮を目指して、同じ列車で、郷里《きょうり》を出た三名が、森上君は、別の予備校に入校し、急遽《きゅうきょ》探した下宿から通学。本田君と私は、希望の予備校に入校したが、本田君は、兄のアパートから通学可能とのことで、兄と同居。私は、一人で、予備校の寮に入るという、三者三様の離れ離れの生活が、京都の地で始まることになった。

これまでは、常に友達と仲良しの生活を送ってきた。

浪人生活という過酷《かこく》な戦場に、友と支えあいながら立ち向かうはずであったが、逆に、その孤独性《こどくせい》を極限《きょくげん》に深めたなかで、地獄《じごく》の受験勉強に取り組まなくてはならないという運命の悪戯《いたずら》が始まった。

浪人時代 I

地獄の受験勉強

静寂《せいじゃく》な真夜中、机上のスタンドの明かりのみが煌々《こうこう》と輝いている。時計を見ると、もう、夜中の一時をまわろうとしている。眠気が猛烈《もうれつ》に襲《おそ》ってくるが、机上の数学の微分法《びぶんほう》の数式を必死に追っている。

午前二時就寝《しゅうしん》。

午前六時起床《きしょう》。八時までの二時間、寮にて予習。コーヒーと食パンで、軽く朝食を摂《と》り、寮から予備校まで、徒歩五分。

午前八時半に授業開始。

学食での昼食を挿《はさ》み、午後六時まで、授業がびっしり続く。授業のコースは、国立理系。本田君は、私立の理系コースのため、予備校で、めったに会うことはない。

夕食は、予備校から帰寮途中にある安食堂で済《す》まして帰る。食べすぎは、勉強には、大敵である。帰寮後、お風呂は、二日に一回。あとは、夜中の二時まで、インスタント焼きそばの夜食を挿《はさ》み、受験勉強が続く。

「四当五落《しとうごらく》」。当時流行《はや》った言葉である。

睡眠時間を四時間以内に縮めて、勉学に勤《いそ》しめば、志望大学に合格できる。逆に、五時間以上も惰眠《だみん》をむさぼると、志望校に合格できず、落ちてしまうという意味である。

一日二十四時間、四時間の睡眠時間を除くと、二十時間の勉強。しかも、予備校と寮の往復の、地獄のような勉強漬けの毎日が、三か月間続いた。しかし、正直そのとき、そのような生活に何の疑問も不満も持たなかった。

京都市内散策

七月になると、少し余裕も出てきたのか、休日になると、気分転換もかねて、京都市内を散策《さんさく》するようになる。金閣寺《きんかくじ》は、修学旅行で見学しており、今回は、東山《ひがしやま》の銀閣寺《ぎんかくじ》を、レンタル自転車で訪れる。

寮から、二十分程度で着く。路面電車を使うと、倍以上の時間とお金がかかる。その意味でも、京都市内を観光・散策する場合は、今でも、レンタル自転車が一番便利で安価で、お薦《すす》めである。

銀閣寺《ぎんかくじ》は，「侘《わ》び寂《さ》びの世界」を追求しており、金箔《きんぱく》で彩《いろど》られた艶《あで》やかな金閣寺《きんかくじ》とは、正反対である。侘び寂びの世界と東山の風情《ふぜい》が重なり、地味だが、心から落ち着ける空間が生まれ、時の経《た》つのも忘れて、佇《たたず》んでいた。

祇園祭から故郷の夏祭りを回想

故郷を出て、生まれて初めて「孤独《こどく》」という言葉を知る。
今までは、周りに家族がいて、絶えず友がいる。しかし、今は、予備校でも、寮でも、「一人ぼっち」である。只《ただ》、浪人時代は、徒《いたずら》に、友達はつくらない方がよいとも考えていた。今は、勉学に集中すべき時である。一番過酷《かこく》といわれる浪人生活が、四カ月目に入る。

七月中旬には、京都三大祭のひとつである「祇園祭《ぎおんまつり》」が盛大に行われる。「動く美術館」と呼ばれる豪華絢爛《ごうかけんらん》な山鉾《やまほこ》三十二基の祭列《さいれつ》が、夏の都大路を彩《いろど》る。折角だから、勉強の合間をみて、見学に行くことにする。

四条河原町通りに着く。

いつもは、車と路面電車で渋滞している四条通りが、十数万人という見学の人々で溢《あふ》れている。そのなかを、コンチキチン、コンチキチンと祇園ばやしの鉦《かね》の音を鳴らしながら、天に届くような高さの華麗《かれい》な鉾《ほこ》が、四条河原町の交差点を「辻回《つじまわ》し」する様は、まことに圧巻である。興奮でたたずみ、目を閉じると鉦《かね》の音《ね》が次第に遠くなり、故郷《ふるさと》の夏祭りの光景と、瞼《まぶた》のなかで、溶《と》け合う。

厳しい、苦しい受験勉強の辛《つら》さが、一時の望郷へとつながり、故郷への懐《なつ》かしい思いと祇園祭の鉦の音が激しく、目まぐるしく、頭のなかで交錯《こうさく》した。

故郷

私の故郷《ふるさと》は、和歌山県東牟婁郡太地町《ひがしむろうぐんたいじちょう》である。車で、西に三十分走ると、本州最南端の潮岬《しおのみさき》があり、東に二十分走ると、県内で白浜温泉と人気を二分する勝浦《かつうら》温泉がある。

また、勝浦港は、遠洋マグロ漁船の基地でもあり、多くのマグロが水揚げされ、新鮮なマグロ料理が有名である。隣接《りんせつ》する那智山《なちさん》には、日本一の那智の滝があり、熊野古道の最終地である那智大社や西国三十三か所の一番札所である青岸渡寺《せいがんとじ》がある。

太地町を含めたこの地域は、吉野熊野国定公園に指定されており、風光明媚《ふうこうめいび》な海岸線を有し、大変、自然に恵まれている。

そして、わが太地町は、「鯨《くじら》」で有名である。

日本捕鯨発祥《はっしょう》の地といわれ、鎌倉時代から、江戸時代にかけて、太地浦の捕鯨《ほげい》は、最盛期を迎え、太地浦は、大いに繁栄《はんえい》した。

江戸時代末から明治にかけて、外国の捕鯨船が、日本近海の鯨を獲り漁《あさ》ったため、太地浦の捕鯨は衰退《すいたい》の道を辿《たど》った。しかし、その歴史と伝統は、生き続けて、今は、「鯨の町・太地」という、一観光地となり、その名を馳《は》せている。

夏祭り

故郷《ふるさと》では、お盆に、鯨祭《くじらまつ》りや柱祭《はしらまつ》り、そして、花火大会や盆踊りが盛大に行われる。

「ヨイヤーのセイヤー」の掛《か》け声のもとに、十数名が乗った勢子舟《せこぶね》や網舟《あみぶね》他が何艘《なんそう》も一斉に、天然の造形《ぞうけい》を成す太地湾に漕《こ》ぎ出す。

「ドドン　ドンドン」舟上では、勇壮《ゆうそう》な太鼓が打ち鳴らされ、湾内に浮かんだ大きな鯨（複製品）を目指して、舟を漕《こ》ぐ。

最初に、網舟《あみぶね》が鯨を囲んで網を張り、鯨を追い込む。

そして、一番勢子舟《せこぶね》（一番先に鯨に銛《もり》を討つ舟）の舳先《へさき》に立ち、赤い褌姿《ふんどしすがた》で、筋骨隆々《きんこつりゅうりゅう》の逞《たくま》しい青年が、大きな銛《もり》を振り上げ、鯨をめがけておもいっきり投げ射ると、湾内を囲む観衆から、大きな歓声《かんせい》が起こる。

捕獲した鯨は、これも十数名が乗る二艘《にそう》の運搬舟《うんぱんせん》が、左右から舟に縛《しば》りつけて、岸を目指して漕《こ》ぐ。他の勢子舟《せこぶね》や網舟《あみぶね》は、そのまわりを囲んで、「クジラだよ〜クジラだよ　クジラのターイージー（太地）♫」の鯨音頭《くじらおんど》を全員で合唱し、その声が、太鼓の音とともに、湾内にこだまする。

本番さながらの祭りである。この勇壮《ゆうそう》な唄や掛け声が、脳裏に鮮明に蘇《よみがえ》り、勉強で疲れ果てた精神と体を癒《い》やしてくれた。

温室育ち

幼少の頃

秋の祭りでは、七歳の時、子供用の神輿《みこし》を担《かつ》いで、町中を練《ね》り歩く、懐《なつ》かしい写真がある。顔に、白いおしろいをぬり、黒い墨《すみ》で眉毛《まゆげ》を描き、鉢巻《はちまき》をして、背中に「祭《まつり》」の字が入った法被《はっぴ》を着た写真である。

神輿《みこし》は、飛鳥《あすか》神社を出て、漁業協同組合の建物の横をすり抜け、太地湾沿いに、実家のある大東《おおひがし》地区に入り、それから、ほぼ、町内を一周して、漁業協同組合の前に戻り、そこから海に入る。神輿《みこし》も、担ぎ手もみんなびしょ濡《ぬ》れになり、海の恵みを体一杯に授《さず》かって、陸に上がり、飛鳥《あすか》神社に、神輿《みこし》を奉納《ほうのう》する。子供神輿《みこし》は、浅瀬に入るだけだが、大人神輿《みこし》は、海をしばらく泳ぐ。

自宅のある大東地区をとおった時、おしろいで創《つく》った顔は、見分けがつかないはずだか、「昊《こう》ちゃん（私のこと）かわいい　がんばれー」と、近所のおばちゃんたちが声をかけてくれたときは、子供心にも、本当にうれしかった。

中学校入学

中学校の入学式の一週間前のことである。

中学校の先生が、わが家を訪れ、両親と会話をしている声が漏《も》れてくる。

「息子さんに、入学式の……をお願いしたい」

「うちの息子はとても……は無理です。ほかの誰々さんでは……」

いろいろ会話のやりとりがあってのち、先生の強い押しの姿勢に屈服《くっぷく》し、両親は、やむを得ず了解した模様《もよう》で、私が呼ばれる。

先生から、「今年の入学式の新入生代表謝辞《しゃじ》を君にお願いしたい」と言われ、一瞬、頭のなかが真っ白になる。小学校六年生の成績は、悪くもないが、最優秀ではなく、中の上ぐらいだったので、そんな話が来るとは、夢にも思っていない。

一瞬の沈黙のあと、「僕でなく、誰々さんのほうが相応《ふさわ》しいのでは」と両親と同じ返事をしていた。しかし、その後も、先生の押しが強く、あっけなく寄り切られる。

新入生代表謝辞という栄誉《えいよ》を受けたことを半分誇《ほこ》らしく、半分は、俺でよいのか、俺にできるのか、という不安が頭のなかで交錯《こうさく》し、眠れない日が続き、入学式当日を迎える。

心配していたが、落ち着いて、うまく謝辞を務《つと》めることができた。

その先生が、式後近づいてきて、「なかなか良かったよ」と言って、肩を叩《たた》いてくれたときは、本当に嬉しかった。

しかし、その後に、「さすが誰々さんの弟さんだ」と言われた言葉は、未《いま》だに、脳裏《のうり》に深く焼きついている。私が、新入生代表に選ばれた疑問は、その一言で、解消《かいしょう》された。それは、「姉の存在」故であった。

姉との比較

わが家は、父と母と姉と私の四人家族である。

姉は、私より一歳年上で、干支《えと》は、寅年《とらどし》。頑張り屋で、何事にも一生懸命《いっしょうけんめい》で、母から言われるまでもなく、机に向かい、勉学に励んでいた。小学校から中学校まで、成績は、すべてオール五である。

私はというと、干支《えと》は、兎年《うさぎどし》で、一瞬ダッシュはするが、あとは遊んでばかり。母から、顔を見たら「勉強しろ、勉強しろ」と言われ続けていた。

中学時代は、家での勉強は、殆《ほとん》どしない。姉との比較に、反発してではない。部活で、野球部に入っていたからである。私の中学時代は、野球部の部活が、大勢を占《し》めていた。

英語のテスト

特に、英語は、全く勉強しない。友との何気《なにげ》ない会話で、「俺は日本人だ。英語なんて勉強する必要はない。日本語だけ話せれば十分だ」と言ってしまったため、英語の勉強は、授業を受ける以外は、全くしなかった。

これが、後々の自分に、大きな影響《えいきょう》を及ぼすことになることを、その時は、まだわからずにいた。

二年生の二学期の英語のテストで、悪い点数を取ったときがある。英語の先生に呼ばれて、説教《せっきょう》を受ける。そのときも、最後の言葉は、「お姉さんは優秀《ゆうしゅう》なのに……」で終わる。悔《くや》しさがこみ上げてきた。

三学期の英語のテストは、人並みに勉強する。中学生までの私が、人並みに勉強したということは、大変な驚きである。その結果、三学期の英語のテストは、学年で、最高点をとることができた。

また、英語の先生に呼ばれる。

「よく頑張った。やればできるじゃないか」と笑顔で褒《ほ》められたが、あまり嬉《うれ》しくはない。いうに及ばず、頑張ったのはその一回だけで、あとは、先生に呼ばれない程度に、英語の点数は、平均点を前後する。

その後、英語の先生から、呼ばれることも、叱《しか》られることもなかった。

野球部

中学校に入学したら、部活《ぶかつ》は、野球部と決めていた。

実家の隣に住む、二歳年上の春樹先輩が、野球部で活躍《かつやく》していたし、三歳年上の福島先輩は、卒業後、ＰＬ学園に入学して、活躍しているのをみて、単純に、かっこいいと思ったからである。後日、福島先輩は、ＰＬ学園から、プロ野球の大洋ホェールズに入団し、正捕手として、長年活躍した。故郷の英雄《えいゆう》である。

入学後すぐに、野球部に入部届を出して、念願の野球部員となることができた。

新入生は、十人入部する。レギュラー陣の練習がはじまると、先輩たちは、本番さながらの、真剣な顔になり、俊敏《しゅんびん》に、力強く動き回る姿をみて、本当にかっこいいと思った。

夏の郡大会が終わると、部活は、二年生と一年生の新チームとなる。

二年生部員は、少なく、五名である。新チームのレギュラーが監督から発表される。一年生から四人抜擢《ばってき》され、私は、六番ファーストと指名される。心が武者震《むしゃぶる》いを起こしているのがよく分かった。

翌年春になり、一年生の新入部員が数名入り、やっと先輩と呼ばれる立場になった。この年の夏の郡大会は、全員一丸となって臨《のぞ》んだが、戦力低下は否《いな》めず、二回戦で敗退した。

新チームは、二年生中心のチームとなる。

監督から、レギュラーが発表されて、私は、三番ファーストと指名されたのちに、今年は、ピッチャーもやってもらうと言われ、練習メニューを渡された。

まさか私がピッチャーなんて、予想もしていなかったのでびっくりしたが、あとで確認すると、エースは右腕だったため、左腕のピッチャーも育成して、二枚看板で、郡《ぐん》の大会に臨《のぞ》みたいとのことである。

今年のチーム構成上、郡大会優勝を目指しての布石《ふせき》であったようだ。私は、背丈《せたけ》も学年で二番目の高さで、左投げであったから、指名されたとのことである。


その日から、練習メニューに、長距離ランニングが追加された。

ピッチングの安定は、強靭《きょうじん》な足腰にある。ランニングは、その足腰を鍛《きた》えるために最適である。学校のある燈明崎《とうみょうざき》から、風光明媚《ふうこうめいび》な梶取崎《かじとりざき》を往復する総距離五キロのコースを毎日ひた走った。

それから、ブルペンでピッチング練習をして、レギュラーバッティング、ノック、最後にグランド五周をみんなで走り、一日の練習が終わる。結構ハードで大変であったが、遣《や》り甲斐《がい》がある。後は、下校で、自宅まで、徒歩三十分歩く。もうくたくたである。


家に辿《たど》り着くと、おなかもペコペコで、目の前の夕食にかぶりつき、風呂に入って、「バタンキュー」。すぐ就寝《しゅうしん》という毎日の繰り返しである。

そして、とにかくよく食べた。好物のマグロの寿司は、三十巻ペロリ（自家製なのでお寿司屋さんのそれよりひと回り大きい）、釜揚げ醤油かけうどんは、十玉ぺろりと平《たい》らげる。このような毎日であるため、家で勉強するという言葉は、頭の片隅《かたすみ》にもない。

夏の郡大会が、始まる。

今年のチームは、練習試合も積極的に熟《こな》し、優勝候補に挙《あ》げられている。

一・二回戦は、順当に勝ち、三回戦、クジ運が悪く、優勝候補同士の激突《げきとつ》となった。緊迫《きんぱく》したいい試合だったが、紙一重で、惜敗《せきはい》し、みんなで涙して、予想より早く姿を消すことになったのは残念である。今年の郡大会の優勝校は、わがチームが惜敗《せきはい》した相手チームであり、三回戦での激突が、事実上の決勝戦といわれた。

夏の大会も終わり、高校入試にむけての準備をする時期がきたが、模擬《もぎ》テストでは、志望校の合格ラインに、十分達していたので、特に勉強するつもりはなかった。

あわび獲《と》り、つきんぼう

新チームの練習をよく見に行った。

また、ピッチャーを指名されてからは、肩を冷やしてはいけないとのことで、禁止されていた水泳に夢中になる。

特に、中学校の近くの磯《いそ》は、魚やあわびの宝庫で、毎日、海中メガネとつきんぼう（先に鉄製の突き貝が付いた、魚を突く二米《メートル》ほどの竹の棒）、そして、あわび入れ（腰にしばる縄の目状になった袋）を持って、友達と磯潜《いそもぐ》りに行く。

太平洋の海は、よく透《す》きとおっていて、二〜三メートルの海底まで、綺麗《きれい》に見通すことができる。素潜《すもぐ》りの時間は、一分程度。水深、三メートルを超すと、海水が冷たくなり、耳がキーンと鳴って、痛くなる。魚は、海底二〜三メートルの岩場の陰に多くみられる。

素潜りで三十秒程潜《もぐ》り、岩場の穴を覗《のぞ》くと、ウツボ（海の蛇といわれている魚）と目があう。手に持ったつきんぼうで、ウツボを狙い、ゴムを引いて討《う》つ。

命中《めいちゅう》。

ウツボは暴れたが、そこは人間のほうが力は強い。つきんぼうに刺《さ》さったまま、海面まで持ち上げると、八十センチぐらいの大物《おおもの》である。陸に上がり、あわび袋に入れて、意気揚々《いきようよう》と持ち帰る。翌日のわが家の味噌汁の具《ぐ》となり、なかなか美味《びみ》であった。

このように、私の中学時代は、野球部の部活に明け暮れ、恵まれた自然と共存する素晴らしい「青春《せいしゅん》」であった。

高校時代

新宮高校へ

翌四月、志望《しぼう》する高校に入学する。

新宮市にある県立新宮高校《しんぐうこうこう》である。新宮高校には、新宮市内の中学校はもちろん東牟婁郡《ひがしむろうぐん》下の各中学校、隣県三重県南部の中学校などから生徒が集まってきている。

通学は、自宅から太地駅まで、自転車で（雨の日は、バスを利用）。太地駅から新宮駅まで国鉄の蒸気《じょうき》機関車で。新宮駅から高校まで、徒歩。合計、片道一時間四十分の道のりである。往復三時間二十分かけての通学となる。


新一年生は、普通科だけで、九クラス、三百六十人いて、その第六組に入る。

中学時代、勉強はほとんどしていなかったが、高校に入るとそうはいかないことを自覚している。とはいえ、汽車に乗って、すまして勉強というタイプではない。通学は、友達とおしゃべりなどして、楽しく過ごす。通学で往復《おうふく》三時間二十分かかることから、勉強時間は十分に取れなかったが、それでもできるだけ勉強するようにした。

二学年から理系進学コースへ

一年間頑張った結果、二学年からの進路分けクラスで、一学年ひとクラスだけの国立理科系コース第九組（各クラスで、成績上位五番以内のものしか入れない）に入ることができる。

二学年、三学年の担任の先生は、持ち上がりで、非常に厳《きび》しい先生である。「勉強とスポーツは、両立しない」との考えを持っており、クラスで運動部に在籍していた生徒は、全員辞《や》めさせられる。一～二名反発《はんぱつ》していたが、時間の問題であった。

しかし、クラスの何名かは、担任《たんにん》に内緒で、ほかのクラスの生徒とサッカーチームをつくり、時間の合間を見ては、体を動かし、汗を流し、楽しんでいる。そのなかに、私がいたのは、言うまでもない。

第九組は、総勢四十二名、内訳《うちわけ》は、男子三十六名、女子六名である。テストのたび、成績が貼《は》りだされ、クラス内の競争も激しい。そのなかで、得意科目を持つことが大切であると気付く。

数学と日本史、この二科目は、誰にも負けないよう頑張る。数学が得意なライバルはたくさんおり、上位グループは維持したものの、誰にも負けない成績を残すことは難《むつか》しかったが、日本史はクラスで、いつもトップをとることができた。

しかし、大きな弱点が見つかる。英語である。

中学時代、英語の勉強を全《まった》くしてこなかったことである。英語の成績は、クラスで下位を低迷《ていめい》。しかも、担任の先生が、英語の先生であったから、たまらない。授業中、何回叱《しか》られたことか。頑張って勉強もしたが、基礎ができていないため、成績は、低迷を続ける。大学入試でも、これが最大の弱点となった。

冒頭の「京都にて」で触れたように、大学入試は、国立高知大学理学部、一校のみを受験して、「桜散り」、浪人《ろうにん》を決意。京都の予備校に入り、受験勉強を続けた。

このように、故郷《ふるさと》での十八年間は、何不自由なく、伸び伸びと育った、『温室育ち』である。

それは、親の造《つく》りあげた『幸せ』に守られ、何の苦労も知らずに、時代が敷いたレールを駆《か》け抜けた人生でもあった。

第二章

新しい人生の始まり

浪人時代Ⅱ

浪人生活に入り、半年が経とうとしている。

「四当五落《しとうごらく》」の精神にもとづき、日々全力投球を続ける。

深夜、ドアを叩く音

ある日の深夜十一時頃、寮の部屋のドアを叩《たた》く者がいる。

「どうぞ、開いてますよ」というと、

「失礼します」と行儀《ぎょうぎ》良い返事をして、二人の男性が入ってくる。

一人は、予備校でも、何度か顔を合わせたことのある寮生。もう一人は、見たこともない、学生風の男である。一緒に来た寮生は、私に安心感を与えるために、同行した模様である。

初めて会う、学生風の男が、短刀直入《たんとうちょくにゅう》に切り出した。

「勉強中のところ、お邪魔《じゃま》して申し訳ない。頭を休める意味で、少し、お話しをしたい」

私も、気分転換がしたいと思っていたところなので、「どうぞ」と言ってしまう。

突然、質問が飛んできた。

「あなたは、何のために勉強しているのですか」

咄嗟《とっさ》に、次のように答える。

「一流の大学に入って、一流の会社に就職するためです。これから花形の、コンピューター関係を目指しています」

「あなたは、それでいいんですか」

「……」

「あなただけがよければ、それでいいんですか」

しばらく、言葉の意味が分からないでいる。


少し沈黙のあと、再び、学生風の男が喋《しゃべ》り出す。

「今、日本国内では、労働者が、不当な差別を受け、多くの人々が苦しんでいます。世界では、意味のない戦争が続けられ、罪もない多くの子供や女性が、毎日のように亡くなっています。このような現実を、あなたはどう思っているんですか」

「あなた一人だけがよければ、それでよいのですか。あなたの周りに、困り苦しんでいる人々がたくさんいるのに、その人たちのために、あなたは何もしないのですか」


何も答えられない。今まで、考えたこともない。

私は、幸せだから、世のなかの周りの人々も、みんな幸せなんだろうと思っていた。瞬時に、これまでの私は、温室のなかで、ぬくぬく育ってきた、甘〜い人間であることに気づかされる。

沈黙を続ける私を見て、学生風の男は、

「よく考えてほしい。また、来ますから」と言って、部屋（二人で）を出ていった。

頭のなかを、猛烈《もうれつ》な台風が、暴れまわって、駆《か》け抜けていったような感じである。

そして、その夜、「あなた一人だけがよければ、それでよいのですか」という言葉が、頭のなかで、山彦《やまびこ》のように共鳴《きょうめい》し続けた。


翌日、久しぶりに新聞を買って、読んでみる。

安保闘争の記事や、ベトナム戦争で、昨日も多くの人が、女性や子供が、亡くなっている記事が、鮮明な出来事として、瞼《まぶた》に飛び込んでくる。

「同じ人間なのに、どうして」。世のなかの不公平に苦しんでいる人々の姿が、堰《せき》を切った津波のように、頭のなかに押し寄せていた。また、同時に、「俺は一体何をしている。俺にできることは、何もないのか」、そう自問自答を繰り返す。


数日たって、例の二人がやってきた。

「先日は、失礼しました。よく、考えていただけましたでしょうか」

さも、私の心をのぞき込むかのように、尋《たず》ねる。私は、正直に答えた。

「先日、あなたの質問を受けてドキッとしました。そして、答える術《すべ》は持ち合わせていませんでした。というより、そのようなことは、考えたことがありませんでした。それでよいとは、思っていません。が、何をすべきか、考えが及びもつきません」

学生風の男は、わが意を得たりの顔で、次のように言う。

「人のために何ができるか、考えましょう。そして、同時に、そのために行動を起こすことが、もっと大切です」

　矢継ぎ早に、次の言葉を続ける。

「一週間後に、同じような志《こころざし》を持つ人たちの決起集会が、円山《まるやま》公園で行われます。私の隣にいる足立君と是非一緒にお越しください。きっと何かが掴《つか》めるはずです」

　私は、いつの間にか、「分かりました」と応えていた。

円山公園での集会に参加

　一週間が、あっという間に過ぎた。

　足立君と二人で、路面電車を乗り継ぎ、東山《ひがしやま》の八坂《やさか》神社に隣接する円山《まるやま》公園に向かう。途中、足立君と話をしていると、どうも立場は、私と同じである。

　円山《まるやま》公園の入り口には、「安保反対」「世界に平和を」と書いた、大きな看板が立ててある。

　一歩、公園に足を踏み入れると、労働者風の人たちや、学生の人たちが、数万人近く集まっており、シュプレヒコール（デモや集会などで、参加者らが訴えやスローガンを繰り返し唱和《しょうわ》する）を繰り返している。

　学生風の男が、いつの間にか、二人の横に立っていた。そして、その集会の輪のなかに、二人を導《みちび》いていく。

何万人という、人々の熱気のなかで、いつの間にか、演説が始まり、区切りを迎えるごとに、大きな拍手と声援が沸《わ》きあがる。その大きなうねりと情熱は、肌に感じるものがある。最後に、隣の人と肩を組み、その繋《つな》がりが何万人にも広がり、全員で、「われわれは、頑張るぞ〜。世界に平和が訪れるまで頑張るぞ〜」と、シュプレヒコールを繰り返したときは、とても大きな地響《じひび》きとなり、本当に、これだけ多くの人が、困っている人々のために、頑張ろうとしている姿勢に、強い感銘《かんめい》を受ける。

その後、寮の私の部屋に、四〜五名の学生風の男たちが、毎夜《まいよ》訪れ、政治や人生についての熱い討論が、延々《えんえん》と続いていた。

何かを感じ始めて

学生的立場であるが、世の中を垣間見《かいまみ》る機会が増え、自分の将来について、真剣に考えることが多くなる。

と同時に、自分が今まで勉強してきたことは、『知識《ちしき》』の積み重ねにしか過ぎないこと。人間社会を正確に観察し、泳ぎ切る『知恵《ちえ》』の取得にいたっていなかったことをつくづく痛感《つうかん》する。

そして、これまで理系のコンピューター関係を目指してきたが、相手が機械では何の温《あたた》かみも感じないこと。他方、文系は、人が相手であり、このような素晴らしい人間味のある温《あたた》かい人たちが周りにたくさんいて、そのなかで、志《こころざし》を共有して進んでいく喜びを分かち合える道を、『自分の将来』として選択をしたくなった。

理系から文系への進路変更

正月、故郷《ふるさと》に帰り、父に自分の言葉で、進路変更をしたい旨《むね》の話を伝える。
一　自分の将来は、機械を相手にするよりも、人を相手にした職業に就《つ》きたいこと。そのためには、理系から文系に進路変更をしたいこと。
二　大学は、国立一本から、私立大学も踏《ふ》まえたなかで、受験したいこと。
自分の熱《あつ》い言葉で語ったからか、父は、無理難題《むりなんだい》にあっさりと快諾《かいだく》をしてくれた。


文系の学部の選択をどうするか。

浪人時代の勉強の方針は、現役時代から引き続いて、得意科目の数学と日本史のレベルアップと、弱点である英語の強化である。そして、もちろん入試科目全般のレベルアップである。

得意科目として、日本史の勉強を推し進めるなかで、ただ年号や事例の羅列《られつ》だけでなく、その背後にある様々な事象《じしょう》が、見えてきつつあった。

歴史は、歴史学だけではない。

そこには、経済学や社会学や人の生き様（哲学）など、様々な学問が含まれている。

『歴史は、人の生き方を教えてくれる』。そう思うようになっていた。

史学部《しがくぶ》にしよう。そして、自分が得意な日本史学科を専攻《せんこう》しよう。

大学入試に挑《いど》む

最初の私大の受験は、二月初めである。

年明けに、進路変更を決めてから、入試まで、あと一カ月しかない。この一カ月は、文系への変更対応を含めて、自分が選択した道に悔《く》いが残らないように、寝食《しんしょく》を惜しんで、入試勉強に没頭《ぼっとう》する。

受験大学は、関西学院大学文学部史学科を皮切りに、立命館大学史学部日本史学科、同志社大学、早稲田大学。私立の滑《すべ》り止めとして、名古屋の南山大学。最後に、国立大学は、広島大学文学部、計、六大学六学部で勝負する。

何《いず》れも、難易度《なんいど》の高い大学ばかりであり、自身のハードルを高く設定したのも事実である。浪人時代の模試の志望校は、すべて理系であり、それなりに合格%は出ていたが、文系で志望校を設定したことはなく、その合否は、全く未知数《みちすう》である。

試験日の前日、二月二日、関西学院大学を下見に行く。

阪急電車今津線の甲東園の駅を降りると、正面に高台が逼《せま》り、その坂を登りきると、景色は大きく広がる。そこから、まっすぐ伸びた道路の先に、大学の時計台が見え、時計台の細く尖《とが》った先端と、その先の甲山《かぶとやま》の頂上が一直線に、連《つら》なっている。

大学を建てるとき、道路も含め、上ヶ原の高台をそのようにレイアウト（デザインなどにおいて、何をどこにどのように配置・割り付けするか）したらしい。

見事である。

まっすぐの並木道を五百メートルほど歩き、校門を入ると、入り口右には、チャペル風の神学部の教会がある。さらに進むと、正面中央に、楕円形《だえんけい》で、一周三百メートルもあろうかという大きな芝生の広場がある。その右側に、文学部の校舎が。その左側に、経済学部の校舎が建っている。そして、芝生の奥には、大学の図書館である時計台が建っている。

ゆったりとした広い敷地内に建つ、ヨーロッパのバロック調（建築そのものだけではなく、彫刻や絵画を含めた様々な芸術活動によって空間を構成し、複雑さや多様性を示すことを特徴とする）の校舎は、大変気に入った。まるで、西洋の国に迷《まよ》い込んだみたいである。

そして、大学の裏手には、甲山が聳《そび》え、その横には、広大な仁川《にがわ》公園があり、その向こうには、自然の宝庫ともいえる六甲山系が連《つら》なっている。

京都市内にある同志社大学や立命館大学は、市街地《しがいち》にあり、狭い土地に、校舎が林立《りんりつ》して、息苦しさも感じる。それに比べると、関西学院大学は、広い上ヶ原の高台に、ゆったりと建っており、周りは、豊かな自然に囲まれている。

一瞬、故郷《ふるさと》の太地中学校とそのイメージが重なる。

入学したい。

ここで、学問に励みたい。

そう、強く思う。

やるだけのことはやった。絶対、ここに入学する。

そんな覚悟《かくご》で、翌日、関西学院大学文学部の入学試験の受験のために、西宮市上ヶ原の高台に建つキャンパスを訪れる。受験会場は、時計台の右斜め後ろに、新しく建てられた、社会学部の校舎である。

受験科目は、英語が必須《ひっす》で、二百点満点。あとは、選択科目が二科目で、各百点満点。合計、三科目で四百点満点、その得点数で、合否が決まる。英語のウェイトが高く、その出来、不出来で、合否が左右される構成になっている。

選択科目は、得意な数学と日本史を選ぶ。英語は、中学時代の出遅れが響《ひび》いており、かなり回復したとはいえ、平均点をとるのがやっとである。当然、数学と日本史に力が入る。

一年間の血のにじむような勉学の成果を、試験問題に、思いっきりぶつける。

結果。

【自己採点】
英語　二百点満点中　百二十八点
数学　百点満点中　満点（百点）
日本史　百点満点中　九十四点
〔合計〕　四百点満点中　三百二十二点

合格ラインは、二百八十点。

やった。合格《ごうかく》だ。


合否発表日はすぐにきた。

京都から、西宮市上ヶ原のキャンパスまで、発表を見に行く。


自信はある。

不安はない。


キャンパスの合格者番号掲示板の前に立ち、自分の受験番号を探《さが》す。

「あった」

自然にガッツポーズが出た。大学入試の心構えで、「全科目平均より上、よりも、得意科目を持つ方が、合格への近道である」。そう信じてやってきた。その答えが、ここに出た。よかった。

その考え方は、人生を生き抜くなかでも、大きな指針《ししん》になるかもしれない。

早速、京都女子大学の寮にいる姉と、田舎の父に、合格の連絡を入れる。双方ともに、おめでとうの合唱《がっしょう》で、是非とも入学したい第一志望の大学であり、両親、姉の目から見ても申し分のない大学であることから、一挙に、入学金を納める話まで進み、関西学院大学への入学を即決《そっけつ》する。

かくして、私の浪人生活は、一浪《いちろう》で、その幕を閉じる。

故郷で過ごした十八年間は、私にとって、社会の枠組みのなかで敷かれたレールを懸命《けんめい》に駆《か》け抜けてきた歳月《さいげつ》である。しかもその歳月は、両親の造《つく》り上げた『幸せ』に包まれて、何一つ不自由なく、何の苦労も知らない、『温室育ち』であった。

京都という地で、一年間、浪人時代を過ごしたことは、様々な大きな経験を積むことになり、『一人の人間として、自分の足で歩き始める礎《いしづえ》が、この一年で築《きず》かれた』ように思う。京都の地から、私の『新しい人生』が始まる。

大学に入学して

入学式

全国的に、学生運動が高揚《こうよう》している。

関西学院大学でも、学内闘争が起きて、治安の維持が困難になり、大学の入学式は、市内のホテルで、各学部別に行われる。

入学式の会場で驚いたことがある。文学部ということで、女性が多く、なんと全体の八〇％を占めている。しかも、関学の文学部の女性は、お嬢さんが多く、大変華《はな》やかであり、四年間、このなかで過ごすことに、一抹《いちまつ》の不安を覚える。

大学での生活

ホテルでの入学式も無事終了して、いよいよ大学生としての生活が始まる。

下宿は、大学の生活課の斡旋《あっせん》で、広いキャンパスの西隣にある一般家屋の敷地内に、別棟で建てられた下宿棟（四畳半の部屋が十八室ある）の一室を間借りすることになる。

入居者は、すべて関学生(先輩か同期生)である。浪人時代の三畳一室よりも一・五倍に広くなり、大変快適であったが、家具を入れると、すぐにこの部屋も手狭《てぜま》になる。

大学まで徒歩五分。立地条件も最適である。

朝食と昼食は、大学の学生食堂で市価の半値という安さで食し、夕食は、近くの小さな食堂の馴染《なじ》みとなり、ほとんどそこで、好物のオムライスを食べる。学費は、全額、実家の方から納入され、生活費は、別途、多くはないが、仕送りを受ける。贅沢《ぜいたく》さえしなければ、アルバイトをしなくても十分やっていける。

しかし、平穏《へいおん》な生活は、授業が始まって、十日と続かなかった。

学生運動へ傾注

浪人時代の宿題の一つが、早速やってくる。

ある日、下宿のドアを叩《たた》く者がいる。部屋に招き入れると、「京都の誰々さんから連絡を受けて、訪問させていただきました……」という。

京都の誰々さんとは、浪人時代、寮の一室を訪ねてきた学生風の男のことである。私の存在について、京都の学生運動の組織から、関学の学生運動の組織に、連絡が入ったということである。社交辞令《しゃこうじれい》であろうが、「将来有望なあなたの入学を祝うとともに、是非、一緒に、われわれの同志となり、困っている人々のために頑張ってほしい」と言う。彼は、関学の商学部の四回生で、関学の組織の委員長をしているとのことである。私は、その誘いに、「分かりました。頑張りますので、よろしくお願いします。色々ご指導ください」と積極的に応えていた。

翌日から忙しくなる。

早速、幹部二十名ほどの会合の場に呼ばれ、委員長から同志のみんなに紹介され、挨拶をする。昼間、学内でのビラ配りを行い、夜間には、数班に分かれて、学内に忍び込み、ステッカー貼《は》りをする。その時、過激派の組織と鉢合《はちあ》わせ、「どきっ」としたことがある。

また、先輩と一緒に、一般学生の下宿をまわり、同志を増やすために、一生懸命、その必要性を説いて回る。気が付くと、もう一人でもいろいろな人と話ができた。そして、いつの間にか、京都の学生風の男と同じことを言っていた。

「あなた一人だけが良ければ、それで良いのですか」

全国大会へ参加

東京で開催される全国大会に、関学の組織からも数名参加することになった。委員長はもちろんであるが、その数名のなかに、一回生《いっかいせい》の私も選ばれた。東京に行くのは、中学校の修学旅行と、浪人時代、早稲田大学を受験に行った時、そして、今回で三回目となる。過去二回の大都会東京のイメージは最悪である。「こんなところに、人が住めるのか」というほど、空は澱《よど》み、空気は息苦しい。

阪急電車で、神戸三ノ宮駅まで行き、そこから、東京行きの夜行バスに乗り込む。委員長と偶然、座席が隣同士になり、睡魔《すいま》に襲《おそ》われるまで、色々と話を聞かせてもらった。普段は、少し難《むつか》しい顔をして、近寄りがたい人であるが、打ち解《と》けて話をすると、人の好《よ》い、体育系の先輩という感じで、恋人がいることも話してくれる。最後に、「恋人がいることは、みんなに内緒に……」という言葉を付け加えてから、双方深い眠りについた。

翌朝、バスは、霞《かすみ》のかかった東京駅に、時刻通りに滑り込んだ。

そこから、電車を乗り継ぎ、集合場所である東京大学安田講堂前に、八時ごろ到着する。安田講堂は、学生運動家にとっての聖地《せいち》（学生運動の発祥の地）である。安田講堂は、三年前、全共《ぜんきょう》闘《とう》が占拠し、機動隊が学内に突入して、火炎瓶《かえんびん》や砂袋を投げ合う光景が、テレビで放映されていた場所である。その屋根の一部が崩《くず》れ、今も立ち入り禁止となっている。

十時の集合時間までは、まだ、余裕があったので、全員で近くの食堂にはいり、腹ごしらえをした。九時頃、再び集合場所に戻ると、全国各地より多くの人たちが参集して、会場は、溢《あふ》れるほどになっている。一つの旗印のもとに、全国各地からその代表として結集している人々の顔は、みんな光り輝《かがや》いている。

集会は、熱気で盛り上がり、予定の時間を一時間オーバーして、終了した。

それから、都内を、デモ行進する。

何班かに分かれたが、私は、その班の責任者に呼ばれ、デモ隊の先頭の右端《うたん》を担当するように指名される。道の左右には（特に、右側には）機動隊が配置され、デモ隊の行進が、指定の道路を外れないように、ほかの一般市民に迷惑《めいわく》がかからないように、目を光らせている。

私が指名されたデモ隊の先頭右端は、まさに、機動隊と一触即発《いっしょくそくはつ》のポジションである。機動隊の盾《たて》にぶつかる尖鋭隊《せんえいたい》のその尖鋭である。責任者が、わがデモ隊班を見渡して、体力と迫力《はくりょく》があり、機動隊とぶつかっても怯《ひる》まない人物を瞬時に判断して、指名した、ということである。

そのころ、テレビで、過激派《かげきは》のデモ隊と機動隊がぶつかるシーンがよく放映されており、デモ隊の先頭の何人かが、機動隊側に引き込まれ、棍棒《こんぼう》で叩《たた》かれ、逮捕される光景が放映されていた。そのシーンが頭をよぎる。しかし、ここで怯《ひる》んでは、全体の士気《しき》に影響する。

「はい、わかりました」と大きな声で返事をして、一列目の八人が持つ棒の右端を腹に力を入れて、しっかりと握った。

デモ隊は、一列八名で、五十列、四百名がひとつの班となる。

各列八名ずつ並び、後ろの人が、前の人の両肩をしっかり両手で掴《つか》む。前列が大きくうねると、後ろの方は、より大きくうねることにもなるので、先頭は、そんな注意をはらう必要がある。特に、デモが熱を帯びてくると、ついつい大きく膨《ふく》らんで、突進する傾向になる。何回か、機動隊の盾《たて》に接触したが、ぶつかり公務執行妨害《こうむしっこうぼうがい》で逮捕されるところまではいかず、無事、国会議事堂前に到着する。

一時間半ほどのデモ行進であったが、丸一日、歩き続けたかのような感じがした……。

国会議事堂前で、わが班、四百人全員で平和へのシュプレヒコールを行う。続々と後続のデモ隊が入ってくる。それを横目で眺《なが》めながら、班は、解散した。その夜の東京駅発の夜行バスで神戸に戻《もど》ったが、車中は、全員心地よく爆睡《ばくすい》の渦《うず》に包まれていたことは、いうまでもない。

東京行きを機《き》に、私は、学生運動にますます傾注《けいちゅう》していく。

そして、委員長は、何かと私の面倒を見てくれるようになった。

オートバイ購入

一回生の夏休みは、故郷に帰り、普通自動車の運転免許証取得のために、毎日、実家のある太地町から、片道一時間半かけて、新宮市内の自動車教習所に通う。普通、取得までに四十日強かかるところ、特別に頼み込んで、一日複数科目を受講し、三十日で取得する。

それからすぐに、列車で片道四時間かけて、県庁所在地の和歌山市まで行き、今度は、自動二輪車（オートバイ）の運転免許証の試験を、学校に通わずに直接試験を受ける「飛び入り」で受験し、合格する。飛び入りでの合格率は、極《きわ》めて低く、一発で合格できたのはラッキーである。飛び入りで受けると、普通三〜四回は落ちるのが常である。

運転免許証の取得は、予《かね》てより、父から勧められていた。

同時に、学生運動をする場合、バイクで移動するのが、一番効率的である。

夏休みが開けて、大学に戻り、早速、中古《ちゅうこ》の百二十五ccのバイクを購入する。バイクに慣れるため、六甲山系をツーリングする。

澄《す》んだ空気や風が、肌を駆け抜け、山々の深緑が映えて、誠に、快適であった。

組織の委員長から相談

年が明けて、四回生の委員長の卒業が近づいてきた。

関学の学生運動組織の運営のことで、委員長から、相談を受ける。

「私が卒業した後の組織の委員長をコーやん（私のこと）に指名したい」とのことである。

時期尚早《じきしょうそう》である。新四回生、新三回生の諸先輩たちがたくさんいて、新二回生の私が、そんな大役を引き受けることができる訳はない。
「ご指名は大変光栄《こうえい》であり、有り難いことですが、諸先輩たちがたくさんおられ、それでは組織が機能しません。申し訳ございませんが、謹《つつし》んで辞退申し上げたい」と丁寧《ていねい》に、お断りをした。

その時の私は、バリバリの活動家であった。

そして、委員長の卒業式が近づいたある日、私が、古いバイクに乗っているのを見かねて、委員長が乗っていたバイクを安く譲《ゆず》ってくれることになる。三百五十ccのホンダの逆輸入車である。ボディは、メタリックのブルーで、光沢《こうたく》があり、車高も高く、国産車にはない輝《かがや》きを放っており、まだ、新車と見間違えるほどである。
「私の後を、時が来たら継いでくれ」そう言われているようで、嬉しかった。高まる心を抑《おさ》えるため、日本海側まで、ツーリングして、頭を冷やした。

歴史から「人の生き方」を学ぶ Ⅰ

経済・哲学・社会体制の変遷を学ぶ

浪人時代からの宿題がもう一つある。

大学で、生きた学問を学ぶことである。
高校時代より、日本史を得意科目として、徹底的《てっていてき》に学ぶなかで、年号や事例だけでなく、その背景にある様々な事象《じしょう》が見えてくる。

歴史は、「人の生き方」を教えてくれる。

永い人類の歴史は、様々な時代の、様々な国の、様々な人々の生き様の集大成《しゅうたいせい》である。歴史を学ぶなかで、様々な人々の生き様を学び、自分の生き方の参考にしたいと、強く思う。
志望学部を文系に変更し、史学科《しがくか》を選考した理由が、そこにある。

マルクス・レーニンと近代経済学

入学してからは、学生運動に傾注《けいちゅう》すると同時に、生きた学問の習得《しゅうとく》に励む。
学生運動家の「バイブル（最も重要な書物）」は、マルクスとレーニンである。カール・マルクスの「資本論全八巻」、ウラジーミル・レーニンの「プロレタリア革命」を読破《どくは》する。

マルクス・レーニン主義の特徴を簡潔《かんけつ》に表現すると
一　人類の歴史を、科学的に、社会体制の発展過程として捉《とら》えたこと
二　資本主義社会で、多数を占《し》めるプロレタリア層の独立を試《こころ》みたこと
※プロレタリア層とは……生産手段を持たず、自己の労働力を資本家に売って生活する賃金労働者。

である。

学生活動家は、帝国主義国《ていこくしゅぎこく》・アメリカによる強引な各国への干渉（安保条約やベトナム戦争など）に反対。そして、一握りの資本家が、大多数を占める労働者（プロレタリアート）への搾取《さくしゅ》に反対して、マルクス・レーニン主義が理想とする共産主義社会への移行・実現を目指した。

また、私は、正確に、幅広い知識を持つことを心掛け、マルクス・レーニンから、近代経済学まで、幅広く様々な書物を読み漁《あさ》り、思想的偏重《へんちょう》の無いよう努力した。

哲学が難解

一回生の秋から、哲学を学び、「人の生き様」を少しは、翫《さぐ》ってみたものの、その主流をなす西洋の哲学は、どうも抽象的《ちゅうしょうてき》でよくわからない。

人間の運命よ
おまえはなんと
風に似《に》ていることか
　　　ゲーテ（ドイツ）

人生という言葉が

心に呼び起こす
あの絶大な茫漠《ぼうばく》たる
　予感を除いたら
私は人生について
何一つ知っていなかった
　　　　トーマス・マン（ドイツ）

哲学は、なかなか難解《なんかい》である。もっと明快な答えがないのだろうか。

科学的社会体制の変遷《へんせん》

マルクス・レーニン主義は、人類の歴史を次のように、科学的《かがくてき》に、社会体制の発展過程として位置づけた。（要約のみ）

一　原始共産制社会
　血縁《けつえん》を中心に、土地その他の生産手段を共有し、「共同の生産」と「平等な分配」が行われた社会。

二　氏族《うじぞく》・奴隷《どれい》制社会←
　共通の祖先を認め合うことにより連帯感を持った氏族《うじぞく》が、奴隷《どれい》に生産・労働を担当させる社会体制。

三　封建制社会 ←

四　資本主義社会 ←

五　社会主義社会 ←

六　共産主義社会 ←

※奴隷とは…人間としての権利・自由を認められず、他人の支配下のもとに、様々な労務に服《ふく》し、かつ、売買・譲渡《じょうと》の目的とされる人々。

領主とその支配下にいる農奴《のうど》とを基本階級にする社会体制。
※領主とは…国王・貴族・大名・教会。
　農奴とは…一生領主に隷属《れいぞく》し、賦役《ふえき》・貢租《こうそ》の義務を負《お》う農民。

生産手段を私有《しゆう》する資本家が、生産手段を持たない労働者の労働力を買い、商品生産を行う。
私有財産制《しゆうざいさんせい》と契約自由《けいやくじゆう》の原則に基づいて、私的利潤《りじゅん》獲得のために生産が行われる社会体制。
※市場経済《しじょうけいざい》と自由競争《じゆうきょうそう》を原則とする。

社会的不平等の根源を私有財産制《しゆうざいさんせい》に求め、それを廃止《はいし》ないし制限し、生産手段の一部もしくは全部を社会の共有《きょうゆう》にする社会体制。

私有財産制を完全に廃止し、生産手段を社会の共有にすることによって、経済的平等をはかり、人間社会の諸悪《しょあく》を根絶《こんぜつ》することを目指す社会体制。

社会体制を科学的《かがくてき》に分類した、実に分かり易《やす》い歴史観である。

現在、地球上に百二十七の国が存在し、それらの国々は、右記の一〜六の社会体制に、全て分類される。そして、今、地球上に、原始共産制社会から資本主義社会、そして、共産主義社会まで、それぞれの国が、共存している。

力のある国が、力の無い国を支配し、力のある国同士が、お互いその勢力拡大の過程で、「衝突《しょうとつ》」と「協調《きょうちょう》」を繰り返す。

理想郷の姿

私は、大学に入学して、マルクスの科学的社会体制の変遷《へんせん》を学び、最終段階の共産主義社会とは何かを探求《たんきゅう》した。そして、試行錯誤《さくご》を繰り返し、ようやくここに到達した。

真の共産主義社会は、限りなく『理想郷《りそうきょう》』に近いものである。

この時代の共産主義国や社会主義国は、偽りである。科学的社会体制の変遷《へんせん》過程を段階に応じて、経由したものではない。

この時点において、理論武装《りろんぶそう》は、ほぼ完成する。

関学の組織の委員長から、次期委員長を打診《だしん》されたのは、この頃である。

父の入院

二回生の春に父が入院

二回生の春を迎えたある日、故郷《ふるさと》の母から、一通の分厚い手紙が届く。

いったい何事だろうと思いながら開封《かいふう》すると、二つのショッキングなことが書かれてある。

一つは、父が体調を崩《くず》して入院したこと。

父は、元来、大の愛煙家《あいえんか》で、喘息《ぜんそく》の持病を持っている。医者からは、抑制するように注意を受けていたが、お酒を一滴《いってき》も飲まない父の唯一の楽しみであったため、母も多めにみていた。父の好みのたばこは、二十本入り「しんせい」であったが、母との約束で、一日二ケース（四十本）までという制限がある。

私が小学生の頃、父によく呼ばれた。

「何」というと、父は、「お駄賃《だちん》あげるから、たばこ買ってきて欲しい。郵便局の隣のタバコ屋さんで、二十本入りしんせい二十ケース（十ケース入り、大箱二ケース）。ただし、お母さんには内緒で」といって、私に五十円くれる。当時の五十円は、結構な小遣《こづか》いであったから、私は、大喜びで、たばこを買いに行った。そして、父から、その用事で呼ばれることをいつも心待ちにしていたことを覚えている。

父は、いつも母が買うタバコ屋を避《さ》けて、違うタバコ屋を指定していた。

ある日、父が指定しているタバコ屋の奥さんと母が、町中で出くわし、奥さんの方から、「いつもたばこたくさん買ってもらってありがとうございます」と言われて、母はびっくりした。

父の密《ひそ》かな裏切りがばれた瞬間《しゅんかん》である。

その後、父と母との間で、一悶着《ひともんちゃく》あったことは言うまでもない。

その様に、父は、大好きなたばこを、一日に四ケース（八十本）は喫煙《きつえん》していた。はるか昔のことであるが、今回、父が、喘息《ぜんそく》で入院したことの責任の一端は、私にもあると反省をする。

仕送りが途絶《とだ》える

父の喘息《ぜんそく》での入院は、既成の事実であったから、驚きはしなかったが、父は、個人で理髪店《りはってん》を営んでいたため、長期入院は、家の収入が無くなることを意味していた。

母は、手紙のなかで、今回の入院が長引くこと、そして、仕事への復帰は、医者から「難《むつか》しい」と言われている。そのうえで、あと三年間の大学の学費は、貯《たくわ》えから納入できるが、毎月の仕送りについては、送金できなくなる旨《むね》の文章が、まことに申し訳なさそうに書かれてある。

やむを得ないことである。

私は、これまで両親から温かい愛情をもって育てられてきた。それで充分である。これからは、アルバイトをして生活費を稼《かせ》ぐ。そう気持ちを固める。

兄がいた

もう一つの方が、とてもショックである。

私に、異母兄弟《いぼきょうだい》になる兄がいると綴《つづ》られてある。

その文章を読んだとき、「えっ」っと、思わず声を発する。私は、今、ちょうど二十歳《はたち》である。

「兄が居るという事実」を、二十年間、知らされなかった……。知らなかった……。

父、母、姉、私の四人家族だと思っていた。

和歌山県白浜町に居る姉（姉は、大学卒業後、白浜町で小学校の教師をしている）に早速連絡を取ったが、姉のところにも同様の手紙が届いており、姉もその件については、初耳であり、大変驚《おどろ》いていた。

そして、「父が仕事に復帰できないことから、その兄が帰郷《ききょう》し、理髪店を継ぐことになった」と綴《つづ》られてある。文面から、母の複雑な心情が汲《く》み取れたが、読んでいる私も、全く予想していなかったことで、唯々《ただただ》唖然《あぜん》とした。

そして、そのあとに、兄の住所と連絡先が綴《つづ》られてある。

和歌山市美園町……。


私に、兄がいる……。

全く、知らなかった。

幸福な四人家族だと、思っていたが、実は、五人家族だった。

母は、後妻《ごさい》として、北家に嫁に来たのは知っていた。

父も母も、先妻《せんさい》のことに関しては、何も言わない。だから、先妻が亡くなったため、後妻として、母が嫁《とつ》いできたものと思っていた。実は、父と先妻の間に生まれたのが兄である。幸せな生活が続いていたが、突如《とつじょ》、先妻は、父と兄をおいて、家を出ていったらしい。兄が、小学校の高学年の頃である。

何年かして、母が、後妻《ごさい》として嫁《とつ》いだ。兄は、実のお母さんが、兄をおいて出ていったことが非常にショックで、以降、父ともあまり会話せず、後妻として入った母にも、懐《なつ》くことはなかったらしい。

兄は、中学校を卒業すると、故郷《ふるさと》を出て、神戸・三重、和歌山県内を転々とし、社会の荒波《あらなみ》と闘《たたか》っていたようである。

その後、姉と私が産《う》まれる。

兄は、盆も正月も一度として実家に帰ることはなかった。その兄が、いみじくも父と同じ職業についており、今般、故郷に帰り、実家の理髪店を継ぐことになったことに、何とも言えない安堵感《あんどかん》を覚える。

しかし、こんなことがあってよいのだろうか。

同じ兄弟なのに、兄は、幼少《ようしょう》から、精神的苦痛を受け、中学校を卒業後、故郷を出て、盆・正月も一度として、実家に帰ることもなく、一人で、世間の荒波《あらなみ》にもまれて、苦労を重ねている。

一方、私と姉は、両親の愛情に包《つつ》まれ、何不自由なく育てられ、大学まで行かせてもらっている。

こんな不公平《ふこうへい》があってよいのだろうか。

故郷に帰り、父を見舞うことも大事だが、先ずは、兄に会いたい。早速、兄と連絡を取り、和歌山市にある兄のアパートを訪ねる。

この世に生を受けて二十年経《た》ち、初めて兄と会う。

「ごめん、何も知らなくて……」。全ての意味を込めて、素直《すなお》にそう言った。

はじめ強張《こわば》っていた兄の顔が、その一言で徐々に解《ほぐ》れていくのがわかる。

兄も、「会いたかった……」と言ってくれた。

私にとって、その一言で充分《じゅうぶん》だった。そのあとは、二十年の空白がなかったかのように、本当の兄と弟として、穏《おだ》やかに語り合えた。


故郷に帰り、入院している父を見舞う。

両親に、生活費はアルバイトをして稼《かせ》ぐから、何も心配しないように。そして、兄が家業《かぎょう》を継いでくれて、本当によかった、旨《むね》の言葉を残し、西宮に飛んで帰った。

アルバイトで実社会を垣間見る

学生運動組織に、父の入院により、仕送りが無くなるので、生活費を稼《かせ》がなくてはならなくなったこと。ゆえに、今までのような活動はできなくなったこと。を伝え、アルバイト探しが始まる。

日雇《ひやと》いの肉体労働、宝塚や神戸の高級ホテルのボーイ、阪神競馬場の場外交通整理、住込みでの牛乳配達、酒屋の配達、西宮地方卸売市場での早朝アルバイト、などなど様々なアルバイトをする。


一つルール付けをする。

日雇いは別だが、一つのアルバイトは、最低「三カ月」は続けること。

古い諺《ことわざ》に、「三日、三月、三年」という言葉がある。

「三日坊主」〜「石の上にも三年」。

三日坊主は、何をやっても三日と続かない。飽きのき易い性格で、根性がないということである。

石の上にも三年は、どんなことでも三年頑張れは、何か会得するものがあり、成就できるということである。

三日は頑張る。

三カ月は頑張る。

三年は頑張る。

それが、物事を成《な》すなかでの、一つの基準だと思っている。

人生で大事なものとは

ある日、日雇いのアルバイトに行く。

一般労務者も多く、解体《かいたい》したビルの工事現場に入って、廃材《はいざい》をトラックに手渡しで積み込む作業である。現場は、土煙《つちけむり》が舞い、息苦しく、凹凸の鉄筋《てっきん》のはみ出たセメント廃材《はいざい》は、重くて持ちにくく、若い私でも、流石《さすが》に大変である。

汗と泥にまみれて一日が終わり、仲良くなった一般労務者の人と、先ずは、銭湯《せんとう》に、その後《あと》、食事に行く。銭湯《せんとう》の大きな湯船《ゆぶね》で、疲れ果てた体を、お湯のなかにいっぱいに伸ばすと、何とも言えない心地《ここち》良さと安堵感《あんどかん》を覚える。

ふと横を見ると、その労務者の人と顔があい、お互い「にこっ」と笑いあう。「心地良いですね」の言葉を交《かわ》わさずとも、相通《あいつう》じる瞬間である。

そのあと、少しだけ豪華《ごうか》な食事をしながら、冷えたビールを一杯飲むと、なんか「生きてることが実感」できて、『とても幸せな気分』に浸《ひた》ることができた。

実社会と学生運動の隔たり

学生運動の観点から言えば、本日の労働は、一握りの資本家が、大多数の労働者を過酷《かこく》に搾取《さくしゅ》する典型であり、労働者は、虐《しいた》げられている以外の何物でもない。

しかし、過酷《かこく》な労働であったが、それに見合った報酬《ほうしゅう》を得て、お風呂に入り、少しだけ豪華《ごうか》な食事で、空腹を満たし、感じたこの「心地良さや充実感、そして、『幸せ感』は一体何だろう。

よく考えてみると、マルクス・レーニン主義の歴史観に基づく、搾取《さくしゅ》・抑圧《よくあつ》された人々（奴隷・農奴・プロレタリアート）は、一人ひとりが、人間として生きる価値を見出せず、『幸せ』になれなかったのだろうか。

そうではないはずである。

我われの人生を語る基準《きじゅん》は、もっと他にある。

それは、『どんな環境の下《もと》でも、「人は、幸せになるために、幸せを目指して、生きている」ということである』。

学生運動をやめる

様々なアルバイトを経験することにより、現実社会の一端を垣間見《かいまみ》ることができたことは大きかった。

学生運動の唱《とな》えることは、理論的には、正しい。しかし、「人が生きる（人は、『幸せ』を目指して生きている）」という、現実社会との間に、大きな隔《へだ》たりがあることに気付くことができた。

学生運動組織の新委員長を訪ねる。

「生活費を稼《かせ》ぐのは大変で、とても活動を続けるのは難しい。組織を脱退させて欲しい」と表向きの理由を述べる。そして、組織では、「脱退やむなし」の結論が出た。いえなかったが、本当の理由は、「学生運動と現実社会の隔《へだ》たりを見出したから」である。

幸せとは

幸せの定義

一　幸せとは（デジタル大辞泉の解説1.より）

運がよいこと。また、そのさま。幸福。幸運。

「思わぬ―が舞い込む」「―な家庭」「末永くお―にお暮らしください」

二　幸福とは

1　デジタル大辞泉の解説より

満ち足りていること。不平や不満がなく、たのしいこと。

また、そのさま。しあわせ。

「幸福を祈る」「幸福な人生」「幸福に暮らす」

2　大辞林 第三版の解説より

不自由や不満もなく、心が満ち足りていること（さま）。しあわせ。

「―な人生」「子供の―を願う」

3　日本大百科全書「ニッポニカ」の解説より

人間は生きていくなかでさまざまな欲求をもち、それが満たされることを願うが、

幸福とは、そうした欲求が満たされている状態、

もしくはその際に生ずる満足感である。


本来は、「幸せ」や「幸福」の言葉の定義は一つでなくてはならないが、このように、その時々の用途により、その解釈《かいしゃく》は、微妙に変化している。

そして、「幸せ」と「幸福」は、同意語のはずであるが、辞書を引くと意味が違う。

特に、「幸せ」は、私たちが通常使っている意味と異なる。

どの辞書を引いても、「**幸せ……運が良いこと**」と出てくる。

「**幸福**」で辞書を引くと、「**幸福……心が満ち足りていること**」と出てくる。

私は、この小説のなかで、『充実感』と『幸せ』という言葉をキーワードに選んでいる。

故に、この小説のなかで使う『充実感』と『幸せ』という言葉の定義は、

『**充実感**』**とは**……自分（達）が努力をして、「実（成果）」が、一杯《いっぱい》に「充（満）」ちる、その喜びを「感《かん》」じること。

『**幸せ**』**とは**　……『**充実感により、心が満たされる**』こと。

と規定する。

瞬間で消える幸せ

賭《か》け事に興《きょう》じる。

競馬の馬券を買う。
偶々《たまたま》、万馬券が当たる。
みんなで、大酒を食らい、どんちゃん騒ぎをする。
その瞬間は、『とても幸せ』である。
目が覚めると、「その幸せ」は、消えている。
儲《もう》けた金は、すっからかん。
また万馬券が当たるかもしれない。
万馬券が当たれば、再び、『幸せ』に成れる。
悪の欲求に釣《つ》られて、大金を破袋《はたい》て、馬券を買い続けるが、当たることは無い。
借金が嵩《かさ》み、いつの間にか、不幸のどん底に落ちている。

永続性のある幸せ

猛烈な台風が街を襲う。
河が氾濫して、家屋が浸水する。
ボランティアに向かう。
住人の人々が、困り果てている。
家の中にまで、土砂が流れ込み、復旧に、住民の人の力だけでは、とても困難である。
昨日まで、そこに住人の人々の「幸せ」があった。

その「幸せ」を思い浮かべながら、その「幸せ」の復旧のために、住民の人の気持ちになり、必死に頑張る。

大方が、片付いた。

一日が終えて、体は、クタクタである。

住民の人が、被災の悲しみを乗り越えて、「本日は、本当にありがとうございました」と住民の人の「感謝の心」をくれた。

クタクタの体とその「感謝の心」に触れて、
私のなかに、何ともいえない「充実感」が生まれ、私は、『幸せ』になる。

その『幸せ』は、住人の人々の「幸せの復旧」とともに、
いつまでも、私の心のなかに充満する。

どんな時に、人は、幸せになれる

日本大百科全書「ニッポニカ」の解説より
人間は生きていくなかでさまざまな欲求をもち、それが満たされることを願うが、幸福とは、そうした欲求が満たされている状態、もしくはその際に生ずる満足感である。

「人は、自らの欲求が満たされたとき、『幸せ』を感じる」

その欲求が、「善」であれば、永続性のある『幸せ』になる。

その欲求が、「悪」であれば、生まれた「充実感」は、一瞬で消え、『幸せ』も消える。

その欲求が、「善」であるか、「悪」であるかは、その時代の社会により異なる。

だから、その時代の社会に住む人々の「善悪の判断」が難しくなる。

現時点では、「真実の善悪」を見極めることはできない。
しかし、『人の生きる道とは何か』が解明できた時に、
その道に基づき判断した「善悪」が真実の善悪となるはずである……。

全国を旅する

学生運動をやめたが、マルクス・レーニン主義を学ぶことにより、科学的に分析された社会体制の発展過程を認識することができた。

また、その体制の個別の構成要素《こうせいようそ》も分析できる。

そして、人間社会が最終的に到達する理想郷（真の共産主義社会）の姿も朧《おぼろ》げにではあるが観《み》えてきた。

これからは、人生の超難題《ちょうなんだい》、

『人の生きる道』を探求《たんきゅう》しなければならない。

その答えは、学問（自然科学や人類の歴史）だけでは導き出せない。現実社会（「人間社会」や「自然」）も自《みずか》ら体験しなければならない。

そう思うようになった。

学生時代の旅の数々

かくして、『人の生きる道』の答えを探《さが》す、旅が始まる。

日常は、大学の授業とアルバイトに精《せい》を出し、非日常《ひにちじょう》として、夏休み、春休みを利用して、全国を旅する。

二回生の夏休み　北海道一周
　同　春休み　信州〜北陸
三回生の夏休み　東北一周
　同　春休み　九州〜与論島《よろんとう》〜沖縄
四回生の夏休み　※マグロ漁船でカロリン・マーシャル諸島へ（赤道直下）

私の旅は、気儘《きまま》な旅とする。

大まかな行先は決めるが、あとは風《かぜ》に任《まか》せる。駅の窓口で、行先の周遊券《しゅうゆうけん》を購入して、一人で寝袋《ねぶくろ》を担《かつ》いで出発する。
※周遊券……国鉄の全乗り物（列車・バス・フェリー）に有効である。

行先までの交通手段と、行先の区間の乗り降りは自由で、急行列車まで利用できる。有効期限は、購入してから大体二十日間である。

「行先《いくさき》の土地に住む人々と触れ合い、自然に抱《いだ》かれる。とても楽しみである」

二回生の夏に北海道を旅する

母からの手紙が届いて以降、二回生の春にアルバイトを集中的に行い、少々蓄財《ちくざい》ができたため、早速、この夏休みを利用して『北海道』を、周遊券《しゅうゆうけん》の期限一杯の二十日間をかけて旅する。広大な北海道をほぼ一周し、様々なドラマと遭遇《そうぐう》する、素晴らしい旅《たび》となる。感動《かんどう》を数えればきりはないが、そのなかでも特に印象に残った三か所を紹介したい。

礼文島

稚内港《わっかないこう》から、フェリーで礼文島《れぶんとう》の船泊港《ふなどまりこう》に入港したのは、午前十一時をまわっていた。寝袋《ねぶくろ》の入った大きなリュックを担《かつ》いで、狭いタラップの上を鎖《くさり》を片手で持ち、もう片手でバランスをとりながら、フェリーから降りる。

徒歩四十分で、礼文島の北端に位置するスコトン岬に到着する。

「日本最北端の地」は、宗谷岬でなく、ここ「スコトン岬」らしい。

宗谷海峡を挟《はさ》んで、目の前に樺太《からふと》が、西の方には、ソビエト本土の山並みがすぐ近くに観える。

礼文島の西海岸沿いに、過酷《かこく》だが八時間のハイキングコースがある。

通常、朝八時にスコトン岬を出発して、夕方の五時頃香深《かぶか》にあるゴールの地蔵岩に到着するコースである。同じフェリーで来て、このコースに挑戦する人たちは、今日、船泊港《ふなどまり》に一泊し、明日挑戦する。

コースの内容は、スコトン岬から礼文島の西海岸沿いに、一時間ほど歩く。そこから、礼文島最高峰の「礼文岳」の頂上（標高四百九十米《メートル》）に登り、そこから西海岸まで下る山間コースを、三時間ほど歩く。

そのあとは、道のない磯《いそ》伝いに、海岸線を四時間歩くと、ゴールの地蔵岩に到着するかなりハードなコースである。

時計を見ると、針はちょうどお昼の十二時を指している。

腹が減っては戦《いくさ》ができず。岬の入り口にある食堂に入り、カレーライスの大盛りを食べる。そして、今日の夕食と明日の朝食用に、菓子パン四個と清涼飲料水を二本買い、店を出る。

「成人《せいじん》の心」と「青春《せいしゅん》の心」が闘《たたか》っている。

八時間のハイキングコースを今出発すれば、礼文岳に登り、頂上から西海岸に下った所、ちょうど中間点で、夜を迎える。

北海道の夜の訪れは早く、この時期は午後五時には暗くなる。当然、民家は何処《どこ》にも無く、真っ暗な山か、磯《いそ》で、野宿することになる。

「成人《せいじん》の心」は、それを無謀《むぼう》と位置付ける。

「青春《せいしゅん》の心」は、未知《みち》の、困難なコースを目の前にして、燃え盛《さか》っている。

「青春《せいしゅん》の心」が勝つ。出発だ。


出発点のスコトン岬を出て、島の西海岸を一時間ほど歩くと、岡田ノ崎を経《へ》て、西上泊の集落に着く。

ここから山間コースに入る。道を進むと、道幅が急に狭《せま》くなり、人ひとり歩くのがやっとの道幅《みちはば》になる。道を間違えた。そう思い、少し戻り、人を探したら、海沿いに民家が一軒あったので、そこで道を尋《たず》ねることにする。

「こんにちは」

奥から「はぁーい」と返事が返ってきて安心する。

出てきたのは、五十歳ぐらいの漁師の奥さんのようである。

「西海岸のハイキングコースは、この道であっていますか。急に道幅が狭くなりましたので、心配になりました」と言って、尋ねる。

すると奥さんは、「あっていますが……。今からでは無理ですよ。途中で暗くなり、野生の動物もでて危《あぶ》ないですよ」と言う。

私は、「分かっています。でも大丈夫です」と返事をすると、
奥さんは、まじまじと私の目を見つめて、その意思が固いことを確認すると、

「食べ物は持っているのかぇ」というので、
私は、「はい、菓子パン四個と清涼飲料水二本持っています」と答えたら、

「このまま、ここで待っときなさいよ」と言って、家の奥に入っていった。

私は、呆気《あっけ》にとられて佇《たたず》んでいると、五～六分経過して、家の奥から出て来た奥さんの手には、大きな握り飯が五個と沢庵《たくあん》が入った銀紙《ぎんがみ》の包みとお茶の入った大きなペットボトルがある。

「これを持っていきなさい。持っている飲み水や菓子パンでは足りんでしょ」と言って差し出してくれた。

私は、再び、呆気《あっけ》にとられていると、

「はよっ」と言って、戸惑う私の手に、強引《ごういん》に渡してくれて、

「気を付けていきなさい」と言って、家の奥に入っていった。


世間一般の常識では、計《はか》り知れないことが起きていた。

しばらくして、われに返った私は、玄関先で大きな感謝のこもった声で、

「ありがとうございます。行ってきます」といって、その場をあとにした。もちろん、表札の名前を控《ひか》えることを忘れることはなかった。

後日、西宮に帰ってから、感謝の手紙とお礼のお菓子を送る。数日して、漁師の奥さんから、無事を懐《なつ》かしむ返事の手紙が届いたのは、いうまでもない。

人ひとりが通るのがやっとの山道を登り始める。

素朴《そぼく》で、配慮《はいりょ》の行き届いた心に触れて、嬉しく思う気持ちと、何故か、感謝の涙が留まることなく溢《あふ》れ出ていた。

都会では、考えられない出来事である。人の心が、これほど有難いと思ったことはない。

急な登り坂を二時間登ると、礼文島最高峰の礼文岳の頂上に着く。

天気が良く、礼文島全景《ぜんけい》はもちろんのこと、三百六十度見渡せる景色は、最高である。東側に、利尻島の利尻富士《りしりふじ》が間近に観えた。疲れが一挙《いっきょ》に吹っ飛ぶ感じがする。本来なら、ここで、ゆっくりするのが、私である。しかし、そうはいかない。あと一時間で夕闇《ゆうやみ》が迫ってくる。

そこから、海岸線にむけて、急な下り坂を一時間ほど降りると、辺りはだんだん暗くなってきた。海岸までは、もう直ぐのところである。

喉《のど》が渇《かわ》き、お腹が空いて、自分で持ってきた清涼飲料水二本とパン四個は既にもうない。山登りと山下りの最中に、空腹に襲《おそ》われ、食べてしまった。おにぎりとお茶をいただいてなかったら、大変なことになるところである。

道が分からなくなったこと、そのおかげで、奥さんの優しい心遣《こころづか》いをいただけたこと、つくづく「運がよかった」ことに感謝する。

進む先の薄暗闇のなかに、芥子粒《けしつぶ》ほどの小さい灯りが、ぽつんと見える。

まさか、と思って足を速めると、その灯りは少しずつ大きくなる。

人がいる。

さらに足を速めると、海岸から二十メートルほど内に入った小川が流れるそばに張られたテントのなかから、その灯りが漏《も》れている。テントの前に立ち、「こんばんは」と声をかけると、学生風の男が出てきた。向こうもびっくりしている。

人がいた。

覚悟はしていたが、大自然の真只中《まっただなか》に、一人だけで一夜《いちや》を過ごす心細さを感じ始めていたから、素直に、嬉しい。

その夜は、彼はテントで、私は、磯《いそ》の岩の上で寝袋《ねぶくろ》に包《くる》まって寝た。

二人が相容《あいい》れなかった訳ではない。彼は、テントで寝るように勧めてくれたが、私が、そうしたかったからである。折角、大自然の真只中《まっただなか》にいるのに、狭苦《せまくる》しいテントのなかで寝るのは、性《しょう》に合わないし、なにより、大自然に抱《いだ》かれて、眠りたかったからである。

その夜の星空は、素晴らしく綺麗《きれい》で、星が幾重にも重なり、何億光年の彼方《かなた》にある銀河系が見えて、宝石を鏤《ちりば》めたように輝《かがや》いていた。

翌朝、彼が味噌汁をご馳走《ちそう》してくれた。具《ぐ》は、私が海に膝《ひざ》まで入って取ったコンブである。前日戴《いただ》いたおにぎりと一緒に食し、とても美味しい。三度《みたび》、漁師の奥さんの素朴《そぼく》で配慮の行き届いた心に、深く感謝する。


彼と一緒に出発する。弥次喜多道中《やじきたどうちゅう》、旅は道連れである。

ここからは、磯《いそ》伝いに、四時間で、ゴールの地蔵岩に着く。お昼前には、地蔵岩に着き、午後のフェリーで香深港《かぶかこう》を出発し、利尻島に向かうはずであった。

彼は、大学の三回生で、現役合格であったため、私と同じ歳である。一緒に、海岸線を歩くと、なかなかよく気が合う。

ゴールまであと一時間のところに、海岸線から二十メートルほど山手に入ると、「礼文滝《れぶんだき》」がある。この礼文滝の存在は、今朝、磯《いそ》に、漁に来ていた地元の漁師の方から教わった。その滝の水が、清《きよ》く、冷《つめ》たく、とても美味《おい》しい。二人だけで飲むのが勿体ない気がした。

そこでも気が合う。

あと五時間ほどで、今日このコースにチャレンジしている人たちが通る。

その人たちは、この滝の存在を知らずに通り過ぎるだろう。是非、この美味しい水を、より多くの人に飲んでもらおう。

五時間後、海岸沿いに人影が見える。私が海岸に立ち、彼が滝の前に立つ。

ほとんどの人が、喉《のど》をカラカラにしている。両手ですくって飲む水は、とても美味《びみ》で、その人たちの喉《のど》だけでなく、「心と体《こころ》」全体を潤《うるお》したようである。水を飲んだ人は、みんな「本当にありがとうございました」と言って、深々と頭を下げてくれて、生気《せいき》が戻《もど》った顔で、再びゴールを目指して歩き始める。

最初の人が、水を飲んでから、何時間か経《た》って、最後と思われる人が水を飲み終えたので、われわれ二人もその地を離れる。

二人が、ゴールの地蔵岩に着いたのは、もうすでに暗く、午後六時をまわっている。

『その時の二人は、快《こころよ》い疲れと充実感、「幸せ感」に満ち溢《あふ》れていた』

今回の旅行で、あと二箇所《にかしょ》、書き記《しる》したい所がある。

・中標津《なかしべつ》の広大な牧場で、一週間、アルバイトをしたこと。

・サロマ湖畔の民宿、「船長の家」で宿泊し、自然を満喫《まんきつ》したこと。

四十数年経っても忘れることのない、素晴らしい体験談であるが、ページの都合で割愛《かつあい》することにする。

『北海道の旅は、このように私に、様々なドラマと感動を与えてくれた』

旅が人生を教えてくれた

旅に出るたびに、「様々なドラマ」があり、「様々な感動」がある。

旅先で、自然と共に生きる人々の「素朴《そぼく》な心」に触れ、想像を絶するような「雄大な自然」に、幾度も抱《いだ》かれて、その度《たび》に、「人が生きることの意味」を肌で感じた。

歴史から「人の生き方」を学ぶ Ⅱ

人の生きる道を探求《たんきゅう》するために、自然科学《しぜんかがく》をも含めた人類の歴史について、学ばなくてはならない。

生命の起源《きげん》

四十六億年前に、地球が誕生する。

四十億年前、最初の生命といわれる『原始バクテリア（古細菌）』が、海のなかで誕生する。

三十五億年前、地球に『酸素』が発生する。

原始バクテリアから進化した、「ラン藻植物《シアノバクテリア》」（植物プランクトンの一種）が、光合成《こうごうせい》により、酸素を作り、海のなかに放出する。

五億七五〇〇万年前の古生代カンブリア紀になると、海のなかに、酸素が充満し、『生物は、海のなかで、爆発的に多様化《たようか》』を見せるようになった。

現在、存在している動物（魚）の体の構造の基礎が出来上がったのもこの頃である。

四億年前、生物の進化に、重要な出来事が起きる。

ラン藻植物（植物プランクトンの一種）は、海のなかで、大繁殖《だいはんしょく》をして、海のなかの酸素が飽和《ほうわ》状態になると、酸素は、大気中に放出されることになる。

大気中に酸素が充満すると、太陽の紫外線《しがいせん》に反応して、『地球にオゾン層が形成』された。オゾン層は、太陽から降《ふ》り注《そそ》ぐ紫外線を吸収してくれる働きを持ち、それにより生物は、地表《ちひょう》でも暮らすことができるようになる。それまでは、紫外線は、生命が子孫を残すために欠かせない遺伝物質（ＤＮＡ）を破壊し、生物は、地表で暮らすことはできなかった。

『これにより、生物は、海から陸地への進出を開始し、
　陸地で更なる多様な進化《しんか》を続ける』

現在、地球上の生命体《せいめいたい》は、五百万種ある。

生命体は、動物界、植物界、菌界、細菌界の「四つ」に大分類される。そのなかで、『脳』を携《たずさ》えているのは、動物界、「門」の分類の脊椎動物《せきついどうぶつ》のみで、四万四千種ある。内、「綱」の分類の**哺乳類**は、五千種。「**ヒト**」は、その**哺乳類《ほにゅうるい》**五千種のなかの「一種《ひとつ》」である。

また、現代の生物学において、地球上のすべての生命体は、**同一の先祖**（**原始バクテリア**）から、「**遺伝子**（DNAや染色体など）の**突然変異**」を繰り返し、（四十億年の時を経て）進化《しんか》してきたと考えられている。

人類の誕生

人類《じんるい》は、五百万年前に誕生したといわれる。

一　猿人《えんじん》（アウストラロピテクス）が、その始祖（初期の人類）とされる。
　　五百万年～百五十万年前の間、生存。
　　↓
二　原人《げんじん》（ホモ・エレクトゥス）
　　百五十万年～三十万年前の間、生存。
　　↓
三　旧人《きゅうじん》（ホモ・サピエンスとネアンデルタール人）
　　三十万年～三万年前の間、生存。
　　↓
四　新人《しんじん》（ホモ・サピエンス、ヨーロッパの一部では、クロマニヨン人）
　　三万年～一万年前の間、生存。

五

現世人類《げんせじんるい》←（ホモ・サピエンス・サピエンス）

①一万年前～現在。

②全世界《ぜんせかい》に分布。

③氷河期が終わり、土地を耕し、農耕が可能となる。
金属《きんぞく》で作った農具を使用する。

現在の人類は、分類上、ホモ・サピエンス・サピエンスの一種のみである。

『一万年前《いちまんねんまえ》に、
「人類の歴史上の大革命《だいかくめい》」となる、
「農耕改革《のうこうかいかく》」が起きる』。

人々は、
植物《しょくぶつ》を栽培《さいばい》し、
動物《どうぶつ》を家畜化《かちくか》して、
『定住《ていじゅう》』が始まる。

人間社会の変遷

※五百万年～一万年前までは、『原始共産制社会《げんしきょうさんせいしゃかい》』と呼ばれる。

この時代は、「狩猟採集社会《しゅりょうさいしゅう》」であり、「血縁《けつえん》を中心に、土地その他の生産手段を共有し、狩猟採集《しゅりょうさいしゅう》により、共同の生産と『富の平等な分配《ぶんぱい》』が行われた社会」であった。

※古代（一万年前～西暦四世紀）は、『氏族《うじぞく》・奴隷制社会《どれいせい》』となる。

一万年前に、人類史上の大革命となる、『農耕改革』が起きる。

人々は、植物を栽培し、動物を家畜化して、「定住《ていじゅう》」が始まる。そして、農耕改革により、「余剰《よじょう》の富」（私有財産）が生まれる。

『共通の祖先を認め合うことにより連帯感を持った氏族《うじぞく》が、「余剰の富《とみ》を取得」し、奴隷《どれい》に生産と労働を担当させる社会体制』である。

※中世（西暦五世紀～十四世紀）から、近世（西暦十五世紀～十七世紀）は、『封建制《ほうけんせい》社会』となる。

『「富裕層《ふゆうそう》」となった領主が、その支配下にいる農奴《のうど》を搾取《さくしゅ》する社会体制』である。

※近代（西暦十八世紀～十九世紀）から、現代（西暦二十世紀～二十一世紀）は、『資本主義《しほんしゅぎ》社会』となる。

『生産手段《しゅだん》を私有《しゆう》する資本家が、生産手段を持たない労働者の労働力を買い、商品生産を行う。私有財産制《しゆうざいさんせい》と契約自由の原則に基づいて、「私有財産（富）を獲得・増幅するための生産」が行われる社会体制』となる。

この時期は、グローバル化（国と国を分けている隔たり・障壁が小さくなり、交流が活発になる）して、（修正）社会主義国、（修正）共産主義国を含む、世界中の「それぞれの社会体制」の国々が、経済を中心とした様々な交流が始まる。

これが、人類の誕生から現代に至る『人間社会』の発展過程である。

このあと、人類は、**「真の社会主義社会」**、**「真の共産主義社会（理想郷）」**へと、着実にその階段を上がっていかなければならない。

超難題を解明

三回生の夏になり、ようやく、**『人の生きる道』の超難題の答えが見えてきた。**

「旅先での雄大な自然と素朴《そぼく》な心を持つ人々」、そして、「自然科学《しぜんかがく》と人類の歴史」がそれを教えてくれた。

二年近い歳月を懸けて

充実した時間と空間のなかで、二年近い歳月《さいげつ》を懸《か》けて、漸《よう》く、『人の生きる道とは』の超難題の答えが見えてきた。

「素朴《そぼく》な心」を持つ人々は、「雄大な自然」のなかで、当然のことのように、生きている。

一　与えられた環境や運命のなかで、当たり前のように「自分の生き様」を貫いている。

二　先祖や親を尊敬し、子供や孫を穏《おだ》かに育てている。

三　海や山や川と共に生き、漁《りょう》をし、畑や土を耕して、自然の恵みを享受《きょうじゅ》する。

四　家族や親せき、近所の人々が、お互いを大切に、協力し合い生きている。

この四項は、日本の田舎の原風景《げんふうけい》であり、『人の生きる道』の基本理念となる。

「都会の雑踏《ざっとう》では観《み》えなかったものが、
旅に出ると、『鮮明《せんめい》に観えてくる』。
都会では、『複雑《ふくざつ》な私の心』が、
旅に出ると、『素朴《そぼく》な心』に変化するからであろうか」

『人の生きる道』

浪人時代後半から、私の「新しい人生」が始まる。
学生運動に誘われて、「世のなかには、苦しんでいる多くの人々がいる」こと、「世のなかは、不公平である」ことを知る。

そこで、「私一人《ひとり》だけが『幸せ』であれば、それで良いのか。
それは、否《いな》である。
周りの人々も、『幸せ』でなくてはならない」
との結論を出す。

そこから、私がすべきことは、『何なのか』の探求《たんきゅう》が始まる。

大学に入学して、一回生は、
一　世のなかの不公平を無《な》くすために、学生運動に傾注《けいちゅう》する。
二　密度《みつど》の高い、科学的歴史学の勉学に没頭《ぼっとう》する。
そこで、「豊富な経験と知識」を得たが、何かが足りない。
そして、突き当たった一番高い壁は、『人の生きる道とは、何なのか』であった。

『人の生きる道』が分からなくては、それに基づく生き方ができていなければ、『幸せ』が生まれても、一瞬で消えてしまう。永続性のある『幸せ』を得ることができない。

故に、そこから前に進むことができない。

私は、一回生の秋から、哲学を学んだが、『人の生きる道』について解明《かいめい》したものは、何処《どこ》にも無かった。

故に、私は、『人の生きる道』を自ら探求《たんきゅう》することにした。

二回生になり、「この超難題《なんだい》」を解明するために、

一　自然科学や人類の歴史を学ぶ。
　「人間と自然」の関《かかわ》りを探求《たんきゅう》する。
　※自然科学（大辞林第三版の解説）
　　自然現象を対象として取り扱い、そのうちに見いだされる「法則性《ほうそくせい》」を探究《たんきゅう》する学問。

二　様々なアルバイトを熟《こな》す。
　実際に、自ら社会の数々の生産活動に携《たずさ》わる。

三　「旅」に明け暮れる。

「自然とそこに住む人々の生き様」を体現《たいげん》する。

三回生の夏に、二年近くの歳月《さいげつ》を懸《か》けて、『人の生きる道とは』の超難題《なんだい》が、解明できる。

そして、漸《よう》く、「人生の高い壁」を乗り超えることができる。

私が解明できた、『人の生きる道』をここに纏《まと》めたいと思う。

人の生きる道

―第一の道―

現代の生物学において、地球上のすべての生命体《せいめいたい》は、同一の先祖（原始バクテリア）から、「遺伝子の突然変異《とつぜんへんい》」を繰り返し、四十億年の時を経《へ》て、進化してきたと考えられている。

そして今、地球上に、数えきれないほどの生命体《せいめいたい》が生存している。

動物界、植物界、菌界、細菌界の「四界」を大分類として、「種」の分類で、五百万種ある。内、脳を備えているのは、動物界の脊椎《せきつい》動物、四万四千種（〇・九％）である。その内、哺乳類《ほにゅうるい》が五千種。「ヒト」はその哺乳類五千種のなかの「一種《ひとつ》」である。

「先祖を同じくする、その数えきれないほどの生命体のなかで、『人間としてその生命を授《さず》かる』

ことは、宇宙の銀河《ぎんが》で、芥子粒《けしつぶ》ほどの星を探すような、神秘の奇跡なのである」

今、地球上に、五十三億人が生存している。

人種は、白色、黄色、黒色、赤色、茶色の五種に分かれる。

そして、肌の色は同じであっても、指紋《しもん》や顔の相《そう》、考え方（精神）は、どれをとっても異なる。

世界中に、五十三億人いても、一人として同じ人間はいないといわれている。

故に、「私は、世界でオンリーワンの存在である」

『だから、私は、この世に誕生した私の「神秘《しんぴ》」で「オンリーワン」の生命を、愛《いつく》しみ……、大切に……、生きていく』。

―第二の道―

人類の歴史のなかに、「神秘《しんぴ》」で「オンリーワン」の生命を誕生させてくれた祖先に感謝し、尊《たっと》ぶ。

また、最も身近な誕生と育成に携《たずさ》わった両親に、感謝し、尊《たっと》び、孝行《こうこう》を尽《つ》くす。

そして、『自らも、最も有能とされる人類社会の維持・発展のために、二つ以上の新しい「神秘《しんぴ》」で「オンリーワン」の生命の「誕生《たんじょう》」と「育成《いくせい》」に携《たずさ》わって、生きていく』。

ー第三・第四の道ー

今、地球上に生存する、数えきれないほどの生命体のなかで、『精神（思考力他）』を持っているのは、人間だけだといわれている。人間が、地球上のすべての生命体のなかで、最も有能であるといわれる所以である。

『だから、この世で最も有能な人間（生命体）として生まれた以上、それだけで二つの大きな責務を担う』。

一　自然への責務を全《まっと》うする道
人間は、最も有能な生命体であるが故に、他の生命体を含めた地球（地球の自然とそこに棲む動物や植物）を守る責務がある。

そのために、私が、最も身近な自然（海や山や川の身近な自然）と共に生き、それらを守らなければならない。

二　人間社会への責務を全《まっと》うする道
人間は、最も有能な生命体であるが故に、その有能な人間社会（地球・国・県・市町村）を存続・発展させる責務がある。

そのために、私が、最も身近な人間社会（家族・会社・地域社会など）を存続・発展させなければならない。

『私は、この四つの道を全《まっと》うするために生きる』

これが、『人の生きる道』の全文である。

『人の生きる道』を要約すると、次の「四つの道」になる。

一　自分を成長させる道。
二　子々孫々を繋《つな》ぐ道。
三　自然への責務を全《まっと》うする道。
四　人間社会への責務を全《まっと》うする道。

人は、何らかの形で、これらに携《たずさ》わって生きていく。
『それが、「人の人生」であり、「人の生きる道」である』。

『人の生きる道』と『幸せ』との関係

『幸せ』には、「一瞬で消える幸せ」と、「永続性のある幸せ」の二つがある。

一　『人の生きる道』を外《はず》れて歩むとき、生まれる『幸せ』は、一瞬で消える。

二『人の生きる道』を歩むとき、事を成すごとに、何とも言えない「充実感」が生まれ、人は、『幸せ』に成れる。そして、その『幸せ』は、永く、充満する。

『人の生きる道』の『四つの道』

自分を成長させる道

私という人間が、授《さず》かった能力や個性を磨《みが》き、鍛《きた》えて、自分を成長させるために歩む道。

一　私には、先祖を同じくする、この世に存在する五百万種の生命体のなかから、「人間」としてその「生命」を授かることができた『幸せ（幸運）』がある。

二　この世の中に存在する数十億人の人間のなかで、私は、「オンリーワンの存在」であるという、『幸せ（幸運）』がある。

この二つの「幸せ」を授かり、私は、生まれてきた。だから、私という「神秘でオンリーワンの生命」を、私自身が、愛《いつく》しみ、大切に生きていかなくてはならない。

『人の生きる道』の第一の道は、私自身が、『授《さず》かった能力や個性を磨《みが》き、鍛《きた》えて、人生を通《とお》して、自らを成長させる』ことである。

そして、その過程で、ひとつひとつの事柄《ことがら》が成就《じょうじゅ》するたびに生まれる「充実感」は、本当に、私自身を、周りの人々を『幸せ』にしてくれる。

子々孫々を繋《つな》ぐ道

「人類の歴史のなかに、わが生命を誕生させてくれた祖先に感謝し、尊《たっと》ぶ。
また、最も身近な誕生と育成に携《たずさ》わった両親に、感謝し、尊《たっと》び、孝行《こうこう》を尽《つ》くす。
そして、『自らも、最も有能とされる人類社会の維持・発展のために、二つ以上の新しい「神秘の生命」の「誕生」と「育成」に携《たずさ》わって、生きていく』。

『人の生きる道』の第二の道、『子々孫々を繋ぐ』である。
一　祖先を尊《たっと》び、両親に、孝行を尽くす。
二　二つ以上の新しい「神秘でオンリーワンの生命」の『誕生《たんじょう》』に携わる。
三　誕生した「神秘でオンリーワンの生命」の『育成《いくせい》』に携わる。
人類が、古《いにしえ》より、行ってきたことである。

その行為が、人類社会の維持・発展に、大きく貢献していることを、人々は、認識できているのだろうか。

子々孫々を繋《つな》ぐための、このそれぞれの三つの項目を歩むとき、永続性のある「充実感」が生まれ、人は、『幸せ』に成れる。

自然への責務を全うする道

人間は、地球上で、最も有能な生命体であるが故に、他の生命体を含めた地球（地球の自然やそこに棲《す》む動物・植物）を守る責務がある。

そのために、私が、最も身近な自然界（海・山・川、などの身近な自然）と共に生き、それらを守らなければならない。そして、漁をし、畑や土を耕して、恵みを享受する。

人は、自然と共存して、『人間と自然の調和した未来を築かなくてはならない』。

そのために日々の行いをするとき、そこに、永続性のある「充実感」が生まれ、人は、『幸せ』に成れる。

人間社会への責務を全うする道

私達の周りには、様々な人間社会が存在する。

一　身近な、小さな人間社会

家族や地域社会。

二　世のなかを形造る大きな社会

地球、国、都道府県、市町村。

人は、一人では、生きていけない。人間社会に守られているから、生きて行けるのである。故に、人は、その人間社会が、維持され、発展するために、それぞれが、それぞれの責務（「役割」）を全《まっと》うしなければならない。

家庭では、生活を維持するための収入が必要である。夫が、その収入を稼ぐために、外で働くならば、妻が家事を担当する。そして、子育ては、夫婦二人の共同作業である。（その時々の、「妻がする子育て」、その時々の「夫がする子育て」それぞれがある）

人は、社会のなかで、それぞれの役割分担があり、それぞれの責務を全《まっと》うすることにより、社会が維持され、発展していく。

人、ひとりは、世界でオンリーワンの存在である。指紋《しもん》や顔の相《そう》、性格や考え方は、どれをとっても異なる。その異なる一人一人が、共同生活を成立させることは、どれだけ至難《しなん》の業《わざ》か。

しかし、人々は、日々、その至難《しなん》の業《わざ》を遂行して、共同生活が成り立っている。その至難《しなん》の業《わざ》を遂行するとき、永続性のある「充実感」が生まれ、人は、『幸せ』になれる。

『幸せ』の教示

人は、それぞれが『幸せ』でなくてはならない。

人は、『人の生きる道』を歩くことにより、『幸せ』になれる。
自覚《じかく》して『人の生きる道』を歩いている人は、自分が、今、『幸せ』であると認識することができる。
自覚《じかく》せずに『人の生きる道』を歩いている人は、既に、そこに、『幸せ』があるのに、それを認識できずにいる。

人は、今、自分が幸せであることを認識できて、初めて、『幸せ』になれる。
認識できていない人には、周りの人が、教示《きょうじ》してあげなければならない。

一　『人の生きる道』とは、このような道で、その道を歩くと、あなたは『幸せ』になれますよ。
二　あなたは、すでに、『人の生きる道』を歩いています。
それで、あなたが「幸せ」を感じていないのは、今、あなたが『人の生きる道』を歩いていることに、気付いていないからです。それに気付くだけで、あなたは、「自分が、今、『幸せ』である」ことが認識できるでしょう。

何故ならば、「今、自分が『幸せ』であることを認識できている人」は、周りの人や自然に、優しく、

寛容《かんよう》（「心が広く、人を受け入れるさま」）になれるからです。

そして、幸せな人が、多ければ多いほど、その周りに、「優しさの渦《うず》」が拡《ひろ》がり、世のなかは、「平和《へいわ》」になるからです。

私の「新しい人生」が成就する

私は、自らの力で、『人の生きる道』を探知《たんち》することができた。

そして、『人の生きる道』と『幸せ』との関係を解《と》き明かすことができた。

「人は、それぞれが、『幸せ』になるために生きている」。

そして、その幸せを実現するために、人は「人の生きる道」を歩まなければならない。

それを認識することができて、漸《よう》く《や》、目の前に立ちはだかる「人生の高い壁」を乗り越えることができた。

「人として目覚めて」、
「人が生きることの意味」を探求《たんきゅう》した、私の『新しい人生』は、
ここに成就《じょうじゅ》する。

第三章

「理想郷の創造」と「最幸の人生」に挑む

―最幸の人生の基準―

人として最幸の生き方がしたい

学生運動をやめたもう一つの理由

以前、学生運動をやめた時に、その理由は、「学生運動の唱《とな》えることは、理論的には、正しい。しかし、『人が生きる（「人は、幸せな人生を目指して生きている」）』という、現実社会との間に、大きな隔《へだ》たりがあることに気付くことができたから」としたが、実は、もう一つ理由がある。

学生運動の理念から言えば、「真の共産主義の国（理想郷）」を目指すことになる。

一朝一夕では、辿《たど》り着くことはできない。

理想郷へ到達するためには、永い年月をかけた歩みが必要である。そのためには、学生運動家から、共産党に入り、その一生を全《まっと》うすることになる。それでも、理想郷（真の共産主義）には到達しない。「みんなが、人間らしく生きることができる社会の実現」は、人類の歴史から見て、遥《はる》か彼方《かなた》、数百年～一千年も先になる筈である。

その時には、私という人間は、この世には存在しない。それでは、最終的に、「私自身が理想郷で生きることができない」ことに、気付いたからである。

道半《なか》ばで、私の人生が終わる。

理想郷《りそうきょう》を創る

だから、私の軸足《じくあし》は、「みんなが幸せに生きることができる社会（理想郷）」を私自らが創《つく》り、「そこで最幸の生き方がしたい」と思うようになった。

それも、旅が教えてくれた。

現在の日本は、資本主義国であるが、行く先々では、未だに、原始《げんし》共産制の社会など、異なる社会体制が実在する。

わが故郷《ふるさと》、太地町でも、江戸時代の「封建制社会」のなかで、「捕鯨《ほげい》」という産業が実在して、太地浦に、資本の論理で蠢《うごめ》く、「資本主義社会」が現出《げんしゅつ》しており、『その時代の社会体制下に、違う体制の社会が存在する』ことが、既に、実証されている。

まして、世界中の国々を見渡すと、現在でも、様々な社会体制の国（共産主義社会、社会主義社会、資本主義社会、封建制社会、原始共産制社会）が共存している。

故に、「理想郷は、日本国内でも、世界の何処《どこ》かでも、創ることができる」

「私の周りの人々すべてが幸せになるために、『理想郷』を創り、
そこで、人として最幸の生き方がしたい」

そう思うようになった。

理想郷の条件は、
一　豊饒《ほうじょう》な生産力　→　「物質的豊かさ」を享受する。
二　理想郷の大典（「人類の融和《ゆうわ》の法則」）→　「精神的豊かさ」を享受する。
三　時の社会体制との融和
である。

『人生の幸せ』

『人の生きる道』と『幸せ』との関係を解《と》き明かすことができた。

『人の生きる道』には、四つの道がある。

例えば、「一の道」の、「授かった能力や個性を磨き、自分を成長させる道」で自分の能力を徹底的に鍛えて、オリンピックの百《メー》走《トル》で、「金メダル（世界一）」を取ることができた。

その時は、自身も『最高の幸せ』に浸《ひた》ることができ、
周りの人々に大きな感動を与えることができた。

そして、その感動は、人々に永く語り継《つ》がれる。

しかし、本人にとって、その『幸せ』が未来永劫《みらいえいごう》に続くものであろうか。百《メー》米《トル》走の競争は、過酷である。○・○何秒が勝敗を分ける。その後、努力を重ねるが、なかなか記録が伸びない。もし、本人にとって、百《メー》米《トル》走が生きることの全てであったとしたら、その後、苦悩の道が続くと、その苦悩に耐え切れなくなると、その人の人生は、以降、大きく低迷《ていめい》することになる。

人が、人の人生が、『幸せ』であるためには、四つの道の一つの道だけの『幸せ』では、その『幸せ』が、どんなに大きなものでも、その人の『人生の幸せ』にはならないということである。それぞれの道での幸せには、形の大・小がある。「大」にしろ、「小」にしろ、それぞれの四つの道で、「幸せ」を得《え》ることが、その人の『人生の幸せ』となる。

これまで辿《たど》り着いた四つの答え

私は、「私の人生」を歩むにあたり、四つのキーワードを設定している。

一　幸せ
二　人の生きる道
三　最幸の人生
四　理想郷

である。

そして、**私が、最幸の人生を歩み、理想郷を創造するために、『辿《たど》り着いた答え』は、四つある。**

一　どうしたら、『人は幸せに成れる』のか。

二　『人の生きる道』とは、何なのか。

三　『最幸の人生』を歩むためには、

①『自然法則』を探知・習得し、「私の精神と自然界」が融和《ゆうわ》して、自然への責務を果たさなければならない。

②『精神法則』を探知・習得し、「私の精神と他の人の精神」が融和《ゆうわ》して、人間社会への責務を果たさなければならない。

四　『理想郷』を創造するためには、世のなかに存在している『自然法則』と『精神法則』を、より多く、探知《たんち》し、それらを整理・統合・進化させて、『人類の融和《ゆうわ》の法則（「理想郷の大典」）』を創《つく》らなければならない。

※探知……隠されているものや容易には知り得ないことを探《さぐ》って知ること。

私は、新しい人生が始まってからは、絶えず、**人が生きることの『真理《しんり》』**を追い求めてきた。

※真理（デジタル大辞泉解説1より）

いつどんなときにも変わることのない、正しい物事の筋道。

この四つのキーワードの答えは、世界中の何処《どこ》を探しても、まだない。
その正しい答えに、未《いま》だ、人類の歴史は、到達していない。
答えのないキーワードなので、どれが正しいのか、わからない。
しかし、このチャレンジ（私が辿り着いた四つの答え）は、

『人生』という巨大なテーマに、一石を投じることができているのではないかと想う。

一と二は、二年の歳月を要したが、私が『新しい人生』を歩む時代に、解き明かすことができた。故に、『どうしたら人は幸せに成れるのか』と『人の生きる道とは、何なのか』は、可成《かな》り具体的に表現できたものと思う。

三と四は、これから私が、『最幸の人生』を歩み、『理想郷』を創造するなかで、達成すべく大きな課題である。

これらを紐《ひも》解いていくと、可成りの難度《なんど》と専門性が必要となる。
故に、結論だけを表示する。

精神と自然界

三つ目の答え、『最幸の人生を歩むために』の結論を表示する。

これまで、世のなかを分析する基準は、哲学の『精神《せいしん》と物質《ぶっしつ》』であった。

しかし、この基準では、世のなかをなかなか分析しきれない。

そこで私は、新たに、『精神《せいしん》と自然界《しぜんかい》』という新しい基準を考え出した。

この基準で、世のなかを分析すると、世のなかが鮮明に観得《みえ》てくる。

精神の「新三段階論」

私は、科学的な見地から、新しく、次の「精神の三段階論」を展開する。

精神とは、

一段階　「個人的機能」……脳の活動による一義《いちぎ》的な働き。

『直感力・思考力』。

（条件反射的行いを促す）

二段階 「個人的実体」………個人毎に、数多くの経験から生み出された実体。
『性格・意志・理念・考え方など』。
（これにより、人の行動が決定する）

三段階 「非個人的実体」……個人から離脱して生み出された「実体《じったい》」。
人間社会全般を守るためのルールや信条。
『憲法・法律・宗教・国家観・理想郷の大典など』。
（人が従うべき「きまり」）

精神を「新三段階論」で整理すると、一～三段階のそれぞれの役割が鮮明に観えてくる。

そして、この精神の第三段階『非個人的実体（社会を守るルールと信条）』が、『平等で、公平で、質の高いものになれば、人々に「精神的豊かさ」が享受《きょうじゅ》され、世界に平和が訪れる』。

世界中で、私という人間は二人といない。五十三億人いる人々の、考え方は、皆それぞれ違う。それぞれが、自己《じこ》の利害《りがい》を主張して、「我《が》」を通せば、人間社会は、必ず対立する。対立すれば、必ず「いざこざや戦争」が起きる。

逆に、人々に「精神的豊かさが享受」され、『人々の心が、広く・大きく・豊かに』なれば、精神同士の対立《たいりつ》は、回避《かいひ》され、お互いの精神が、「融和《ゆうわ》」して、世界から、「いざこざや戦争」が無くなるものと思う。

『対立《たいりつ》』からは、
何も生まれない。
事物《じぶつ》が壊《こわ》されるのみである。
『融和《ゆうわ》』に向けて
尽力《じんりょく》することが、
人が『幸せ』になる、
最善の道である。

「我《が》」と「個性」は違う

人の場合、対立の原因は「人の我《が》（自分の意志や考えを言い張って、人の言葉に従わないこと）」である。

「我《が》」を抑《おさ》え、「対立」は避けるべきであるが、「個性《こせい》（個人の特徴）」は、抑えてはいけない。

「個性《こせい》」は、お互い、尊重し合い、大いに伸ばすべきである。

「我《が》」と「個性《こせい》」は違う。

「融和する」とは

「融和《ゆうわ》する」ということは、相手と「妥協《だきょう》」することではない。
「是《ぜ》は是《ぜ》　非は非の精神」で、
何が正しいか、
何が間違っているか、
を明らかにしたうえで、
正しい方向に向けて、協調して、進むことである。

自然界とは

地球を構成しているのは、「生命体」と「非生命体（物質）」の二つである。

※生命体　……　地球上で、自らに「生命」を宿《やど》し、「生存」するもの。
動物界・植物界・菌界・細菌界の四界に大分類され、
五百万種ある。

※非生命体　…　生命体では無いもの。（地球上の物質をいう）
どの物質にも、三態《さんたい》がある、

①　個体（「氷」　「（溶）岩」「（石灰）岩」　「等々」）
②　液体（「水」　「マグマ」　「石灰水」　「等々」）
③　気体（「水蒸気」「ガス」　「二酸化炭素他」「等々」）

そして、「生命体」の構成要素は、
一　人間の「精神」…………人間だけが持つ　＝　非物質。
二　生命体の「生命」…………生命体すべてが持つ（宿《やど》す）＝　非物質。
三　生命を除く生命体の「体《からだ》」…　生命体すべてが持つ　＝　物質。
の三つに分類される。

自然界とは、（デジタル大辞林第三版の解説①より）
人間（の生命と体）を含む天地万物《てんちばんぶつ》の存在する範囲、をいう。

つまり、自然界とは、次の三つをいう。
一　生命体の「**生命**」（人間を含む地球上のすべての生命・非物質）
二　生命体の「**体**」（人間を含む、地球上のすべての生命体の体・物質）
三　**非生命体**（生命体でないもの・地球上の物質をいう）

精神と自然界

故に、『精神』以外の地球上の構成要素を、哲学でいう「物質《ぶっしつ》」ではなく、『自然界《しぜんかい》』と規定すれば、全てが解決する。

結論として、世のなかは、次の二元・四項で構成される。

〔一元〕「精神」　　〔一項〕精神（人間のみが持つ・非物質）

と

〔二元〕「自然界」　〔一項〕生命（人間を含む地球上のすべての生命・非物質）

〔二項〕体（人間を含む、地球上のすべての生命体の体・物質）

〔三項〕非生命体（生命体でないもの・地球上の物質をいう）

哲学の歴史上、『物質《ぶっしつ》』を『自然界《しぜんかい》』に置き換えるのは、「初めての試《こころ》み」である。

「精神《せいしん》とは何か」が整理・解明され、
「物質《ぶっしつ》」を『自然界《しぜんかい》』に置き換え、
新しく、『精神《せいしん》と自然界《しぜんかい》』の概念《がいねん》が完成した。

この『概念《がいねん》』で、今まで学んできた歴史や世のなかの事象を探求《たんきゅう》すると、「世のなかの事象」や「人類の歴史」が、『鮮明《せんめい》に、観得《みえ》てくる』。

人類の歴史分析Ⅰ
―「人と自然」の歴史―

新しい基準で、検証すると、『人と自然の歴史』は、『「人々の精神と自然界」の「対立と融和」の歴史になる』。

「精神と自然界」の対立《たいりつ》

「人々の精神と自然界」が『対立《たいりつ》』すると、先ず、自然が、破壊《はかい》される。

そして、破壊された自然は、人類社会を滅亡に追い込むほどに暴れ狂う。

西暦十八世紀に、産業革命が起こり、生産力が急激に伸長したが、その代償として「二酸化炭素（CO_2）」が大量に放出され、オゾン層（自然）の一部が破壊された。

地球温暖化が進み、「異常気象」が頻発《ひんぱつ》している。そして、巨大な台風や集中豪雨が発生し、人間社会を破壊している。オゾン層の破壊がこのまま進展すると、地表の生物は、近い将来、絶滅《ぜつめつ》の危機《きき》に瀕《ひん》することになる。

また、山林を無秩序に伐採《ばっさい》すると、山津波が起こり、街が破壊される。

「精神と自然界」の融和《ゆうわ》

「人々の精神と自然界」が『融和《ゆうわ》』すると、自然が保全《ほぜん》（安全に保たれる）され、人間社会は、自然から豊饒《ほうじょう》な恵みを享受する。

そして、山林は、秩序ある伐採《ばっさい》と植林を行えば、災害の無い、美しい自然が保全される。

人類が協調して、地球全体の「二酸化炭素（ＣＯ２）」の放出量を自然体系に影響が出ない枠内に調整すると、異常気象の頻度《ひんど》が、極端に低くなり、地球温暖化が抑制される。

地球上が、本来のあるべき気候に戻《もど》ると、「人類と自然」が調和できる。

ここに、『人の生きる道』の「一の責務」を照合すると、ある方向性がみえてくる。

一　自然への責務を全《まっと》うする道

人間は、最も有能な生命体であるが故に、「他の生命体を含めた地球（地球の自然とそこに棲《す》む動物・植物）を守る責務」がある。

人間社会は、自然界に対して、これらの「対立《たいりつ》」ではなく、「融和《ゆうわ》」を目指し、他の生命体を含めた地球の自然を守らなければならない。

そして、『人と自然が調和《ちょうわ》して生きる未来を築かなければならない』。

人類の歴史分析II
―「人間社会」の歴史―

新しい基準で、検証すると、『人間社会の歴史』は、『「特定の人々の精神と他の人々の精神」の「対立」と「融和」の歴史になる』。

「精神同士」の対立《たいりつ》

「特定の人々の精神と他の人々の精神」が『対立《たいりつ》』すると、いざこざや戦争が起きる。

一国が、一国の利害《りがい》のもとに、他国に侵略《しんりゃく》する。それが拡大すると、利害が一致するもの同士の「同盟《どうめい》」が成立し、大きな勢力となる。そして、それを抑《おさ》えるために、利害が対立するもの同士の「反同盟」が成立して、その二つが対峙《たいじ》する。

第一次・第二次世界大戦はその最たるもので、双方が戦争に突入して、未曽有《みぞう》（かつてない）

の多くの生命が失われた。

「精神同士」の融和《ゆうわ》

「特定の人々の精神と他の人々の精神」が『融和《ゆうわ》』すると、信頼が生まれ、平和が訪れる。

第二次世界大戦後、サンフランシスコ平和条約が締結《ていけつ》される。戦争により、勝った国も、負けた国も、双方ともに、嘗《かつ》てない、悲惨《ひさん》な状態に陥り、そこには、何の利益もなく、あったのは大きな不利益と不条理《ふじょうり》（常識では図れないこと）である。

世界は、これを教訓として、『**不戦の誓い**』を立てる。以降の世界は、「冷戦の時代」といわれたが、実戦の無い、平和な時代が続いた。

ここに、『人の生きる道』の「二の責務」を照合すると、ある方向性がみえてくる。

二　人間社会への責務を全《まっと》うする道

人間は、最も有能な生命体であるが故に、「有能な人類社会（地球・国・県・市町村）を存続・発展させる責務」がある。

その責務を遂行するためには、『「精神の対立《たいりつ》」による戦争ではなく、「精神の融和《ゆうわ》」による人類社会の存続と平和、そして、発展を選択しなければならない』。

二度の世界大戦

第一次世界大戦は、一九一四年（大正三年）から一九一八年（大正七年）にかけて戦われた**人類史上「最初の世界大戦」**である。

オーストリア・ハンガリー帝国連合が、セルビアへ宣戦布告をすることから始まった**局地的な戦争**が、ドイツと、ロシア・フランス・イギリスを巻き込み、ヨーロッパ全土が、戦場となる。参戦した先進国は、世界中に植民地を持っており、本国だけでなく植民地も戦場となる。戦闘は、アフリカ、中東、東アジア、太平洋、大西洋、インド洋におよび、世界の多数の国が参戦した。

第二次世界大戦は、一九三九年（昭和十四年）から一九四五年（昭和二十年）までの六年間続く。ドイツ、日本、イタリアの三国同盟を中心とする枢軸国陣営《すうじくこく》と、イギリス、ソビエト連邦、アメリカ、中華民国などの連合国陣営との間で戦われた全世界的規模の巨大戦争。

一九三九年（昭和十四年）九月、**ドイツ軍のポーランド侵攻**に対して、ソ連軍が対抗、そして英仏が、ドイツへの宣戦布告を行う。いずれもヨーロッパを主戦場とする。

その後一九四一年（昭和十六年）十二月、日本と米国との真珠湾での開戦で、戦火は文字通り全世界に拡大して、**人類史上「最大の戦争」**となった。

この二つの大戦で、世界最大規模の悲劇《ひげき》が展開する。

死者は、合計、八千七百万人～一億二千二百万人と推測される。

大切な命が、無惨《むざん》に、一億人超失われる。

言葉にならない。


戦費は、合計、一兆一千二百億ドル。現在の価値で、百十二兆億ドル。

現在の日本円に換算すると、一京（万）一千二百兆円という、天文学的なお金が消滅《しょうめつ》した。


亡くなられた一億人超の人々の「知恵」と、一京（万）一千二百兆円という天文学的なお金が、人類の平和のために使われていたとしたら、人類社会は、どれだけ発展していたであろう。少なくとも、現代の脅威《きょうい》である、「地球温暖化《ちきゅうおんだんか》」は、防ぐことができている。


亡くなられた人々に哀悼《あいとう》の意を表するとともに、人類の一員として、まことに無念《むねん》である。

人類は、大きなボタンの掛け違いをした。

そして、これを教訓として、この後、世界の先進国は、『不戦の誓い《ちか》』を新たにする。

冷戦時代

二つの大戦の後、『不戦の誓《ちか》い』から、世界は、「冷戦《れいせん》」時代に突入する。

第二次世界大戦後の世界を二分した、アメリカを盟主《めいしゅ》とする資本主義・自由主義陣営と、ソ連を盟主《めいしゅ》とする共産主義・社会主義陣営との、対立構造である。

この対立構造を「東西冷戦」という。

冷戦での両陣営の対立の境界であるヨーロッパにおいては、ソビエト連邦を盟主《めいしゅ》とする共産主義陣営が東ヨーロッパに集まっていたことから「東側《ひがしがわ》」。対するアメリカ合衆国を盟主《めいしゅ》とした資本主義陣営が西ヨーロッパに集まっていたことから「西側《にしがわ》」と呼んで対峙《たいじ》した。

『冷戦』と称しているが、『不戦の誓い』から、世界は、実戦のない、平和な状態が続いた。

しかし、いずれの時も「対立」する事の方が多い。

当たり前のことである。人は、一人として同じ人間はいないのだから。

『「我《が》」を通せば必ず「対立」する。これは、人間社会の「真理《しんり》」である』。

自然法則と精神法則

四つ目の答え、『理想郷を創造するためには』の結論を表示する。

世のなかに存在している『自然法則』と『精神法則』を、より多く、探知《たんち》し、それらを整理・

統合・進化させて、『人類の融和《ゆうわ》の法則（「理想郷の大典」）』を創《つく》ることである。

地球上は、『精神』と『自然界』の二つで構成されているが、私は、そこに、二つの法則が存在することを探知《たんち》した。

そして、

一「人の精神と自然界」の間に存在する法則を『自然法則《しぜんほうそく》』と称する。

二「人の精神同士」の間に存在する法則を『精神法則《せいしんほうそく》』と称する。

自然法則とは

自然法則《しぜんほうそく》とは（大辞林 第三版の解説より）

一　自然界の現象や秩序《ちつじょ》を支配していると考えられている法則。

二　規範法則《きはんほうそく》に対して、自然界における事物や出来事の間に成立する普遍的《ふへんてき》・必然的《ひつぜんてき》な因果《いんが》関係を表現する法則。

但し、ここでいう、『自然法則《しぜんほうそく》』とは、人々の精神と自然界についての規範《きはん》、規則《きそく》で、（人々が自然界に対して、やってはいけない行いを規則とし、すべき行ないを推奨して）『「人々の精神と自然界」が融和《ゆうわ》して、自然が保全《ほぜん》（安全に保たれる）され、人類が豊かな恵みを享受《きょうじゅ》できる法則』をいう。

※一一〇ページ、「人と自然の歴史」参照。

精神法則とは

本来、『自然法則』に対する反意語は、「規範法則《きはんほうそく》」である。

※規範法則《きはんほうそく》とは、（大辞林第三版の解説より）

事実の間に成立《せいりつ》する自然法則に対して、「かくあるべし」という形をとる、主体的な当為《とうい》（「まさに為すべきこと」）の法則。

しかし、規範法則という表現では、分かりにくい。

また、意味的には、『道徳』が類似《るいじ》する。

※道徳《どうとく》（大辞林 第三版の解説①より）

ある社会で、人々がそれによって善悪《ぜんあく》・正邪《せいじゃ》を判断し、正しく行為《こうい》するための規範《きはん》の総体。

法律と違い、外的強制力はなく、個々人の内面的原理として働くものをいう。

また宗教と異なって超越者《ちょうえつしゃ》との関係ではなく、人間相互の関係を規定《きてい》するもの。

仮称《かしょう》『精神法則』には、「規範法則」「道徳法則」「精神法則」の三つの正称《せいしょう》の候補が上がるが、私は、

この法則は、『私の精神と他の人の精神』の精神同士の関《かか》わりにより動いている法則であることから、

『精神法則《せいしんほうそく》』と名付けることにする。

※この言葉は、造語《ぞうご》であり、まだ一部の関係者の間で使われているだけで、一般用語としては、認知されていない。しかし、科学的に、グローバルに（国境を越えて）、将来性をも鑑《かんが》みると、この『精神法則』という名称が最適である。

但し、ここでいう『精神法則《せいしんほうそく》』とは、人の精神同士の関りについての規範《きはん》、規則《きそく》で、（人が他の人に、やってはいけない行いを規則とし、すべき行ないを推奨して）「人々がそれによって善悪《ぜんあく》・正邪《せいじゃ》を判断し、正しく行為《こうい》するための規範《きはん》の総体」である。

また、『「私の精神と他の人の精神」が融和《ゆうわ》して、人類が平和に、人々が幸せになれる法則』をいう。

※一一二ページ、「人間社会の歴史」参照。

世のなかの枠組み

つまり、総合すると、世のなかの出来事は、この二つの法則に支配されており、

> 人の行為《こうい》により生《しょう》ずる結果は、
> 起《お》きるべくして起《お》きている。

ということである。

※行為とは（大辞林第三版の解説より）

個人がある意志・目的を持って意識的にするおこない。

『自然法則《しぜんほうそく》』と『精神法則《せいしんほうそく》』の存在を探知《たんち》して、漸《よう》く、世のなかの枠組みが理解できた。

しかし、今は未《ま》だ、『自然法則』と『精神法則』の「具体的事例」は、ほんの少し、積み上げられただけである。まだまだ未知の、無限《むげん》に存在する事例を探知《たんち》して、整理する必要がある。

人生の設計図を創る

私はこの四年（浪人時代～大学三回生まで）の歳月を積み重ねるなかで、「私の周りの人々すべてが幸せになるために、『理想郷』を創り、そこで、人として最幸の生き方がしたい」という人生の究極の目標を見付ける。

そして、それを実現するために、人生の設計図を創る。（詳細は、別途、紹介する）

要約すると、卒業後の進路は、

二十代　マグロ漁船に乗《の》る。

①自然が支配する大海原で、『自然法則』を探知・習得する。
②わずか十数名の乗組員で、『精神法則』を探知・習得する。
③資本を蓄積する。

三十代　中央卸売市場で仲卸経営をする。
①『自然法則』の探知・習得を押し進める。
②利害が最優先の商取引のなかで、
『最高難レベルの精神法則』を探知・習得する。
③経営者（指導者）としての資質を試す。
④結婚して、三つの新しい生命の『誕生』と『育成』に携わる。
⑤資本を増殖させる。
⑥『理想郷を創る』同志を集う。

四十代　理想郷を創《つく》る。
日本国内の何処かに、同じ志を持つ人々と
「人と自然」、「人と人」が融和する『理想郷』を創る。

五十代～其処で、『人として最幸の生き方』をする。

この目標を達成するために、『私の人生の全てを懸けて、邁進《まいしん》する』。

特に、

一　卒業後の十年間は、

①　自然が支配する大海原（人間の力が殆《ほとん》ど及ばない大自然）で、生死をかけた人間（「私の精神」）が、大自然に、どう対処するのかを見極める。

（「自然法則」の個々の「具体的事例」を探求する）

②　僅《わず》か、十数名の乗組員。されど十数名。ちっぽけな「マグロ漁船」という世界で、私の精神と他の乗組員の精神の「融和《ゆうわ》」を図る。

（「精神法則」の個々の「具体的事例」を探求する）

二　次の十年間は、

商売を通じて、「難度《なんど》の高い精神の融和」を促《うなが》す。人は、余裕があるときは、様々な人々とうまくやっていけるが、損得《そんとく》がかかり、生活がかかった、余裕のないぎりぎりの状況「商売」で、取引先と有効な関係をどれだけ保ち続けられるかどうかが、商談の行方を左右する。また、この期間に、指導者（且つ、経営者）としての資質をどれだけ磨《みが》くことができるであろうか。

（難度の高い「精神法則」の個々の「具体的事例」を探求する）

『この先二十年のわが人生に、苦難《くなん》のレールを引く。
「厳しい大自然（大海原）と過酷な労働（マグロ漁船）のなかで、私の肉体が悲鳴をあげるとき」、「生と死の境、極限の緊迫《きんぱく》した状態をむかえるとき」、「私の精神」が、それらにどう対処するのかを見極める。そして、その都度《つど》、「自然法則」と「精神法則」の探知・習得に励み、数々の事例とその法則を導き出したい』。

また、導き出した事例や法則を整理して、
『人々が「真に和《わ》する」ことのできる融和の法則』に進化させて、
『理想郷の大典（「人類が融和する法則」）』としたい。

『最幸の人生』とは

最幸の人生の基準を定めなくてはならない。
最幸の人生とは、

『人の生きる道』を歩むこと。

その四つの道で、
一　自分を成長させる。
二　子々孫々を繋《つな》ぐ。
三　自然への責務を全《まっと》うする。
四　人間社会への責務を全《まっと》うする。

人は、自然法則と精神法則の「融和の法則」が探知・習得できれば、
強靭《きょうじん》な能力と心（「精神」）を備えることができる。
また、世のなかの善悪を正確に判断し、どんな苦難にも立ち向かい、
自分の『運命』をも乗り越え、道を切り開くことができる。
そして、「広く、大きく、豊かな心」を持つことができる。
その様な環境を兼ね備えて、周りの人々とともに、
『幸せ』を求めて、真摯《しんし》に生きる。

四つの道それぞれで、『幸せ』を成し遂げることができた時、
そこに、『崇高《すうこう》な充実感』が生まれる。
それが充満する時が、『至福《しふく》（この上もない幸せ）』の時であり、
そこが『天国《てんごく》』である。
その継続が、『最幸の人生（最も幸せな人生・HAPPIEST LIFE）』である。

第四章

「理想郷の創造」と「最幸の人生」に挑む

―マグロ漁船で大海原へ―

父と決別

ふるさとで教育実習

四回生の六月、故郷に帰り、自宅から通学して、母校の太地中学校で、教育実習を行う。
大学の履修《りしゅう》科目でも、教職課程は習得しており、この実習が完了すると、中学・高校の社会科(歴史)の教師の免許が取得できる。
しかし、教師になるつもりはない。私は、既に『自分の進むべき道』を見出している。
また、大学を出たばかりで、世の中の「世」の字も理解してなくて、「知恵」を持たない、「知識」だけの人間(私)に、「人を教育する資格はない」と考えていたからである。

では、なぜ教師の免許を取得するかといえば、

一 免許は一生ものであり、本当に私にその資格が具《そな》わったときは、就《つ》いても良いと考えていたからである。人の成長を手助けするのも、なかなか遣《や》り甲斐のある職業だとも考えている。

二 両親は私が教師になることを望んでいたからである。両親とも口には出したことはなかったが、姉が既に小学校の教師になっており、私が中学か高校の教師になれば、両親にとって最高の形になる。

ここまで私を育ててくれたのは両親である。その両親への償《つぐな》いの意味もあり、取得した免許証だけは、プレゼントしたかったからである。

教育実習は、何もかもが懐《なつ》かしく、そして、新鮮であった。

野球部の臨時コーチもした。卒業して七年が経過していたが、野球部の後輩たちは、私が「部」の先輩であることを知っていた。

教育実習では、社会科の授業を受け持つ。基本は、教科書に基づいてのものであったが、自由テーマもある。

太地町は、「捕鯨の歴史」をもち、太地中学校は、その捕鯨の重要拠点の一つである山見台跡《やまみだい》と狼煙《のろし》台跡がある燈明崎《とうみょうざき》に位置している。私が中学生の頃、「近くに古ぼけた史跡があるな」と思う程度で、授業で取り上げることはなかった。地域社会の歴史と題して、「太地浦捕鯨の歴史」の一端を取り上げる。

今でいう、課外授業も行う。

中学校から、歩いて僅《わず》か五分の、燈明崎の最先端に山見《やまみ》台跡がある。

※山見《やまみ》台……燈明崎にある。

山見台とは、太地古式捕鯨でいう総指揮《しき》所のこと。広大な海上で捕鯨を行うには、全体を見渡せる高い位置から指令を出すことが必要だった。この条件に合った数カ所のポイントに山見台が築かれたが、燈明崎の山見台はなかでも重要な役割を担っていたという。その上に昇り、沖を泳ぐ鯨を発見・捕獲の指示をする「高い台」をいう。

そこから太平洋が三百四十度見渡すことができる。沖を泳ぐ鯨の群れを発見・捕獲の指示のしやすい最良の地であることがよく分かる。

その隣に、狼煙《のろし》台跡があり、鯨を発見すると、そこから、鯨の種類や大きさ、泳ぐ場所を示す合図の狼煙《のろし》を何種類か上げる。それを確認した「鯨方《くじらがた》」が、出陣《しゅつじん》の合図を送り、浦人《うらびと》が鯨目指して一斉に舟を漕《こ》ぎだす。

※鯨方《くじらがた》……一六七五年（延宝三年）に三代目の和田頼治が鯨を網に追い込んでとる網捕法「網掛突捕法」という方法を発明すると、今度は和田一族統制の下、太地村一村で大きな『鯨方』を形成（最盛期は約千人といわれる）するに至り、これが二〇〇年近く続いた。

その話をしながら、山見《やまみ》台や狼煙《のろし》台の重要性を説明する。

生徒たちの目は、活《い》き活《い》きと輝いている。

私も、心が躍《おど》った。

進路について父と語り決別

教育実習も無事終了して、父に卒業後の進路について、満を持して私の考えていることを話す。

やはり、父は、私が教師になるものと思い込んでいた。

私の考えを話すと、無口で頑固な父が逆上し、引かない私と最後は大喧嘩となる。

私はこの四年の間に、「人として生まれた以上、人として最幸の生き方がしたい」という人生の究極の目標を持ち、そのための人生の設計図を創った。

卒業後は、設計図に基づき、最初の十年間は、マグロ漁船に乗る。

その準備として、この夏休みは、研修を兼ねて、隣町の勝浦港から一航海、マグロ漁船に乗りたい旨《むね》の話になったとき、父の「逆上《ぎゃくじょう》」が最高潮に達する。しがらみの多い現実社会で生きてきた父とは、考えに大きな開きがあることはわかっている。父は、「お前をマグロ漁船に乗せるために大学までいかせた訳ではない。絶対反対や」と怒り心頭《しんとう》である。

私は、「一生乗るのではない。十年間だけだ。マグロ漁船に乗ることは、夢を実現するために、大変大事な過程だ。それに大学で様々な幅広い学問を学ぶことができたおかげで、このような『素晴らしい人生の目標』を持つことができた。

『事が成せば、人類の夢に貢献できる』。

だから、大学までいかせてもらったことには大変感謝しているし、有意義であったと思っている」と反論する。しかし、話の溝《みぞ》は埋まらず、父の怒りだけが増幅して、大喧嘩《おおげんか》となって、私は、西宮に帰ることとなった。

今回の話し合いは、私の一生を懸《か》けた、一世一代の大勝負である。『子供の本当の幸せ』を望むならば、この生き方を認めてもらうことができるはずだと思っていた。だから、私も譲らない。父が譲らなかった理由は、人生の先輩としてその考えは無謀《むぼう》と判断したことと、マグロ漁船の世間体《せけんてい》を気にした故と思っていた。

しかし、それだけではなかった。

もっと奥深いところにその理由が隠されていた。

それがわかったのは、三か月後のことである。


将来設計に大きな狂いが生じる。

この夏休みに、隣町の勝浦港からマグロ漁船に乗る計画が座礁《ざしょう》してしまう。また、そのときは、今はまだ父の理解は得られないが、いつかはきっと分かってくれるものと信じていた。

内緒《ないしょ》で乗ってこよう。

太地町から一番遠い、日本最北端のマグロ漁船の基地、宮城県気仙沼《けせんぬま》港なら父が気づくことはないであろう。

これらの仔細《しさい》は、姉ともう一人、人生を大きな目で見ることができる宇久井《うくい》の叔母《おば》にのみ話をしていた。

マグロ漁船で大海原へ

気仙沼へ

七月十一日、夏休みが始まると同時に、寝袋の入ったリュックを担《かつ》いで西宮を出た。

行先は、宮城県気仙沼港《けせんぬま》。途上の列車のなかで、父とのやりとりが走馬灯《そうまとう》のように頭のなかを駆《か》け巡《めぐ》っていた。

気仙沼の駅に着き、駅前の観光協会で、マグロ漁船の船主協会の所在を教えて貰う。

これから自分が挑《いど》もうとしている人生の大冒険に、体が武者震《むしゃぶる》いを起こしている。

知り合いは誰もいない。

見ず知らずの学生を一航海（五十日程度）だけ、乗せてくれるだろうか。

折しも、赤軍派が国内での活動の場を無くし、海外渡航を試みていた時である。様々な不安が頭に浮かんでは消えていたが、とにかく、覚悟《かくご》を決めて、船主協会のドアを叩く。

応対してくれたのは、六十歳ぐらいの温和な事務局長ぐらいを務めていそうな男性である。きちんとした挨拶をしてから、自分の思いを素直に包み隠すことなく、丁寧《ていねい》に、情熱をこめて、話をさせてもらう。**どれだけ喋《しゃべ》ったかは覚えていない。**とにかく悔いを残すことがないように、全力をぶつけたことは確かである。

しばらくの沈黙のあと、事務局長らしい男性は、「にこっ」として、「わかりました。数日後に出港する船がありますので、その船主さんに声をかけてみましょう。少し、こちらでお待ちください」といって応接室に通してくれる。

ほっとして、全身の力が抜けていくのがわかった。

一時間ほどして、その船主さんが、私のためにわざわざ船主協会まで足を運んでくれて、事務局長（船主さんがそう呼んでいた）と一緒に応接室に入ってくる。

色が黒く、
がっちりした体で、
貫禄《かんろく》があり、
流石《さすが》海の男といえる厳《いか》つい顔をしていたが、
目の奥に、何ともいえない優しい光を発していた。

すぐ起立《きりつ》をして、粗相《そそう》のない挨拶をする。

三人が着席したあと、事務局長へと同様に、いやっ、それ以上の情熱をもって熱く話をさせて貰う。いくつかの質問もあり、丁寧《ていねい》に、簡潔《かんけつ》に答えさせて貰う。

そして、少しの沈黙のあと、船主さんは、

「分かった。乗せてあげよう。船は一週間後に出港する。アルバイト料は一日一万円でよいか」

といってくれる。

私は、「乗せてもらうだけで十分です。アルバイト料はいりません。全くの素人《しろうと》が乗船しますので、全力を尽くしますが、どれだけ皆さんに尽くせるか疑問です。逆に多々ご迷惑をおかけするかもしれません」と答えると、船主さんが困った顔つきになったので、

「航海から帰ってきたときに、どれだけ貢献《こうけん》できたかで、アルバイト料は決めてください」といっ

て、それで合意ができる。

そのあと、船主さんは、「泊まるところがあるのか」と声をかけてくれて「これから探します」と答えたら、

「うちに泊まりなさい」といってくれた。

ありがたくて涙が出そうになる。こんなにも甘えてよいものかと思ったが、

「ありがとうございます。お世話になります」というと、船主さんは厳《いか》つい顔で「にこっ」とほほ笑んでくれた。

船主協会を出るとき、事務局長さんに、感謝の意を込めて、頭が地面につくほど深々とお辞儀《じぎ》をする。頭を上げると、事務局長さんは「ポン」とかたを叩き、「頑張りなさい」といって笑顔で見送ってくれた。

船主さんの家は、天然の気仙沼湾を構成する東端の唐桑半島の中ほどの小鯖《こさば》という集落にある。市内の船主協会から車で二十分ぐらいのところである。

家族構成は、離れで暮らすお爺ちゃんとお婆ちゃんの二人と、船主さん、おおらかで優しく綺麗《きれい》な奥さん、小学校三年の長男、三歳でキャーキャーと賑《にぎ》やかな長女の六人暮らしである。

家のすぐ下が、小さな天然の漁港となっており、早朝は、小舟五艘《そう》に分乗して、定置網の網上げを手伝う。色々な種類の魚が獲れて楽しかった。

昼間は、気仙沼湾に停泊《ていはく》中のマグロ漁船（七十トン）に行って、出港準備の手伝いをする。帰って食べる夕食が楽しみだった。ただ一つだけ問題がある。食事のとき、お茶は最後になってからしか出てこない。それがこの地域の風習であった。だから、美味しい食事がのどに痞《つか》えることが多かった。関西人は、食事をしながらお茶をいただく（せわしい）習慣となっており、特別に頼んで早くお茶を出してもらってからは、快適《かいてき》である。

休みの日の前の晩、船主さんが手にジョニーウォーカー黒ラベルを持って、「飲まんかい」と誘ってくれる。最初は二人で、奥さんも家事が終わると加わり（奥さんは飲まないが）夜中の二時まで楽しく雑談しながら飲んだ。このときのジョニ黒の味は、一生《いっしょう》忘れないと思う。

翌朝は、ゆっくり寝てから、午前中自然が支配する唐桑《からくわ》半島を散策する。半島の先端部分に「唐松の林」がある。林のなかは暗く、太陽光線は差し込んでいない。

〔一句〕
唐松《からまつ》の林
唐松《からまつ》の
天に伸びるを
細く見ゆ
光もとめて

われを忘れてか

注釈……林の中の唐松の木は、太陽の光を求めて、上へ上へと伸びている。枝が茂っているのは一番上だけで、その幹は細々としており、林のなかは、暗く、陰鬱《いんうつ》である。上空から見れば、唐松の林は、青々と茂っているように見えるのだが、そのなかは閑散《かんさん》としている。

自身に置き換えて、理想を求めるがゆえに、焦《あせ》って足元を疎《おろそ》かにしてはならない。理想を求めるがゆえに、一歩一歩足元を見つめながら、着実に何ものにも負けない、太い幹を造って進んでいかなければならない。

という自分への戒《いまし》めの句である。

午後は、奥さんに頼まれて、二人の子供を、裏手の海岸に海水浴に連れていく。二人の子供は、本当によく懐《なつ》いてくれた。

〔海岸で一句〕

こども
遊び疲れて眠る　かわいい寝顔がそこにある
無垢《むく》な　美しい寝顔がそこにある
寝覚《ねざ》めて

魚を指さして　無邪気に笑う顔が
魚が逃げて　睨《にら》んで怒る顔が
そこにある
小さな笑いが
私の心を爽《さわ》やかに駆け抜けたら
大声で　「ソーラッ」　といって
抱き上げて　肩車をする
キャッキャッといって
小さな顔を笑いでくずして
私の首筋に
小さな手で
しっかり　いつまでも摑《つか》まっている

この期間は、家族の一員として扱ってもらい、本当に楽しい時間と空間であった。

出航

出航の二日前に、大変な出来事が起きる。
「北さんの船員手帳が交付されない」と、船主協会の事務局長さんから連絡が入る。

東北管内を掌握《しょうあく》する塩釜海運局に申請していたのが、却下《きゃっか》されたらしい。船員は一つの職業であり、私は学生であり、学生も一つの職業とみなされ、一人が二つの職業を持つことになり、承認できないということである。当時赤軍派の海外渡航が活発に行われていたのが、影響したのかもしれない。

船員手帳がなければ、出航できない。（日本国から出ることができない）船員手帳は、海外に行くときのパスポートと同じ効力を持っている。船主さんが怒って、塩釜の海運局に交渉をしてくれたが、埒《らち》があかない。

時間がない。

船主さんは、最後の手段として、わが国の労働大臣に直接電話をして、懇切丁寧《こんせつていねい》に私のことを説明してくれた。（労働大臣は、宮城県の出身で、船主さんは地域の後援会長をしていた）

出航の前日、やっと私の船員手帳が交付される。

事情を確認すると、大臣から直接塩釜海運局に電話が入り、検討の結果、

・赤軍派とは無関係である。

・今回の航海は、職業でなく、研修である。

とのことで、問題にはならないことが確認されて、「交付にいたった」ということである。

見ず知らずの私のために、船主さんが、さも自分のことのように真剣に動いてくれて、しかも、船主さんの願いとはいえ、日本国の大臣までもが、私のために動いてくれた。

「人の気持ちが、こんなにもありがたいと思ったことはない」。
船主さんに、一生の恩をいただいたといっても過言ではない。このご恩に報《むく》いるためには、私が全力をつくして頑張る以外はない。

父には理解をしてもらえなかったが、船主さんたちには、「私の周りの人々すべてが幸せになるために、「理想郷」を創り、そこで、人として最幸の生き方がしたい」という人生のロマンを、果てしない若者の夢を理解していただき、応援団になっていただいたものと感謝の念に絶えない。

そして、翌日、昭和四十九年七月二十三日、予定どおり船は出航する。
マグロ漁船の規模　七十トン
乗組員　十六名（わたしを含む）
航海日数　五十日
漁場　赤道直下　カロリン・マーシャル諸島沖合
これから五十日におよぶ、まさに生死をかけた体験が始まる。
手元に、当時の航海日誌が一冊あり、これだけで十分一冊の単行本となりうるが、ここでは詳細は割愛《かつあい》し、要点だけ掲載《けいさい》するにとどめたい。

今回の体験研修の目的は、
一　卒業後、十年間従事するマグロ漁船の就労体験。

二　人類社会の永遠の課題である「自然界（今回は大海原）と私の精神の融和のあり方」を問う。
三　船という小さな人間社会での「私の精神と他の人の精神の融和のあり方」を問う。

命を削る

出航早々、早速に、自然（大海原）との生死をかけた葛藤《かっとう》が始まる。

出港時、東北地方東岸を発達した低気圧が通過する。外海《そとうみ》に出ると、七十トンの小さな船は、大自然の荒波のなか、木の葉のように揺《ゆ》れる。

普通の人なら、一～二時間で船酔いになるが、私は、船酔いに強く、何ともない。

低気圧は一日で通過したが、その後も波の荒い日が続く。

これまでは、二～三日経《た》てば、必ず体が安定する「陸《りく》」に上がっていたが、何日たっても海のうえで、揺《ゆ》れ続けている。

未体験のゾーンに突入した私の精神は、戸惑いを見せ始め、出港して、二日半経過したとき、ついに**「遅れてきた船酔い」**が始まる。

何も食べることができない
何も飲むことができない

オレンジジュースが、喉《のど》を通過した途端《とたん》
ものすごい勢いで体外に逆流、放出される
胃が体外に飛び出るかのような、激痛《げきつう》が走る
わずかに体内に残るのは
口を濡《ぬ》らす程度の水だけである
その状態が一週間続いた
何百回吐《は》き気をもよおしたことか
そのつど出るのは
黄色い胃液だけである
胃のなかでは、
わずかに残った胃液が
ピチャ、ピチャ跳《は》ねているだけ
動こうとしても
体に全く力が入らない
もう死ぬのかなと思った
船主さんが、労働大臣を必死に
説得してくれている姿が、脳裏《のうり》に浮かんだ
こんなことで負けてはいけない
死ぬな。必死に耐える……

出航して十一日目、（あと三日後に漁場《りょうば》に着く）漁の準備作業が始まる。
体力に自信のあった私だが、一週間も何も食べていない体は、精神に逆行《ぎゃっこう》して、全く動かない。
自分が誠に情けない。

負けるものか。

どんぶりに半杯のご飯を盛り、お茶を注ぎ、たくわんを二切れ入れ、甲板《かんぱん》に出て、船首に陣取《じん》る。大海原と対峙《たいじ》し、茶漬けを思いっきり口のなかに詰め込み、飲み込んだ。
ほんの一瞬だけお茶漬けは、胃のなかに留まったが、すぐに逆流してきた。私は、それを船首から体を乗り出し、大海原に思いっきり吐き出した。胃が体外に飛び出すかのようで、本当に苦しい。

負けない。

何回もその行為を続けた時、船首に陣取る私の呼吸と、船首から見える「海の呼吸」が違うことに気付いた。
船は波の上下により、昇り降りをして揺れている。私の呼吸は、それに合っていない。船首が上がるとき、息を吸って、船首が下がるとき息を吐《は》いてみた。なんと体が、揺れる船首のうえで、すごく安定している。すると、私の精神も安定しているのがよく分かった。

呼吸を海（波）の動きに合わせることを続けながら、お茶漬けを食べてみた。

そうすると、どんぶり半杯のお茶漬けが、胃のなかに納まった。胃のなかは、胃液のみで、胃酸が溢れている。早速、「消化活動」が始まるのが感じられる。


やった。やったぞ。

これで体力が回復する。

皆さんと同じ仕事ができる。


跳びあがって喜んだ。

それが、自然界が私に与えた最初の「命懸《いのちが》けの試練《しれん》」である。そのときから、私の体力は、回復の一途を辿《たど》った。


この様子を、船頭さんや船員の皆さんは、ずっと見守ってくれていた。

一週間、何も食べられず、「死ぬかもしれない」と真剣に思っていた私を、ただ黙って見つめ、私がどうするのかをじっと見つめている。

あとで船頭さんから聞かされた話であるが、

「今まで、船酔いで死んだ人は一人もいない。但し、船酔いの苦しさは、みんな十二分に理解している」ということである。

そのとき、船頭さんが、じっと見守り続けてくれていた理由がわかった。だから私は、自分の力で、海を理解し、自然界と融和することができた。

本当に「命を懸《か》けた、貴重《きちょう》な体験」となる。

人間は、一週間、水だけで生きられる。今まで、その話は、何回か聞いていたが、自分の常識では測れず、無理という結論に達していた。今回、自分でそれを体験して、事実だということが、本当によくわかった。

カロリン・マーシャル諸島へ

気仙沼を出港してから、十四日目（ほぼ二週間）、船は、漁場《りょうば》であるカロリン・マーシャル諸島の沖合に着いた。

いよいよ、マグロ漁《りょう》が始まる。

カロリン・マーシャル諸島は、西太平洋の赤道直下、熱帯の海域であり、北緯五～十度に位置する「マグロ漁《りょう》の本場《ほんば》」である。

マグロとの格闘の日々

漁《りょう》は、「延縄《はえなわ》漁法」である。

そして、マグロ漁《りょう》の作業は「一日で完結《かんけつ》」する。

漁場《りょうば》を決めるのは、船頭《せんどう》である。

天候や海流《かいりゅう》の状態、他漁船の漁の情報、そして、何よりも過去の経験に基づき、総合的に判断して、日々の適切な漁場《りょうば》を選択する。

目指すは、「メバチマグロ」である。「キハダマグロ」や「ビンナガマグロ」は、価格が安く、収益には結びつかない。

同じ満船（船底の冷蔵庫がマグロで一杯になる）で帰るにしても、「メバチマグロ」の漁が多いか少ないかで、航海の収益が決まる。

「メバチマグロ」は、日中は、他のマグロより、深層を泳いでいるので、通常のマグロを釣るよりも、十五ヒロ（二十二・五メートル）深い所に幹縄《みきなわ》を流す。餌《えさ》のついている釣り針は、そこから、さらに十五ヒロ（二十二・五メートル）深くなる。

つまり、餌《えさ》のついている釣り針は、海面から四十五メートルの深さのところを漂《ただよ》う。

一日の漁獲の目標は、マグロ二十～二十五本。

満船（船底の冷蔵庫がマグロで一杯）になるためには、マグロ五〇〇～六〇〇本、三十五トンを漁獲しなければならない。

これから八月の末まで、二十数回の「投縄《なげなわ》」「揚縄《あげなわ》」の操業を行う。

八月二日、出港から十五日目が、『初縄《はつなわ》（漁の始まり）』である。

漁場《りょうば》は、北緯七度、東経百五十八度、カロリン諸島の東端とマーシャル諸島の西端、丁度その中間の海域である。

【投縄《なげなわ》作業】

一作業、六名で担当する。（当番制・二日勤務して、一日休み）

午前二時半スタンバイのベルが鳴り、起床。

午前三時より八時まで、五時間、「投縄《なげなわ》作業」を行う。

作業は、大型ランプ（浮き球）につけている浮き縄（長さ、二十二・五メートル）の端に、幹縄の端を繋ぎ、海に投げる。

幹縄一本三五〇メートルに、五〇メートル間隔で、六本の枝縄（ワイヤーの釣り糸・一本二十二・五メートル）をぶら下げ、各釣り針に、餌《えさ》として、さんま一匹を引っ掛け、幹縄《みきなわ》の他端を小型ランプの浮き縄に繋《つな》ぎ、反対側に、次の幹縄《みきなわ》の端を繋いで、海に投げ入れる。


……

実に、一回の投縄作業で、

大型ランプ　二個
小型ランプ　二九九個
幹縄《みきなわ》（一本三五〇メートル）　三〇〇本
枝縄《えだなわ》（二十二・五メートル）　一八〇〇本

釣り針　一八〇〇本
餌《えさ》のさんま　一八〇〇匹

枝縄《えだなわ》の釣り針に餌のさんまをつけて海に投げ入れる作業、一八〇〇回を繰り返し、最後に大型ランプ（発信装置の付いた浮き球）を海に投げ入れて、投げ縄作業が完結する。

延々一〇五㎞に渡《わた》り、延縄《はえなわ》を流す。

五時間に及ぶ流れ作業であり、誰か一人でももたつけば、全体の作業の遅れに繋《つな》がる。

午前八時に終了して、朝食を摂《と》り、午前八時半に就寝《しゅうしん》する。

【揚縄《あげなわ》作業】
全員で担当する。（コック長も食事の準備が完了すると、作業に従事する）
午前十一時半スタンバイのベルが鳴り、全員起床。午前十二時より、午後十二時まで、延々一〇五㎞に渡《わた》り流した「延縄《はえなわ》」の揚縄《あげなわ》作業に入る。
十二時間に及ぶ作業の始まりである。

既に、述べているように、「漁は一日で完結する」。

一〇五㎞にも及ぶ延縄《はえなわ》を回収しながら、釣り針に掛かったマグロを甲板《かんぱん》に引き揚げる。

仕事の内容は、

一　揚縄《あげなわ》機械操作班
一名で担当する。

幹縄（一本三五〇メートル）×三〇〇本　の巻き上げは、基本的に機械がする。

大きな魚（マグロやカジキやサメ）が掛かると、一旦、機械を止めたり、魚を甲板へ引き揚げるために、機械の引き揚げ力を「強」にして操作したりする。

素人《しろうと》が、一朝一夕にできるものではない。

二　縄巻具《なわまきぐ》取り換え班
二名で担当する。

幹縄《みきなわ》一本（三五〇メートル）ごとに取り外し、保管する。

全部で三〇〇本。

幹縄《みきなわ》から外した「浮き球」二九九個も、専用の場所に、保管する。

三　枝縄（ワイヤーの釣り糸）手繰《たぐ》り班
六名で担当する。

これが一番大変。

幹縄《みきなわ》一本（三五〇メートル）に、五〇メートル間隔で、枝縄（ワイヤーの釣り糸）六本がぶら下がっている。

六人が、順番に、一本二十二・五メートルの枝縄《えだなわ》の手繰《たぐ》りを担当する。手で操《たぐ》り、輪型に巻いて、最後に釣り針で輪を引っ掛けて固定する。

間かかった。
「早く・綺麗に」が基本んであるが、素人《しろうと》の私かやると、輪が歪《いびつ》になる。慣れるまで一週

一人でももたつけば、機械が止まり、引き揚げ作業全体が止まる。

魚が掛《かか》っている枝縄は、「魚引き揚げ、処理班」に渡す。

四

魚引き揚げ、処理班

五名で担当する。

大きなマグロが掛かっていると幹縄巻揚げ機が、「ウィーン」と大きな唸り声をあげる。

幹縄につないでいる釣り糸（ワイヤーの釣り糸で二十二・五米《メートル》のながさがあり、その先の針にマグロが掛かっている）を引き上げるのは、「人の手」である。

マグロは、まだ生きている。

ワイヤーの釣り糸の針にかかっているが、甲板に引き揚げようとすると、必死に暴れ回る。

無理に引き揚げようとすると針が外れ、逃げられたりする。

五〇～七〇kgぐらいまでのまぐろなら、巻き上げ機の「力」を借りて、簡単に、甲板に引き揚げられるが、一〇〇kg以上の「大物」になるとなかなか引き上げることができない。

「魚引き揚げ処理班」全員（五名）が、「協働」して、引き揚げに掛かる。

二～三名で、枝縄を持ち、人力で引き揚げる。

残りの二名は、それぞれに「引っ掛け棒（先に鉄製のカギが付いている）」を持ち、船腹にマグロが引き寄せられると、二人はそれぞれに、「マグロの鰓《えら》」を引っ掛ける。そして、五人で、呼吸を合わせて、「セイーノゥ」の掛け声とともに、甲板に引き揚げる。

甲板に揚がったマグロの脊髄《せきずい》に、長い鉄製の針金を刺し、四～五回抜き差しする。これでマグロは、ピクリとも動かない。

それから、血抜きして、鰓《えら》と腹の臓物《ぞうもつ》をとる。

そして、マグロの体重を測り、ブリッジにいる船頭に手振りで報告。

素早く、船底の冷凍庫に入れる。（甲板は、灼熱《しゃくねつ》の太陽が照り輝く）

これらは、マグロの「鮮度を保つ」ための重要な作業工程である。


一連の作業は、五人の連携作業で成り立つ。手際が良く、見事である。

翌日、「投縄《なげなわ》」と「揚縄《あげなわ》」の間の時間に、交代で、冷凍庫の整理を行う。

そして、時には、甲板で、生きたサメとの格闘が展開される。

大きなサメの背鰭《せびれ》は、中華料理の高級品「フカヒレ」として珍重されており、高額で取引される。

五　ワッチ班

一名で担当する。（操業中は、主に、船頭が担当する）
他の船、岩礁《がんしょう》など衝突しないようにデッキから見張る。

特に、夜間の岩礁《がんしょう》などとは見えにくく、最善の注意を払う必要がある。

『これらの作業を全員、時間交代制で行う』。

私は、今回の航海が、初めての経験なので、二〜四を中心に行う。体力が居る仕事ばかりなので、一日の作業が終わると、体の節々《ふしぶし》が悲鳴を上げている。

昼食は、午後二時頃。

夕食は、午後八時頃。

交代で摂《と》り、その間も作業は、止まることはない。

「揚縄《あげなわ》の作業」が終わるのは、普段は、午後十二時。

夜食を食べて、体を洗って、寝るのは、翌午前一時。（漁が多いと、揚縄作業が終わるのは翌午前一時頃で、寝るのは同二時になる）

翌日の作業は、同午前二時半に起床して、三時から「投縄《なげなわ》作業」の開始である。普段で、一時間半、忙しいと三十分の仮眠だけで、翌日の作業にかかることになる。

一日、二十四時間のうち、投縄《なげなわ》、揚縄《あげなわ》の作業時間他で、ほぼ十九時間三十分、残り四時間三十分は、分割睡眠である。

『初縄《はつなわ》』から好漁《こうりょう》が続き、一週間（七日間）休みなしで、操業《そうぎょう》が続いた。

人間の体力の限界に挑戦し、
過酷《かこく》な自然との闘いに全精力を注ぐなかで、
『精神が氷のように研《と》ぎ澄《す》まされていく』。

自然法則を探知・習得する

こんなことがある。

私が、魚引き上げ処理班の時、体長三《メートル》ほどのサメがかかり、生きたまま甲板《かんぱん》に引き上げられ、暴れている。その処理を任《まか》される。

これまで、何度か、先輩たちの処理を見てきたので、大体の要領《ようりょう》は分かっていたが、相手は、生きたサメである。恐怖が一瞬頭を過《よぎ》ったが、怯《ひる》むことなく、サメに立ち向かう。

解体包丁《かいたいほうちょう》を右手にかざし、
背後から、サメに飛び乗り、
胴体に跨《また》って、その動きを抑える。
サメの頭の後部に包丁を入れ、
三分の一を切り裂く。
その隙間《すきま》から見える「サメの脊髄《せきずい》」に、
五十《センチ》ほどの細い鋼鉄の棒を差し込み、

四～五回抜き差しすると、
あんなに暴れていたサメがピクリとも動かなくなる。
思った以上にうまくいった。そう過信した私に、大きな落とし穴が待っていた。
サメの背中から降り、前に回って、
鋼鉄《こうてつ》のような顎《あご》と歯をみていると、
触《さわ》りたくなり、
長靴で、軽くサメの顎《あご》に触《ふ》れたとき、
サメが、最後の力を振り絞《しぼ》って、
私の長靴に噛《か》みついた。
咄嗟《とっさ》に足を引いたが、間に合わず、
長靴の先を噛《か》まれる。
私の足先の指は、間一髪無事であったが、
鋭《するど》い歯がくいこんだ長靴をサメの顎《あご》から取り外すことができず、
長靴を脱《ぬ》いで、その場を逃れた。
みんな作業を中断して、心配して集まってくれたが、私の無事を確認して、安心して作業に戻っていく。
その後、「過信《かしん》」を船頭さんに、きつく戒《いま》しめられたのはいうまでもない。

船頭さんの話では、他のマグロ漁船で、過去に何度も、このようなケースで、足を切断する大けがを負ったことがあるとのことである。

武勇伝が転じて、
悲劇になるところであった。

もし、今回、足首を噛《か》まれていたとしたら、私は、足を切断《せつだん》するはめに。
船は、操業を停止して、近くの医療施設のある、外国の島までむかう。そこで治療するか、そこから飛行機で日本国まで搬送。船主さんには、多大なご迷惑をかけるところであった。

考えただけでも身震いがする。
自然を冒涜《ぼうとく》するものに、自然は厳しい。
海を甘くみる者は、時には、体や命をもって償《つぐな》わなければならない。
それが「海の掟《おきて》」である。

この出来事は、わが人生のなかでも、最大の戒《いま》しめとなる。
何もなかったことに、感謝！

漁期間も半ばを過ぎたころ、過酷《かこく》な自然との闘いのなかで、私の体に異変が起きている。

私の手

私の手を見てくれ。
指は剥《む》くれて、太く腫《は》れ上がり、
手の甲の皮膚は、爛《ただ》れて、赤く変色している。
掌《てのひら》は、水膨《みずぶく》れやマメが数えきれないほど
内の筋肉を覆《おお》いかぶせている。
太陽と海と「縄《なわ》のコールタール」で、
手首は、赤く灼《や》けて、膨《ふく》れ上がり、
そのまわりの皮膚は、ドス黒く変色している。
私でない私が現出して、
これが自然の私であるなんて、いえるであろうか。
守られすぎた温室のなかでの手が、
直接、自然界の厳しさに晒《さら》されて、
突発的な変化をおこして見せたのが、
この現象なのだ。
これが、いつか、日常へと転化したとき、
私の手は、本当の自然の姿を取り戻すのだろうか。
自然との闘いのなかで、「自然法則なるものの姿が、朧《おぼろ》げに、みえてくる」。

・船酔いで一週間苦しんだこと。
・毎日、マグロ相手に、十九時間に及ぶ格闘《かくとう》を続けていること。
・凶暴《きょうぼう》なサメに長靴を噛《か》まれたこと。

これらに共通するものは、「蠢《うごめ》く物の呼吸と生命の流れ」である。

船酔いで苦しんだ時、確かに、「海の呼吸」と「私の呼吸」は異なっていた。大きな波に船が持ち上げられるときは、「息を大きく吸い込む」。逆に、波の底に船が押し下げられるときは、「息を大きく吐《は》き出す」。そうすると、私の体は、甲板のうえに、しっかりと安定して立つことができる。私の体が安定すると、精神も安定し、船酔いは、起きない。それが、「海とわが精神が融和した一つの事象《じしょう》」である。

呼吸が異なると体が不安定に動き、精神も不安定な状況となり、船酔いが続く。それが、「海とわが精神が対立した一つの事象《じしょう》」である。

自然法則の一つが探知・習得できた。

『接する自然界と呼吸を一《いつ》にすることである。そうすれば、私の精神が自然界と融和できる』。

精神法則を探知・習得する

揚《あ》げ縄《なわ》作業が始まると、十六人がひとつの塊《かたまり》となって蠢《うごめ》く。実に、見事な光景である。しかも、十二時間にわたり延々《えんえん》と。

無駄《むだ》な動きがひとつも無い。

乗組員全員、一人一人がレベルの高い優秀な人材となり、作業が遂行される。

少なくとも、素人《しろうと》の私には、そのようにみえる。


幹縄《みきなわ》の引き揚げ作業時、（幹縄一本に、六本の釣り糸が付いている）六人が一班となり、順番にそれぞれが一本のワイヤー釣り糸（二十二・五米《メートル》）を担当して、手繰《たぐ》る。うまく輪型に巻き、最後に「釣り針」でその輪を引っ掛けて固定する。

出来た輪型の釣り糸は、「ワイヤー釣り糸保管器」に、各自収納《しゅうのう》していく。


翌朝の投げ縄作業時に、保管した順番に取り出し、釣り針にさんまを一匹引っ掛け、輪を解《ほぐ》して、海に放り投げる。一日の投げ縄作業で、それを実に一八〇〇回繰り返す。

釣り糸の輪が、歪《いびつ》であったり、絡《から》まっていたりすると、その流れ作業が止まる。それを修正するために余計な時間がかかり、作業時間が延びると、合計で一日四時間半という、貴重な睡眠時間がより少なくなってしまう。

このように、船上での作業は、ひとつひとつが全て繋《つな》がっていて、無駄《むだ》がない。

作業は、すべて関連があり、一人が止まると全てが止まる。だから、『全員が同じ呼吸のなかで、当然のことのように、それぞれの役割を果たしていく』。

ここでも、事を成しえるための法則がみえてくる。

『同じ呼吸のもとに、全員が「ひとつ」になることである。そうすれば、精神と精神が融和し、最高の成果が生まれる』。しかも、その融和は、何の力《りき》みもなく、自然な融和である。

精神法則の一つがみえる。

人類社会が成熟するためには、富の醸成《じょうせい》が不可欠である。

そのためには、みんなが、生産活動に携わらなければならない。その生産活動を「仕事」と呼ぶならば、その仕事の仕組みを、この船上での仕事の仕組みに一致させれば、「個の精神と他の精神が融和し、そこに最高の成果が生まれる」。素晴らしい現象である。

精神法則の基幹《きかん》部分が見え隠れする。

これを十年間、継続して体験すれば、「細部にわたる『精神法則』を積み上げることができる」。

雄大な自然

雄大な自然を、随所に肌で感じる。

凪《なぎ》

大海原が
荒波でなく
小波でなく
凪《なぎ》になる
風が止んで、波が静かになると
海面が鏡のように輝く
見渡す限りの大海原が
一枚の大きな自然の鏡《かがみ》になる
宇宙から見ると
この大きな自然の鏡に
何が映《うつ》っているのだろう
想像するだけで
楽しみが湧《わ》いてくる

夕立《ゆうだち》

夕立《ゆうだち》が、すぐ横を通りすぎるのが、見える
その一部の区域だけ
夕立《ゆうだち》が降っている
不思議な気分になる
大海原で、貴重《きちょう》な真水《まみず》だ
船を全速力でその下に滑《すべ》らせる
雨水を貯《た》める作業をしたら
みんな裸《はだか》で甲板に出る
口を空に向けて開く
貴重《きちょう》な自然の恵《めぐ》みを
十二分に享受《きょうじゅ》する

風呂

風呂を沸《わ》かす水は、海水を使う
真水《まみず》は、貴重《きちょう》な資源《しげん》だ
海水で沸《わ》かした風呂だが
石鹸《せっけん》が、よく泡《あわ》立つ
海水って、辛《から》くて、石鹸《せっけん》の泡《あわ》もたたないはず

大海原の海水って
辛《から》くなく
石鹸《せっけん》の泡《あわ》もよく立つ

帰港

五十日の航海も、いよいよ帰路《きろ》を残すのみとなる。

自然との葛藤《かっとう》で、命を削《けず》り、精神と肉体の限界に挑戦して、それでも叶《かな》わないことが多々ある。そのなかで、船頭さんはじめ、乗組員の皆さんに、その都度助けていただき、無事帰路に立つことができる。

漁も順調で、満船《まんせん》（冷凍庫がマグロでいっぱいになる）で帰る。

自分の設定した道が、間違いでないことを確信する。大学を卒業したら、きっとここに帰ってこよう。そう心に決めて、帰路《きろ》についていた。

九月九日午後四時三十分、塩釜《しおがま》港に寄港して、四十八日ぶりに、陸地に上がる。そして、その夜九時から、魚市場で、マグロを水揚《みずあ》げする。翌日、塩釜港のマグロのセリ価格が、一番高くなると、船主さんが予想したためである。苦労して取ってきたマグロをできるだけ高く売る。これが、船主さんの大きな仕事の一つである。

そして、翌十日午後二時三十分、無事、気仙沼《けせんぬま》港に帰港する。

岸壁には、船員の家族の皆さんが、たくさん出迎えに来ている。そのなかに、船主さんと、船主協会の事務局長さんの姿が見えたときは、とても懐《なつ》かしく、大変嬉しかった。

その晩は、船主さんの家でお世話になる。

奥さんは、私が帰ってくるからといって、ご馳走《ちそう》をつくって待ってくれている。小学校三年生の長男、三歳の長女が、「おかえり」といって、笑顔で出迎えてくれる。本当に豪華なご馳走で、船上での食事とは違い、ほのかな温かさに満ち満ちている。心と体が、温かい家族の愛情に包まれて、何とも言えない「安らぎ」を感じていた。

夜は、船主さんと、酒を酌《く》み交わしながら、深夜まで様々な話をする。

今回の航海が、たくさんの貴重な体験を与えてくれたこと。

想定していたことが、大体合致《がっち》したこと。

卒業後も、きっとまたお世話になりたいこと。

……

……

そして、最後には、言葉では言い尽くせない感謝の念を述べて、寝床《ねどこ》に着いた。

翌朝、姉と宇久井の叔母に無事帰港の報告を入れる。

叔母は、「お帰り」のあと「すぐ田舎に帰ってきなさい。お父さんが倒れて入院した。随分、衰弱《すいじゃく》している」といった。

早速、船主さんにその事情を報告し、その日の夕方に気仙沼を発《た》つことにする。

午前中に、船の外装洗いをして、今回の航海がすべて完了する。

そのあと、船主さんから、船員の皆さんに、給料が手渡され、私もいただいた。そっと開封《かいふう》すると、六十万円が入っている。アルバイト料が一日一万円×五十日分。今回の漁の売り上げの分配金が十万円。そんな大金、見たこともなく、びっくりする。そのときの、私の生活費は、月五万円（家賃含む）であったため、五十日の航海で、一年分の生活費が確保されたことになる。

しかし、私は、今回見ず知らずの私を温かく迎えてくれて、研修させていただいたことから、はじめから給料の半額をお返しさせていただくつもりでいた。封筒から三十万円を抜いて、ポケットに入れ、残りを封筒のまま船主さんに、事情を述べて、お返しする。

船主さんは、「これは、北さんが頑張って稼《かせ》いだお金だ。遠慮せずにとっておきなさい」といってくれたが、私の決意が固いことを察知《さっち》し、「分かった。これは預かっておく」といってポケットにしまった。私は、お金では買えない、貴重な数々の体験をさせていただいただけで充分であるのに、結果的に三十万円（半年分の生活費）もいただいて、感謝感激である。

市内の百貨店で、船主さんの二人の子供が喜びそうなものを購入して、唐桑半島の船主さんの家へ向かう。船主さん、奥さん、二人の子供、お爺ちゃん、お婆ちゃんに、お礼とお別れの言葉を述べ、そして、「来年卒業したら、必ずまた戻ってきます」と力強く言って、お世話になった家を出た。

市内の船主協会に立ち寄り、事務局長さんに、言葉で尽くせないお礼と感謝の気持ちを述べた。事務局長さんは、「うんうん」と頷いて、笑顔で送ってくれた。

その後、気仙沼をあとにして、一路、故郷、和歌山県太地町へと急ぐ。

人生の設計図「完成」

マグロ漁船での航海は、私の人生のなかで最大の冒険となり、それを成就《じょうじゅ》できたことは、私の大きな財産となった。そして、自分で設定した人生の設計図に、大きな手応えを感じえた大航海となる。

船酔いで一週間、何も食べることができず、生死の境を彷徨《さまよ》ったが、「海と呼吸を一《いっ》にする」ことにより、乗り越えることができた。

「私の精神が自然界と融和する姿」である。

自然法則の一つが、探知・習得できる。

船上での作業は、「全員がひとつの塊《かたまり》になって蠢《うごめ》く」。

生産活動で、『同じ呼吸のもとに、全員が「ひとつ」になる』。こんなことができるならば、最高である。

「私の精神と他の（乗組員の方々との）精神が融和する姿」である。

精神法則の一つが、探知・習得できた。


この体験を十年間続けることができれば、どれだけの自然法則と精神法則を、しかも、綿密《めんみつ》に積み上げることができるであろうか。

とても、楽しみである。

『「一航海のマグロ漁に挑《いど》み」、ここに、「人生の設計図」が完成した』。

帰港時の知らせ

父倒れる

帰港した翌朝の九月十一日、姉と宇久井の叔母に連絡をした時、叔母は、「お帰り」のあと、「すぐ田舎に帰ってきなさい。お父さんが倒れて入院した。随分、衰弱している。お医者さんの話では、ながくはないといっている」といった。

今回の航海は、姉と宇久井の叔母以外には、すべて内緒にしていた。

両親や兄には、夏休みは、西宮でアルバイトをするので、故郷には帰らないからといっていた。

しかし、何回アパートに電話してもいないことから、父は、私がマグロ漁船に乗っていることを察知《さっち》したらしい。

父は、お盆の八月十五日に倒れたとのこと。

私も、そのとき、何千キロも離れた赤道直下の大海原で、父が倒れて入院する夢（正夢《まさゆめ》）を見ていた……。

しかし、これほどの状況になっているとは……。

故郷へ急ぐ

一時も早く、故郷《ふるさと》に帰らなくては。

列車のなかで、様々な思いが頭を駆け巡る。


父が、死ぬかもしれない。

その原因が私にある。

安易に、「私の生き方をいつかは分かってくれる」と思って、父に内緒で、マグロ漁船に乗ってきた。

それに気づいた父が、

倒れて、入院して、衰弱《すいじゃく》して、
死ぬかもしれない。

しかし、今回の航海で、自分の進むべき道が鮮明にみえてきた。

「私の周りの人々すべてが幸せになるために、『理想郷』を創り、そこで、人として最幸の生き方がしたい」という人生の究極の目標のもとに、人生の設計図も完成した。

あとは、着実に、階段を一段一段昇っていけば、……。

生半可《なまはんか》な、気持ではない。

私も「命を懸《か》けて挑《いど》む」覚悟《かくご》がなくては、到底成し得ないことである。

その覚悟もできた……。

そのために、父が死ぬ……。

背中から父の命を懸《か》けた声が

九月十三日、故郷に着き、急ぎ、父の入院する病院を訪れる。

病室に入ると、父は、ベットに横たわっている。

私の顔をみて、力のない笑顔を見せた。

私は、「ごめん、遅くなって」といったが、父は、なにもしゃべらない。

一時の沈黙のあと、父は、力ない言葉で、「おんぶをしてくれるか」といった。

私は、不思議に思いながら、「分かった」と言って、ベットに近づき、父を背中におぶる。

軽い、軽すぎる。

おんぶした手で、父の体をよく触ると、父の体は、痩《や》せこけて、骨と皮だけになっていた。

そんな父が、私の背中越しに、

命を懸《か》けて、

命を搾《しぼ》って、

ゆっくりとしゃがれた声で、話し始めた。

「昊輝《こうき》よ……。

マグロ……漁船には……絶対……乗らないで……くれ。

海は……だめだ……。陸の……仕事に……就《つ》いて……くれ。

頼む……」

私がここで

「イヤッ……、俺は素晴らしい体験をして来た。

だから、このままマグロ漁船に乗ることを許して欲しい」と言ったら、

父は、逆上して、私の背中で、絶命《ぜつめい》したと思う。

私には、「……分かった…」と言うしか、選択《せんたく》の道はなかった。

その返事を聞いた父は、

「にこっ」として眠りについた。


私からは、見えなかったが、隣にいた母が、そう言っていた。

父をベットに寝かして、医者を呼んで診てもらったが、「大丈夫」とのことで、「ほっ」とする。


二〜三日、父の看病をして、医者に、その症状を尋ねると、「息子さんの顔を見たのが余程嬉しかったのか、回復・安定しつつあります」とのことで、安心した。

私の「分かった」の返事が、父の病状回復に繫《つな》がったものと確信する。

私は、父の病状が安定したことと、大学の後期授業が始まることから、母と相談して、西宮に帰ることにした。

苦渋の決断

葛藤《かっとう》

心の整理ができない。

平凡な人間だが、
一人の人間として、自分の足で歩き始めて、
様々な体験を積んで、
究極《きゅうきょく》の「人生の目標」を見付け、
実現のための人生の設計図も創る。
その一歩として、
この夏、マグロ漁船にも乗ってくる。
想定したとおり、素晴らしい体験ができた。

しかし、そのために、父が死にかけている。

そして、父から、命を懸《か》けた言葉も聞いた。私は、「分かった」と答えるしか、選択の道はなかった。この言葉は、もう、反故《ほご》（無かったことにする）にはできない。

頭のなかを、これらのことが同道巡《どうどうめぐ》りをしている。

本当の理由

よく考えよう。

教育実習で、帰省した際の、父との会話を思い出す。

あの時、父は、「お前をマグロ漁船に乗せるために大学までいかせた訳ではない。絶対反対や」

と怒り心頭《しんとう》であった。父が譲らなかった理由は、人生の先輩としてその考えは無謀《むぼう》と判断したこと、マグロ漁船の世間体を気にした故と思っていた。

それだけの理由なら、私の強い意志が確認できたのだから、許してくれるはずである。「他にも理由がある」そう思った。それが何なのか知らなければならない。

宇久井《うくい》の叔母に、連絡を取ってみる。

病弱な父は、「母が一人になってしまうこと」を一番心配しているという。

そして、父は、父が亡くなり、母が一人になった場合、「母は、昊輝《こうき》(私)と一緒に暮らしたいと願っている」ことを察知《さっち》していたという。

だから、父は、「私が、命の危険を冒《おか》すような海の仕事に就《つ》いて、母から遠のいていくことに、反対した」のだと分かった。

母に問うてみた。

「父が亡くなったら、母はどうしたいか」

母は、田舎に、母の兄弟が四人おり、母が長女で、みんな仲が良い。だから、田舎でゆっくり余生を暮らしたいというのか?

それとも、人生の晩年、都会に出てくることになっても、私と一緒に住みたいというのか?

母は、はっきりと言った。「おまえと一緒に住みたい」と。

ここで、はっきりと分かった。

父が、マグロ漁船を反対した理由が。

『父は、私が陸《おか》の安定した職業に就《つ》き、母と同居することを、強く望んでいた』。

私は、父にと同様に、母にも、「俺は、人生の究極の目標を見つけた。だから、この道を進むことを許して欲しい」と言いたかった。

しかし、母に、それを言うと、父に「分かった」と答えたことが嘘《うそ》になる。

「その件は、時期がきたら、相談しよう。ただ、母の意向は前向きに考える」と答えた。

母は、「分かった。心配かけてすまない」と言って、電話を切った。

私には兄と姉が居り、私は、末っ子である。また、兄が家業を継いだことから、「私は、自由に生きて良いもの」と思って、今日まで生きてきた。だから、何物にも拘束《こうそく》されず、自由な発想で、自分の人生と向き合えた。

これまで、母の気持ちを考えたことは無かった。

しかし、よく考えてみると、私は、母にとって、『長男』であった。

苦渋の決断

さて、どうするか。

一　父や母の人生は、父や母のものである。

だから、父や母は、自《みずか》らの人生に、自らが責任を負うべきである。

その責任を子供に転嫁《てんか》すべきではない。子供は、巣立っていくものである。

故に、私は、私で、自分の人生に責任を持ちながら、他の人々に迷惑をかけることなく、自分の道を突き進めば良い。

二　全てを白紙に戻し、父や母の意向に沿い、陸の安定した職業に就く。

遅くなったが、今から就職活動を開始する。

三　中間の道を探《さぐ》る。

しかし、私には、中間の道を探るなど、そんな器用な生き方はできない。

『原点に戻ろう』。

「人の生きる道とは何か」の命題は、解明することができた。それでは、その命題に照らして考えてみよう。

『人類の歴史のなかに、わが生命を誕生させてくれた祖先に感謝し、そして、最も身近な誕生と育成に携わった両親に、感謝し、尊《とうと》び、孝行《こうこう》を尽くす。そして、自らも、最も有能とされる人類社会の維持・発展のために、二つ以上の新しい「神秘の生命」の誕生と育成に携わって、生きていく』。

この項が該当する。

「両親に感謝し、尊び、孝行《こうこう》を尽くす」が、関係するが、「自分の夢を諦《あきら》めてでも」という核心《かくしん》には、ならない。また、「両親の意に沿う」とは、意味が違う。

「人の生きる道」の分野で考えてみたが、確たる答えは見つからない。

観点を変える。

旅が、私に様々なことを教えてくれた。

その一つが、行く先々での人々の「素朴《そぼく》な心」である。その「素朴な心」がなぜか、いつも、私の心を素直にしてくれる。「素朴な心」が、「わが精神と他の（人の）精神の融和」を成し得てくれ、お互いの信頼を熟成してくれる。「素朴な心」で考えよう。

「私の周りの人々すべてが幸せになるために、『理想郷』を創る。

そして、そこで、私自身も、人として最幸の生き方をする」という思いは、人生では、最高の理念ではある。

しかし、それが理解されず、成就《じょうじゅ》しなければ、ただの私個人の夢に過ぎない。私個人の夢のために、父が死にかけている。母の「息子と一緒に住みたい」という願いにも、応《こた》えることができない。

子供として、人間として、自分をこの世に送り出してくれた両親に対して、その恩返しもせず、何の親孝行もしない。そんなことでよいのだろうか？

それは、「否《いな》」である。

それに、私の理念は、「私の周りの人々すべてが幸せになるために、「理想郷」を創り、そこで、人として最幸の生き方がしたい」である。

周りの人とともに、最幸の生き方を目指す人間が、一番身近な親に不忠《ふちゅう》をはたらく。そんなことが、許される訳はない。

この世に送り出して、今日まで育ててくれた両親に、感謝し、恩返しをする。『親孝行』をして、「家族が幸せになれる道」を選択するのが、人の道である。

しかし、私は、人生の究極《きゅうきょく》の目標を見つけた。

こんな人生を歩める機会は副《そ》うそうない。

そして、これが成就《じょうじゅ》すると、『人として最幸の生き方がしたい』と願っている他の人々の指標《しひょう》にもなれるし、多くの人々に、夢と希望を与えることができる。

これは、人類にとって素晴らしい先駆《せんく》的な試みである。

「一緒に住みたい」と小さな我儘《わがまま》なんか言わず、息子が『人類の夢』にむけて、命を懸《か》けて挑戦している姿を、親として、温かい目で見守ってやって欲しい。

そして、それを親としての喜びとし、誇《ほこ》りとして、残りの余生を生きて欲しい。

だから、私に是非、この道を歩ませて欲しい。


苦渋《くじゅう》の葛藤《かっとう》が続いていた。

結論を出さなければならない。

再び、「素朴な心」に戻る。

「素朴な心」は、

『夢よりも現実を直視しなさい。

将来よりも今を重視しなさい。

「最幸の生き方」を望むなら、今は、「人《ひと》として生きる」……。

一番小さな社会の「家族が幸せになる」ことから始めなさい』

と諭う。

ここは、全てを白紙に戻し、父の意向に沿い、陸の安定した職業に就《つ》く。

そして、これからの人生は親孝行に励み、父の亡きあとは、母と同居し、それを人生の術《すべ》とする。

そのために、遅くなったが、今から、陸《おか》の職業に就く。そのための活動を開始しよう。

『正に、私の人生が大きく転換する、苦渋《くじゅう》の決断となった』。

私は、器用な人間ではない。

凡常《ぼんじょう》（「平凡でありきたり」）な人生を歩みながら、最幸の人生への夢を持ち続けることはできない。

凡常《ぼんじょう》な人生に浸《ひた》った人間は、再び、命を懸けた冒険をしようなどとは思わない。結婚して、子供が産まれ、守るものができれば、尚更《なおさら》である。

故に、「理想郷の創造」と「最幸の人生」は、ここに、諦《あきら》める……。

そして、私の器《うつわ》は、確実に小さくなる。

私は、一番小さな社会、「家族の幸せ」を求めて生きて行く……。

「人の生きる道とは何か」の命題の各分野を、「自分にできる範囲内《はんいない》で」に縮小して、生きて行く……。

陸の仕事へ

西宮に戻ってから、『苦渋の決断』をするまでに、十日かかった。

決断したからには、就職先を決めなければならない。

九月二十七日、早速、大学の就職部のドアを叩く。本年度の就職活動は、もう終盤にかかっており、就職部を訪ねる学生は、疎《まば》らである。求人票、掲示室で、まだ求人をしている会社を探す。

　自分が好きな職種は何か考えた。やはり、卸売市場である。規模が大きく、安定性があるのは、「卸売会社」である。

　求人票を絞り込んだ。
・神戸の市場の卸売会社　S社。
・大阪の市場の卸売会社　M社。
・　　同　　　　　　　　T社。
この三社に絞る。

会社訪問と就職試験

　この三社で、規模が一番大きく、会社として安定しているのは、大阪の市場の卸売会社T社である。ここに絞《しぼ》る。求人票を見ると、応募締め切り日が過ぎていたが、入社試験日は、あと三日後のため、早速、電話を入れて、応募の確認をする。

「締切日は過ぎていますが、明日にでも、履歴書《りれきしょ》とその他書類を提出いただければ大丈夫です。お越しください」との返事をいただけた。

　大学の就職課に無理を言って、緊急に、成績証明書等、作成して貰い、翌日、応募書類を持参して、大阪の市場にある卸売会社T社の総務部を訪れる。

総務部の役員さんが応対してくれ、広い場内をその役員さんが自ら案内してくれた。その役員さんに、応募が遅くなったことのお詫《わ》びとその理由、そして、会社内を案内していただいたお礼を述べて、二・三質問させていただく。役員さんは、丁寧《ていねい》に答えていただき、「明後日が入社試験です。頑張ってください」と励ましてくれた。

入社試験、当日がきた。

四大卒の学生は、十名、短大卒の学生が三名いる。

夏休みは、マグロ漁船に乗っていたため、就職試験用の勉強は、一切していない。不安だらけだったが、筆記試験は常識問題の範囲であり、適性検査は勉強の有無は関係なく、まあまあできる。

あとは、役員面接で合否が決まる。

「当社を志望した理由を聞かせてください」

「学生時代、西宮の地方卸売市場でアルバイトをして、この仕事が好きになりました」

………

「他社の内定は、取っていますか?」

「いいえ、入社試験を受けたのは、御社が初めてです」

「当社が内定すれば、どうしますか?」

「必ず、入社します。また、就職活動は、これで、終わりにします」

全員の面接が終わり、「後日、郵送で合否の通知をお送りします」。とのことで全員解散となった。

そのあと、私だけ、再度役員面接の場に呼ばれた。面接に立ち会った役員全員が残っている。

一瞬、不安が頭をよぎる。しかし、先日、社内を案内していただいた役員さんから、その場で、

「内定を出せば、必ず入社しますか」と念を押された。

「はい、面接でお答えさせていただいた通り、内定をいただければ、必ず入社いたします」と答えると、

「それでは、この場で、『内定を出します』。内定通知書は、後日、自宅に送付しますが」と言ってくれた。

わが耳を疑ったが、

「ありがとうございます。頑張ります」とお礼の言葉を述べた。

他の役員さんたちも、笑顔で頷《うなず》いてくれている。


入社後に聞いた話だが、関西学院大学から当社の入社試験を受けたのは、会社の歴史上、私が始めてであり、注目されていた。しかも、社内を案内していただいた役員さんが、私のことを「体が頑丈で、規律正しく、聡明《そうめい》である」と、推薦《すいせん》してくれており、入社試験当日の状況次第で、その場で内定を出しても良いことになっていたらしい。


早速、故郷の父と母に連絡を入れる。

来春、就職する会社が決まった。

大阪の市場の卸売会社T社で、規模が大きく、生鮮青果物を扱っており、安定度抜群の会社である。独身寮が、市場に隣接してあり、そこに入居する。

父も母も大変喜んでくれた。

先日、父の言葉に、私が、「分かった」と返事をしたが、本当に私が、マグロ漁船を諦《あきら》めたのかどうか、父は、疑心暗鬼《ぎしんあんき》のようであった。父の意を汲《く》んだ、陸《おか》の、安定した会社に就職が決まったことで、父は、やっと安心できたようだ。

この日を境《さかい》に、父の病状が急速に回復に向かったようである。

三日後、自宅アパートに、内定通知書が届き、それを大学の就職部に提出して、私の就職活動は、終了した。

就職活動を始めて、僅《わず》か七日目のことである。

第五章

家族とともに幸せに

船主さんにお詫《わ》びの手紙

十月に入り、船主さんと事務局長さんに宛《あ》てて、手紙を書いた。お礼の文章のあとに、お詫《わ》びの文言《もんごん》を書く。


来春のことですが、大変お世話をいただいたのに、叶《かな》わなくなりました。

あれから緊急に帰郷《ききょう》して、父を見舞うと、父の病状が予想以上に悪化しており、医者からは、「ながくはない」といわれました。

既にお話ししているように、父と大学卒業後の進路で対立をしております。

しかし、いつかは父も分かってくれるものと信じていました。

今回の父の病状悪化は、私が、夏休みに、独断でマグロ漁船に乗ったことが「原因」であったようです。

帰郷《ききょう》後、病院で、衰弱しきった父の、命を懸《か》けた、命を搾《しぼ》って発した『最後の願い』を聞かされました。

「私の命は長くはない。私が亡くなったあと、残された母の面倒は、昊輝《こうき》が見て欲しい」

という内容でした。

私には、兄が居て、姉が居ます。にも拘《かかわ》らずです。

そのために、「命の危険が大きい海の仕事より、陸《おか》の安定した仕事に就《つ》いてほしい」という願いでした。

私の進もうとしている『道』とは、『真逆《まぎゃく》の願い』です。

息子が大きな夢を持って羽ばたこうとしている道を、
親が勝手に、親の都合だけで、強引に変えて良いものとは思われません。

私は、「素晴らしい体験をして来た。だから、このままマグロ漁船に乗ることを許して欲しい」と言いたかったです。

しかし、それを言うと、
父は、逆上して、その場で絶命《ぜつめい》したでしょう。

私には、「分かった」と言うしか、選択の道はありませんでした。

「父の生命を奪ってまで」、「自分の道」を押し通すわけにはいきません。

大いに悩みました。
『苦渋《くじゅう》の決断』ですが、
『夢』は諦《あきら》めて、
父・母への『親孝行《こうこう》』の道を選択します。
故に、来年三月、大学卒業後、気仙沼に行くことができなくなります。
「大変、申し訳ございません」
ご家族の皆さん、乗組員の皆さんにも、よろしくお伝え下さい。

返事をいただいた。

「分かった。その選択は、間違っていないと思う。時が来たら、いつでもまた来なさい」

と綴《つづ》ってくれていた。

残りの学生生活を満喫《まんきつ》する

四回生の秋を迎える。大学生のメインイベント、「卒業論文」の作成に入る。

これからは、急ぐ必要はない。当面、ゼミの教授と相談をしながら、卒業論文を仕上げればよい。

年明けは、ゼミの仲間と卒業旅行に行き、卒業式までは、普通の学生として、ゆっくりと過ごす。友達と青春について、心ゆくまで語り明かそう。関西学院大学の学生として、その学生生活を満喫《まんきつ》しよう。

携帯ラジオ

学生生活最後の冬休み（正月）は、父の病状見舞いをかねて、故郷に帰省する。

一週間前に電話を入れた時、母は、「父が寝ているのは退屈《たいくつ》だといっている」と言っていたことを思い出して、父へのプレゼントとして、『携帯ラジオ』を買って帰る。ちょっと高価ではあるが、マグロ漁船でいただいた報酬の残りがあり、奮発《ふんぱつ》する。

父に、「はいっ」と言って手渡すと、無言で受け取り、早速、スイッチを入れて、音楽を聴いている。唄など歌ったことのない父が、楽しそうに口ずさんでいる。素直に、「ありがとうな」と言ってくれればよいのだが、なかなかそうはならない。

口数の少ない、頑固《がんこ》な父親である。しかし、その笑顔が全てを物語っている。
たった一人の父だから、余生は、安堵《あんど》と楽しみのなかで、過ごして欲しい。
その時の父は、六十八歳を迎えていた。
私は、父が元気になっている姿をみて、心から嬉しく思った。

学生時代の私は、青春の心が躍動《やくどう》して、夢を追い続けた。
また、若者として、現実社会や人生に「真摯《しんし》に向き合い」、様々な出来事と遭遇《そうぐう》する、
『波乱万丈《はらんばんじょう》の人生（学生時代）』であった。

社会人

三月下旬、いよいよ「社会人」になる。
数々のアルバイトで、社会の一端を垣間《かいま》見たものの、学生と社会人では、「責任の重さ」が全

く違う。
私の人生を生き抜く基準、「三日、三月、三年」の、今回は、三年を選択する。「石の上にも三年」、三年は、何があっても仕事に専念する。

三年頑張り切れば、社会への対処の仕方が分かり、その後の人生はみえてくる。

そのための人生の座右《ざゆう》の銘は、
『為《な》せば成《な》る。為《な》さねば成《な》らぬ何事も。成《な》らぬは人の、為《な》さぬなりけり』
※必ずやり遂げるという強い信念を持ち、事に当たれば、必ず物事を成すことができる。逆に、その信念がなくては、事に挑んでも、物事が成就することはない。物事が成就しないのは、その人に、「必ず事を成そう」とする、気が薄いからである。
もう一つ、
『人の一念、岩をも通す』
※これは、言葉の通りで、「一つのことを、集中して念じる」と、「人の信念」は、岩のような固い物でも、突き通すことができる。すなわち、物事が必ず、成就できるという意味である。

『これからの三年は、とにかく、「仕事」に専念する』。

入社式

入社式の二週間前に入寮する。同期では、一番早い入寮である。これは、やる気の表れでもあるが、西宮のアパートの賃貸契約との兼ね合いで、早期に入寮させていただいた、ということでもある。

寮生の先輩から色々な話を伺うことができた。

入社式の一週間前、役員面接の時、対応していただいた役員さんが、寮の私の部屋まで来られる。

「入社式の新入社員代表謝辞《しゃじ》をお願いしたい」とのことである。

中学入学前の私とは、もう違う。

「私でよろしいのでしょうか?」と確認すると、

「はい」と答えていただいたので、

「慎《つつし》んでお受けいたします」と答えた。

謝辞の内容については、私が、二〜三日で原案を考えて、その後、その役員さんと詰めの打ち合わせをすることになった。

今年の新入社員は、男子が、大卒七名、短大卒一名、高卒九名、女子が、高卒十二名の合計二十九名であるとのこと。就職試験日には、大卒十名と短大卒三名がいたが、五名減っている。一名は、採用辞退で、四名は不採用とのことであった。採用していただいたことに、つくづく感謝し、頑張ろうと決意を新たにする。

三月二十二日、「昭和五十年度新入社員入社式」が、挙行された。

社長の祝辞のあとに、新入社員代表謝辞の指名を受ける。

社長からいただいた祝辞への御礼を述べ、T社の社員となることができたことの喜びを語《かた》る。

そして、二十九名は、若さに溢《あふ》れており、斬新《ざんしん》な発想とこれまで培《つちか》ったパワーで、業務に邁進《まいしん》する決意を表明する。

ただ、学校を卒業したばかりで、世のなかのことには不慣《ふな》れなため、ご迷惑を多々おかけすることをお詫《わ》びし、最後に、「ご指導の程、よろしくお願い申し上げます」の言葉で、謝辞《しゃじ》を締める。

初々しさも込め、落ち着いてできたものと思う。

運命の出会い

入社式の当日、運命の出会いがあった。

新入社員が一同に会するなか、ある女性を見て、激震《げんしん》が走った。

関西学院大学文学部の、華やかなお嬢さん達のなかにいても、心が動かなかった私であるが、昔風でいうと、「この人とは、運命の赤い糸で結ばれている」というか、そんな直感を覚えた。

新入社員全員の記念写真を撮《と》るとき、そっとその女性の後ろに歩み寄り、並んで映っている写真がある。

しかし、入社時から、「恋」に心を奪われてはならない。

これから三年間は、「仕事に専念する」と決めたばかりである。

それに、私は、将来は母と同居しなければならない。とにかく、「石の上にも三年」の諺《ことわざ》通り、三年は、仕事を全力で頑張る。そうすれば、先がみえてくる。社会の荒波を乗り越える術《すべ》も具《そな》わる筈。

その時に、彼女が独身であれば、付き合いを申し込もう。


これが「運命の出会い」であれば、三年後でも遅くはない筈。

野菜部配属

入社後の所属部署は、野菜部になる。

野菜部は、六課制をとっている。

その第五課（促成品・生椎茸）配属になる。

担当は、生椎茸部門。


担当者は、山城課長と高田係長でそこに私が配属される。

生椎茸のセリは、他部署の神谷課長が、助っ人で担当していた。山城課長と高田係長は、高齢であり、私がその後継として配属されたようである。

主産地は、隣県の奈良県。奈良県山岳椎茸生産組合という組織が、県内の生椎茸生産を掌握《しょうあく》している。その担当窓口は、高田係長で、実質、生椎茸部門は、高田係長が仕切っている。係長に付《つ》いて、早速奈良県に集荷出張に出る。

新入社員は、入社後、一〜二年は仕事を覚えるために、下積《したづ》みの仕事をするが、私は、即戦力として配属され、入社一カ月目から、産地出張に出ることになった。

出張先は、奈良県山添村《やまぞえむら》。

小規模生産者が二十名程の産地であり、奈良県山岳椎茸生産組合山添部会として、大阪の市場に出荷している。部会ではあるが、出荷先市場の選定権限は、各生産者が持っている。

以前は、生産者全員が、わが社（T社）に出荷していたが、この二〜三年、わが社のライバル会社、M社の攻勢が激しく、現在、わが社三割、M社七割の比率になっており、このままでは、すべてがライバル会社のM社に移ってしまいそうな勢いである。

一回目の出張は、高田係長に同行させていただき、各生産者を戸別訪問して、紹介していただく。二回目からは、一人で回ることになった。

一人で各生産者を回っていると、「生の声」が聞こえてくる。

「高田係長は、確かに良い人である。しかし、我われの椎茸を高く売る努力をしてくれているようには思えない。その点、M社の担当者は、熱心であり、高く売ってくれている」

会社に帰り、翌日の椎茸のセリ状況を見ると、わが社は、他部署のセリ人が、助っ人で、椎茸のセリをしている。だから、只、流れでセリ販売をしているだけである。

M社の椎茸のセリを見に行くと、山添村の担当者自らがセリをしており、山添村の商品になると、特にセリ販売に熱が入っている。この違いが、山添村の生産者から見れば、「T社は安い」「M社は、頑張って高く売ってくれる」になっている。

色々と調べると、大阪の市場で主産地の奈良県のシェアは、嘗《かつ》て、わが社が七割、M社が三割であったが、この二〜三年で、わが社が四割、M社が六割になっており、わが社の減少傾向がより顕著《けんちょ》になっている。

生椎茸は、単品では、単価が高く、売上高が大きい品目である。販売効率が高く、会社としては、力を注ぐべき品目であり、M社は、優秀な担当者を配属している。

わが社は、山城課長、高田係長ともに高齢（定年間際）で、しかもせりの免許は取得しておらず、自らセリをすることができない。

「担当者が、自分の担当品目をセリで販売できない」。

明らかに、会社として、人材の配置ミスである。

私も入社したばかりで、セリ人の免許は、まだ取得することはできない。（セリ人の免許の取得は、業務三年の経験を要し、その後、セリ人試験を合格しなければならない）

生椎茸の販売戦略 I

山添村

大阪の市場での生椎茸の販売戦略は、明らかにM社が上回っている。このままでは、わが社（T社）の生椎茸の取扱量は、今以上に、減ってしまう。

セリ販売と生鮮青果物の流通を徹底的に学んだ。

商品の価格は、毎日の「セリ」で決定する。

「セリ」は需要と供給のバランスを調整する最良の方法であるといわれている。仲卸がセリに立ち、セリ人から、商品を購入する訳であるが、その購入品は、仲卸の販売先のスーパーや八百屋の「指名品」である。

つまり、「品質の良い商品」には、買いが集中して、その商品の値付けがより高くなる。

品質の良い商品とは、生椎茸の場合は、

適期収穫を励行して、形が良い　※　どんこ型である
日持ちがする　→　ロスが出ない　※　含有水分が少ない
品質のバラツキ（大・小の混入）がない　※　大きさが揃っている

等である。

「あそこの産地の商品は、品質が良い」という信頼が芽生えればしめたもので、それがブランド力になる。ブランドが確立すれば、商品は、安定的に、高く売れる。

そして、「ブランド力」は、生産者の誇りにも繋《つな》がる。

山添村は、小規模生産者が多いため、商品管理能力は高いはずであるが、これまで市場の担当者は、あまりその指導はしてこなかったようである。

早朝の業務を早く終了させて、山添村への日参《にっさん》が始まる。

各生産者を戸別に訪問して、現在の流通システムを根気よく説明しながら、生産・出荷の指導を行う。

話を聞き入れてくれて、良い商品ができた場合は、翌日セリ時間前に、仲卸に説明・アピールして、セリ人にも高く売る努力をしてもらい、その商品が高く売れるように努力した。その努力の積み重ねにより、産地では、**「T社の新しい担当者は、熱心であり、産地を良くする指導をしてくれており、商品も高く売ってくれる」**との評判が立ち始め、三か月後には、山添村の生産者全員が元通り、わが社へ全量出荷してくれるようになった。

山添村の生椎茸の商品力が確実に上がり、ブランド化に近づき、生産者も出荷に対しての誇《ほこ》りが芽生えてくるという好循環《こうじゅんかん》に乗ることができた。

この噂《うわさ》は、奈良県全域に広がった。

父の死去と母の今後

姉は、和歌山県橋本市に嫁いでおり、第一子出産後も、小学校の教師を続けている。

嫁ぎ先の義母が、孫の面倒を見てくれていたが、昭和五十年十二月、義母が、緊急手術のため、大阪の病院に、入院することになった。

故郷の母が、孫の面倒を見るために、橋本市に来ることになり、父も孫の顔が見たいと言って、一緒に附いてきた。一時は、昏睡《こんすい》状態に陥り、永くベットに横たわっていた父であるが、列車に乗れるほどに回復しており、嬉しい限りである。


私も休日を利用して、和歌山県橋本市に向かった。

赤ちゃんは、何時見ても飽《あ》きないし、可愛い。

父も孫の顔を嬉しそうにじっと眺めている。

その嬉しそうな父の顔を見ていると、私は、「理想郷の創造」と「最幸の人生」を諦《あきら》めた一抹《いちまつ》の寂《さび》しさを覚えながらも、『親孝行を選択したことは、間違いではなかった』とつくづく思う。


その時、父の手には、私が贈った携帯ラジオがしっかりと握られていた。

それを見つけた私の心には、歓《よろこ》びが溢《あふ》れていた。

二週間ほど橋本市に滞在するとのことで、私は、大阪に帰る。

父が本当の意味を語る

それから六日後、父が倒れたとの報を受けて、急ぎ橋本市に向かった。かなり回復していた父の症状であるが、やはり、橋本市までの列車での移動は、無理があったのだろう。橋本市の市民病院に到着し、急ぎ病室に入ると、父は、ベットに横たわり、もう虫の息であった。

姉が、私の手を取り、ベットの横まで誘導し、父に声を掛けた。

「お父さん、昊輝《こうき》が来たよ」

周りに立つ親族は、もう父の最後の言葉になるであろうことを悟《さと》っていた。


父はゆっくりと薄目を開けて、私を見つめ、

「昊輝《こうき》よ……、お母さんを頼む……」と、言葉を絞《しぼ》り出して言った。

私も、父の目を見つめて、「……分かっている」と返事をすると、

父は、ホッとした表情で、「笑顔《えがお》」になり、ゆっくりと瞼《まぶた》を閉じた。


頑固《がんこ》で無口な父が、私の人生を大きく転換させた「本当の意味」を、やっと最後の最後に、語った。

父の亡骸《なきがら》は、故郷の太地町に運ばれて、お通夜とお葬式が執《と》り行われ、火葬に附して、北家先祖代々のお墓に、埋葬された。父、享年七十歳であった。

父の人生

父の人生も、様々な出来事があった。

先妻との間に生まれた兄は、先妻が、黙って家を出て行ったあと、そのショックで父に懐《なつ》かず、後妻に入った母（義母）にも懐《なつ》かず、中学を卒業後、実家を出て、盆・正月も一度として家に帰ることはなかった。

その間、兄は、一人で、神戸・三重・和歌山各県内を転々として、苦労の人生を歩んだ。（後で聞いた話だが、私は、兄と出会うことは無かったが、実際は、時々、実家に帰ってきていたようである）

その兄が、故郷《こきょう》に戻り、実家の家業を継ぎ、結婚して、娘も産まれている。

あとは、後妻として入った母である。

私が、「理想郷の創造」と「最幸の人生」に挑《いど》むために、家を飛び立とうとした時、父が「待った」を掛けて、私を母のもとに留め置いた。母も、これで、余生《よせい》を息子と一緒に、安心して暮らすことができる。

そして、兄の娘、姉の息子、二人の「孫」の顔も見ることができた。

若干の問題は残ってはいるが、父は、これで安心して、あの世に旅立つことができたものと思う。

「笑顔で瞼《まぶた》を閉じた」父の顔が浮かぶと、親孝行を選択して、本当に良かった。自分の人生に悔いはない。つくづくそう思った。

遺産相続

四十九日が明けてから、親族会議を開いて、相続の話をする。

遺産相続。わが家は、普通の家で、遺産などそんなに無い。「理髪店と住居」兼用の実家の建物と土地、あと畑が二枚ある。

そして、父が長期の療養生活に入ったことと、私と姉が、大学まで行ったため、現金は殆《ほと》ど残っていない。しかし、借財《しゃくざい》は無い。


法律では、母が二分の一、子供がその残りを三等分。

母が実家の家（「理髪店併設」）と土地を相続し、兄は、畑一枚。私が残りの畑一枚（実際は、母の畑仕事用）。姉は、嫁いでいるので、相続は放棄する。

そして、直《ただ》ちに、兄家族が、実家に移り、母（義母）と同居し、母が亡くなれば、実家は、兄が継ぐ。

普通ならば、これで全てが納まるところである。

しかし、母も兄も、お互い「同居」する気持ちはない。

私は、母に言った。「兄が、家業を継いでくれている。母の面倒は、私が見る。だから、理髪店のある実家は、兄に譲って欲しい」。

母は、「長年住み慣れた家であり、少しでも財産があった方が、後が楽になる」と言ったが、少し沈黙のあと、私の意を汲《く》みとってくれて、「分かった」と応えてくれた。

結果、兄家族が、『「理髪店と住居」兼用の実家の家と土地、そして、畑一枚（全体の七五％）』を相続して、母は、民間の借家に移り、『残った畑一枚（全体の二五％）』のみを相続する。私と姉は、『相続放棄』で決着した。

母も姉も私も、私たちの家族は、『幸せ』であった。

今回の遺産相続は、永い間、苦労の人生を歩んだ兄が、

これから『幸せ』になるための

『私たち家族全員の償《つぐな》い』であった。

母も、姉も、私も、納得の決着である。

勿論、兄は、十二分に、納得してくれたものと思う。

この筋書きは、殆《ほとん》ど私が描《えが》いたもので、親戚も「これでおまえ達が良いなら」と、了承してくれた。

母の今後

母と今後について話をした。

「私は、今、社会人となって闘っている。『石の上にも三年』という諺《ことわざ》がある。三年は、仕事に専念する。三年頑張れば、将来のめどが立つ。だから、母が大阪に出て来るのはそれからにしてほしい。それまでは、太地町に居て、父の供養をして欲しい」

母は、「分かっている。焦《あせ》らなくても良いから頑張りなさい」と言った。

母は、父と十歳年が離れており、現在、五十九歳である。

年金（「国民年金」）の受給は、来年四月からになる。

今後、母の収入は、姉と私が、毎月仕送りしている二万円×二人＝四万円のみとなる。（姉は、嫁いだ後も、共稼ぎで、小学校の先生を続けている）

姉と相談して、年金を受給するまでは、毎月の仕送りの額を少し増やして、三万円ずつにした。毎月六万円あれば、母一人なので、借家の家賃を含めて、何とかやっていってくれるであろう。

これから三年間、母は、借家ではあるが、生まれ育った町《まち》で、父を供養し、母の兄弟姉妹と行きかい、畑仕事をして、暇なく（いや、忙しく）余生を過ごしてくれるであろう。

四年先の希望を見つめながら……。

生椎茸販売戦略 Ⅱ

吉野地区

山添村の生産者が落ち着いたことにより、会社として、次の戦略は、奈良県吉野地区に私を出張させることとなり、その指示は、山城課長からきた。

吉野地区は、大規模生産者が多い地域で、その歴史は、比較的浅く、奈良県山岳椎茸生産組合の勢力があまり及ばない地域で、大阪の市場に入る吉野地区産椎茸の全量が、ライバル会社のM社に入荷していた。そこにメスを入れることができれば、主産地奈良県の生椎茸販売は、M社と対等かそれ以上に伸ばすことができる。

何の手がかりもない。

あるのは、M社の卸売場に入荷している商品だけである。その生産者番号と品質を、現場管理者の目を盗んでチェックできるぐらいである。

奈良県の椎茸を大阪の市場まで毎日運送する方法は、二通りあった。

ここでも山岳椎茸生産組合の勢力が及ぶのは、最初の運送業者の紹介だけで、その後は、何の管理も行われていない。

一　運送会社が、地域の各生産者をまわり、生椎茸を集荷して、大阪の市場まで運ぶ。
二　生産者が、運送会社まで、商品を直接持ち込む。

吉野地区は、後者であった。

これらの運送会社は、大阪の市場に椎茸を運搬すると同時に、大阪の市場から商品を仕入れて、奈良県内の小売店まで搬送している。寧《むし》ろ、後者が本業で、謂《い》わば、「大阪の市場に仕入れに行くトラックが、アルバイトとして、そのついでに、椎茸を運んでいる」というのが、正しい表現である。


吉野地区の運送会社のトラックが大阪の市場に入るのは、夜の十一時ぐらいである。

普段は、午前三時起床であるが、目覚まし時計の針を早くセットして、M社の卸売場に行く。暫《しば》くして、そのトラックが入線した。トラックの横面に、「有限会社〇〇〇　住所　奈良県吉野町上市××」とプリントされており、急ぎでメモをとり、寮に帰る。

地図を広げて、その運送会社の所在を確認する。トラックが、大阪の市場に午後十一時に着く。逆算すると、吉野町を出発するのは、午後九時頃。すると集荷時間は、午後七時〜九時の間。その時間帯に、「有限会社〇〇〇の集荷場」に行けば、吉野地区の生産者に会うことができる……。

学生時代に運転免許証を取得し、単車を乗っていたが、就職が決まり、入寮するために、単車は処分した。勿論、自動車は、入寮中は、禁止である。出張は、電車とバスを使わなくてはならない。

市場から、奈良県吉野町上市まで行くには、ＪＲ環状線で、天王寺まで出て、近鉄阿倍野橋駅から、特急で大和上市まで、そこからバスに乗り換えて運送会社まで、トータル二時間三十分かかる。

午後四時三十分に寮を出発して、午後七時に運送会社に着き、帰りは、午後八時半に運送会社を出発して、寮に帰り着くのは、門限ぎりぎりの午後十一時である。

山城課長と相談して、三日後に、一人で、訪問することにする。（時間が遅いため、山城課長は同行しない）

仕事が終わると寮に帰り、少しだけ仮眠をとる。

そして、予定通り、電車とバスを乗り継ぎ、夜の七時頃、運送会社の集荷場に着いた。まだ、荷物を持ってくる生産者は、疎《まば》らである。

午後八時を過ぎて、次から次へと荷物が入ってくる。

見知らぬ私をジロジロ眺《なが》める生産者が殆《ほとん》どであったが、一人だけ、私に、好意をもって話しかけてくれる人がいた。

先方も、夜のこんな時間に、大阪の市場の人間が来ているとは、夢にも思っていない。市場の営業の人間は、早朝勤務（午前三時頃から仕事開始）のため、午後九時には、もう寝ている。吉野に出張に来ても、早ければ午後二時ごろ、遅くとも午後四時ごろには、大阪に向けて帰る。

私が、「大阪のＴ社の生椎茸担当の北と申します」と名乗ると、先方は、市場の営業担当者が、この時間にこの場所にいることに、びっくりしていた。

そして、「北さんって、あの山添村を指導した北さん」

「はい、そうですが」

私の名前を知ってくれていた。

「ここで、何してんの」

「流通の勉強に来《こ》さしていただきました」

「こんな時間に」

「はい」

「もう寝る時間と違うの」

「そうですね」

「これからどうするの」

「最終の特急電車で大阪まで帰ります。明日、朝の三時から仕事ですから」

そうこう話をしているうちに、見覚えのある生産者番号の荷物が何件か入ってきた。荷物を持ってきた生産者の顔をできるだけ覚えるようにした。

先ほど話しかけてくれた生産者が、荷物を降ろし終えて、再び私の所へ来てくれた。

「大和上市駅まで送ってあげよう」

当初の目的もほぼ達成していたので、

「ありがとうございます。助かります」

バスで十五分の行程であるが、車だと早い。しかし、車中色々な話が聞けた。その人は、大阪の木津（難波）にある市場へ出荷しているとのこと。優しく、配慮のある方で、今度訪ねて来た時は、吉野を案内してくれると　約束してくれた。

降り際に、メモを渡してくれた。

吉野町△△　東谷（とうや）　電話番号　吉野　○○○○

「ありがとうございます。必ず、近いうちにお邪魔いたします」

とお礼の言葉を述べると、

「待っているから」

と言って、トラックで夜の闇《やみ》に消えていった。

大収穫である。

知り合いは誰もいないライバル会社M社の産地、「奈良県吉野地区」に来て、私に興味を示してくれる人に会えた。

翌日、早速お礼の電話を入れた。

次回の訪問は、双方でスケジュールの調整をして、五日後とする。

五日後、再び、近鉄大和上市駅に立つ。

手には、美味しい大阪銘菓を持参している。先日、駅まで送っていただいたことと、本日、吉野管内を案内していただく、お礼の気持ちである。小遣いから奮発して、上等なお菓子にした。

駅前には、既に東谷《とうや》さんが、軽トラックに乗って、待ってくれていた。

最初に、東谷さんの家に向かう。

家族は、東谷さんの両親とお婆ちゃんの四人暮らしである。東谷さんは、私より、七つ年上で、ちょうど三十歳になったところであった。まだ、独身である。

家族全員集まってくれて、お茶をいただく。やはり、田舎の人々の「素朴《そぼく》な心」は、何時《いつ》触れ合っても心が温まる。

その後、東谷さんが、椎茸のハウスや水槽、植菌をした原木を伏《ふ》せている圃場《ほじょう》、等々案内してくれた。


当時、生椎茸の生産は、「原木栽培方法《げんぼく》」であり、椎茸菌を原木（ブナやクヌギの木で一《メー》ぐらいの長さに切っている）に植えて、それを林のなかの圃場《ほじょう》（薄暗いところで、湿気があり、菌が繁殖しやすい場所）に斜めに立てかける。菌が、原木全体に回ると、ハウスの横にある、冷たい水の入った水槽まで運び、その水槽に原木を漬け、椎茸菌に刺激を与え、一気に、水槽から上げて、ハウスのなかに斜めに立てかけて入れる。

何日かすると、原木から椎茸が生えて、大きくなったら、それを収穫して、大きさを揃《そろ》えて袋詰めし、一〇〇《グラム》入り、四十袋を一ケースの段ボールに詰めて出荷する。生産から出荷まで、実に手間のかかる仕事である。

東谷さんは、お父さんと二人で、その作業を機械化して、結構な規模で生産していた。

袋詰めの作業は、基本、お婆ちゃんとお母さんの仕事で、東谷さんとお父さんが外での仕事を終えると、その袋詰め作業を手伝う。大変勉強をさせていただいた。

その後、東谷さんが、吉野地区ほぼ全域の主な生産者の家と椎茸のハウスを案内してくれた。勿論、各々の生産者を紹介してくれることはない。その所在を教えてくれたということである。

「あとは、北さんの努力次第である」と、その時の東谷さんの目が物語っていた。

東谷さんのお蔭で、吉野地区の大体の勢力図が把握できた。

その後、東谷さんの家に戻り、椎茸の袋詰めを手伝い、夕食をご馳走していただいた。

東谷さんは、大阪の木津（難波）の市場に、出荷している。市場の担当者とは、父親の代からの、古い付き合いで、お互い信頼関係にあり、出荷先を変更することはできないが、今日は、袋詰めを手伝っていただいたことにより、今日だけ、出荷量の三分の一をわが社（T社）に出荷してくれることになった。

その後、荷物と一緒に運送会社へ、そして、大和上市駅まで送ってくれた。また、最終の特急で、寮の門限ぎりぎりで、帰ることとなる。

もう一つ、有り難いお話をいただいた。

吉野地区は、奈良県内でも、一番広い山間区域であり、電車はもちろん、バスは、幹線道路しか走っていない。車がなくては、各生産者を廻ることは不可能である。

東谷さんは、北さんが吉野に来るときは、軽トラ一台空けておくから、自由に使ってくれてよいと言ってくれた。涙が出るほど、有り難い話である。これで吉野地区での「足」が確保できた。

翌日のセリで、セリ人に頼み、吉野地区からわが社への生椎茸初入荷（一日だけの入荷であるが）の記念に、思いっきり頑張って売ってもらった。

次回からの、吉野地区への出張は、近鉄大和上市駅から、バスで、三十分かけて、東谷家に行き、そこから軽トラを借りて、各生産者を廻った。

そのあと東谷家に戻り、椎茸の袋詰めを手伝い、食事をご馳走になりながら、一日の出来事を報告して、当日出荷の三分の一の生椎茸とともに、運送会社の集荷場に向かう。

集荷場では、多くの生産者と話ができた。

ある生産者から、市場の情勢などについて質問されるなど、顔見知りになる生産者が段々増えてきた。

「今、夜の九時である。大阪の市場の人間が、まだ奈良県吉野町の集荷場に居て、われわれに市場の貴重な情報を提供してくれている。翌朝三時から、大阪の市場での仕事が始まるのに。何と熱心な市場の担当者が居ることか」、との評判が広まった。

そして、ライバル会社M社の吉野地区からの明日販売分の椎茸の出荷量が、M社よりも早く、把握できている。

その後、東谷さんに近鉄大和上市の駅まで送ってもらい、最終の特急で大阪に帰るというパターンが続いた。翌日は、寝不足でしんどかったが、大変充実していた。

マグロ漁船での一日と比べると楽なものである。


徐々に、わが社のファンが増えてくる。

集荷場に、わが社の「赤い荷札《にふだ》（わが社へ出荷する荷物につける荷札）」が増えるたびに、東谷さんは、まるでわが事のように一緒に喜んでくれた。大変、有難い。「感謝」である。

（一年六カ月後、私は、生椎茸担当から洋野菜担当に、「担当が替わる」が、東谷さんとは、その後も、永い付き合いになる。私が、結婚をするときは、披露宴に駈《か》けつけてくれて、東谷さんが結婚をするときは、奈良県橿原市で、私が、結婚式の披露宴の司会を務めた。四十年経った今も、年賀状のやり取りを続けている）


それから一年が経過する頃、吉野地区の生椎茸の、大阪の市場への出荷の五〇％がわが社に集まるようになっていた。当時、市場の担当者で、産地出張に来て、遅くまでいて、椎茸の袋詰めを手伝うような熱心な担当者は他にいない。

市場のニーズに見合った生椎茸の生産出荷は、大変重要であり、椎茸の袋詰めは、商品化の最終段階であり、せっかく育てた椎茸が、袋詰め次第で、良くも悪くもなってしまう、極めて重要な作業である。

「椎茸の傘の大きさを揃え、見栄えの良いように袋詰めする」

これが、スーパーや八百屋に行って店先に並んだ時に、消費者に好んで買っていただける商品に転化する。商品が売れれば、必ず、リピートの要請がきて、「誰々さんの椎茸」が指名を受ける。そうなると、必ず高く売れるようになる。

生産者の方と一緒に袋詰めをして、このような話をすると、よく理解を示してくれて、商品化の最終段階を大切に仕上げてくれるようになった。

当然、商品のレベルが一段階上がることになる。

この時点で、大阪の市場での、主産地奈良県の生椎茸の占有は、わが社六〇％、M社四〇％と逆転する。良質で、量の纏《まと》まった荷物が集まるところに、仲卸（買い手）も集まる。セリ人は、他部署からの応援であるが、順調に販売できるようになった。

出る杭は打たれる

奈良県産生椎茸の集荷・販売が順調に推移したことにより、上司（山城課長）と相談のうえ、次は、将来への布石《ふせき》として、他県産地の椎茸の集荷準備を始めた。

・近県では、京都府経済連傘下の農協もの。
・春だけ季節限定の福井県産。
・日本の生椎茸生産の大主産地である福島県産。

福島県では、従来の袋やネット詰めから、パック詰めへと変わりつつある。

これらの県産の椎茸を集荷し始めた時である。

奈良県山岳椎茸生産組合から、高田係長を通じて、わが社にクレームがきた。

当時、山岳生産組合は、関西の市場で、一大勢力を誇っていた。山岳生産組合の組合長は、わが社の高田係長を大変気に入ってくれており、当初は、わが社に大勢の生産者を紹介してくれて、わが社の大阪の市場での占有率は、七〇％強を占めていた。しかし、先述の理由で、その占有率はどんどん低下し、私が、即戦力で配属されることになった。

クレームの内容は、「奈良県山岳椎茸生産組合を大切にせず、他県産の椎茸を集荷するのなら、奈良県山岳椎茸生産組合は、御社から手を引く」とのことである。

わが社が、最近、他県産を集荷し始めたことと、昨今の情勢から、スーパーの販売力が強化されつつあり、販売形態が、袋詰めからパック詰めに移行しつつあり、それを奈良県に出張時、生産者に話をした経緯がある。それが、まわり回って山岳生産組合の耳に入り、気に障《さわ》ったのかもしれない。

山岳生産組合は、生産者に資材（椎茸を入れる袋他）の販売も行っている。

先述のように、高田係長は、大人《おとな》しく人が良いことから、山岳生産組合の組合長に大変可愛がられており、最近、その高田係長が、わが社の生椎茸売り場で、その影響力が低下しつつあることも懸念材料の一つになっているのだろう。

私は、一度も奈良県山岳椎茸生産組合に挨拶に連れていってもらったことはない。早速、説明に行こうとしたが、面会を拒否された。「若造が何を言っている」とのことであろう。

会社として、大問題に発展した。

奈良県山岳椎茸生産組合は、椎茸菌と資材を販売する組織で、生産組合の冠《かんむり》を被《かぶ》せて、市場に出荷しているが、事細かな生産指導等は行っていない。また、県内に各支部を作っているが、それは、菌や資材を販売する組織で、出荷ロットを一元化するものでなく、生産者個別の個人出荷となっている。

昨今、スーパーの台頭が著しく、ロットの大きい（数がまとまっている）産地が、「有利販売」できる状況にある。吉野地区は、山岳生産組合の勢力が及ばない地域で、個別生産者の規模が大きいことから、スーパー対応をしている仲卸には、大変人気がある。

他方、山岳生産組合の名で出荷される椎茸は、品質にバラツキが大きく、個人出荷故に、ロットも小さい。このままでは、今後、山岳生産組合は、大阪の市場において、地盤沈下は免《まぬが》れない。

ここは、会社として、山岳生産組合に、

将来のことを鑑《かんが》み、組織改善を提案すべきである。

しかし、会社は、過去の栄光に輝く、奈良県山岳椎茸生産組合を選択した。

昨日まで、新入社員で頑張っている私を高く評価してくれていた周りの目が、「山岳生産組合の組合長を怒らした」とのことで、一転して、厳《きび》しい目に変わった。

私は、会社の指示に基づき、上司と相談しながら、売場の拡大に尽力しただけである。

これが世のなかである。

全国の椎茸を集荷して、大阪の市場の販売力を高めるのは、山岳生産組合にとっても、決してマイナスではない。適正な競争をしてこそ、山岳生産組合の発展が望める。

「理不尽《りふじん》である」。出る杭《くい》は、打たれた。


翌日から、私の積極性は消えて、それからの私は、『世のなかに従う』ようになった。

やはり、私は、世のなかに埋《う》もれなくてはならないのか……。

ただ、あのまま進めば、実直な高田係長の会社での居場所が無くなる。私は、人を蹴落《けお》としてまで自分の地位向上に邁進《まいしん》するつもりはない。

また、将来は、社長になりたい等の夢があるのなら、枉《め》げずに頑張っていただろうが、人生の術《すべ》を「親孝行」とした私だから、そこに限界があった。


「世のなかの洗礼を受けた」

これからは、『最高は求めない』

『ベストでなく、ベターで良い』

ここに、私の「平凡な人生を生きる基準」が生まれる。

そして、これが、私の「石の上にも三年」の答えであった。

母との約束

母との約束の三年が近づいてきた。その準備に取り掛かる。

私は、寮を出て、和泉市にある日本住宅公団の鶴山台団地に引っ越した。当時の日本住宅公団の住宅は、人気があり、入居は抽選であった。しかし、一旦入居できると、広いところへの転居は、優先的に認められる。鶴山台の住居は、一ＬＤＫで、一人では充分であるが、二人で住むのは、やや手狭である。母との同居が確定する前に、広いところへ移ればよい。


あと、「通勤用の自動車」の確保である。

市場の仕事は、朝が早いため、電車が走っておらず、通勤用自動車が必要になる。

橋本に嫁いでいる姉宅で、新車を購入して、車が一台余っている話を聞き、安い値段で分けてもらえることになった。「ニッサン・サニー」である。母と一緒に住むために、通勤用自動車が必要である私への、姉の配慮である。足が確保できたので、寮を出て、車で通勤を始めた。

結婚

告白

もう一つの大きな課題がある。

入社式当日の『運命の出会い』である。

「石の上にも三年」、三年間は仕事に専念する。その三年が近づいてきつつあった。

親しく付き合っていた会社の先輩(三年先輩だが、歳は一緒)が、会社を辞めて、実家のある宮崎に帰ることになった。八材《やざい》さんである。八材さんには、社内に恋人がいた。恋人は、退職する八材さんを追って、宮崎に行き、結婚することになっていた。

その八材さんと恋人が、置き土産に、私に彼女を紹介したいと言ってきた。

私は、既に、心に秘《ひ》めている人が居ることから、その話は断ることになったが、その理由を白状《はくじょう》させられた。

心に秘《ひ》めている人の名前は、同期入社の新原淳子さん。

新原淳子さんは、鹿児島県の出身で、八材さんの恋人と同じ、市内にある「会社の女子寮」に入っている。八材さんの恋人は、「新原さんが、誰かと付き合っているのかどうか、私が調べてあげる」。結果、「誰も付き合っている人はいない。新原さんは、とても良い子なので、思いっきり行きなさい」

と背中を押してくれた。

三年には、少し早いが、もう行くしかない。意を決して、女子寮に電話した。

「野菜部の北と申します。新原さんをお願いします」

管理人が出て怪訝《けげん》そうな声で、「お待ちください」と言って、受話器を保留にした。

暫くして、「お待たせしました。新原ですが」、彼女が電話口に出た。ドキドキである。

「突然電話してすみません。同期の北です。今、電話大丈夫ですか？」

「はい、大丈夫です」

「突然の話ですが、今度の日曜日、空いていませんか？」

「……はい、予定はありませんが」

「神戸の方に、ドライブにお誘いしたいのですが。如何《いかが》でしょうか？」と尋ねた。

一瞬の沈黙のあと、

「はい、喜んで」との返事が返ってきた。

「日曜日の朝十時に、寮に迎えに行きます」

「はい、お待ちしております」との返事が返ってきて、受話器を置いた。

大成功である。跳びあがって喜んだ。あとで聞いた話であるが、私の情報が、八材さんの恋人を通じて、新原さんに既に入っていたようである。

三年越しの恋である。

当日は、素直に、「三年前の入社式に、新原さんを一目見て、好きになりました」と告白するつもりである。遊びで付き合う気持ちはない。結婚を前提に付き合いたい。

母と同居しなければならないことも、折を見て、伝えなくてはならない。

恋い焦《こ》がれた人との、初デートの嬉しさと、新原さんと人生のパートナーになりたい強い気持ちから、頭のなかを様々な思いが、駆け巡っていた。入社式の当日感じた、「この人とは、運命の赤い糸で結ばれている」そんな思いが、新鮮な形で蘇《よみがえ》る。


当日が来た。

ニッサン・サニーで迎えに行く。サニーは、当時の若者が愛用していた車である。

新原さんを助手席に乗せて、

「今日は、誘いを受けていただいて、ありがとうございます」

「いいえ、こちらこそ、嬉しいです」

「神戸で良いですか」

「はい」との会話から始まった。

国道四十三号線を大阪から神戸へ向かう。

神戸は、私が大学時代、バイトをしていたニューポートホテルやタワーサイドホテルがあり、日本を代表する港町である。本日は、タワーサイドホテルの海寄りにあるポートタワーとメリケン波止場に向かうことにする。

神戸港のシンボル、「ポートタワー」の駐車場に車を入れて、タワーに登り、そこで食事をすることになった。タワーの上からは、神戸港から六甲山まで、全景が一望できる。食事しながらの会話も弾んだ。明るい性格と笑顔に、とても癒《い》やされる。
「入社式の日に、初めて、新原さんに会って、ドキッとしました。新原さんとは、運命の赤い糸で結ばれている。そんな思いもしていました」というと、
新原さんは、「私もです」と応えた。

しかし、「北さんから、何の声も掛けていただけないし、男子寮の北さんに、定期的に女性から手紙が届いているとの話も聞いていましたので、彼女がいるものと、諦《あきら》めていました」との、思いがけない返事が返ってきた。
手紙の主は、「文通」をしていた、佐倉さんである。佐倉さんは、岩手県大槌町、私は、和歌山県太地町。雑誌の文通欄で知り合った。両方とも片田舎であるが、風光明媚《ふうこうめいび》な土地柄であり、そんなところでも気が合った。実に、十一年続いている。お互いの内面も理解している良き友達である。しかし、お互いに恋愛感情はない。
「中学時代『文通』が流行《はや》りまして、その時から、文通を続けています。もう十一年になります。しかし、お互いに恋愛感情はありません。彼女は、良き友達です」と包み隠さず、説明した。そして、「この秋に、先日見合いをした人と、結婚することが決まっています」との話をすると、新原さんは、安心したようであった。

三年間、声をかけられなかった理由も説明した。

「石の上にも三年。三年間は、仕事に専念する」

既に、八材さん達に、その理由を話しており、二人とも呆《あき》れていたが、その旨《むね》も、新原さんに伝わっていたようであり、すぐに納得してくれた。

あとは、母と同居しなければならないことである。

これは、八材さん達には、一斉、話していない。

新原さんが、私に好意を持ってくれていることが分かった。思い切って、その話をした。

すると新原さんは、「私も、料理とか分からないことがたくさんあるので、一緒に住んで、教えていただけたら嬉しいです」と言ってくれた。

「姑《しゅうとめ》と一緒に住む」。

普通の若い女性なら、首を縦に振ることは先ず無い。彼女は、それを受け入れてくれるだけでなく、寧《むし》ろ、「嬉しい」と言ってくれた。

偽りでいっているのではない。

よく話を聞くと、故郷では、お婆ちゃんに可愛がられて育ったらしい。何の抵抗もなく姑《しゅうとめ》と同居する母の背中を見て育っている。

彼女は、理想的な「薩摩おごじょ」なのかも知れない。

※薩摩おごじょ…気立てがよくて、優しく・芯が通ったしっかり者。

とても明るくて、性格も良い。『私にとって、新原さんは、やはり、「運命の人」であった』

メリケン波止場を散策して、帰ろうとした時、二人の気持ちが一致して、六甲山に夜景を見に行くことになった。山頂から見える神戸港は、正に「百万ドルの夜景」であり、大阪方面まで見える夜景は、宝石を鏤《ちりば》めたようでとても綺麗《きれい》であった。


展望台は暗く、カップルがたくさんいる。

夜景を見ながら、思い切って、告白した。

「結婚を前提に付き合ってください」

彼女は、「はい、こちらこそよろしくお願いします」と言ってくれた。

その後、二人は、三年の月日を取り戻すが如く、見つめ合い、唇を合わせて、熱く抱き合う。

そして、肩を組んで、頬《ほほ》を寄せ合い、仲睦《なかむつ》まじく、神戸の夜景をいつまでも眺《なが》めていた。


翌日、八材さん達に会い、喫茶店で、報告をした。

二人が、興味津々《きょうみしんしん》な目で私の顔を覗《のぞ》き込んできた。

Vサインを出すと、二人とも大変喜んでくれた。二人は、既に、私たちが上手くいくものと確信をしていたようだ。本当にありがたい友である。

四十年近く経った今も、宮崎と大阪で、毎年、年賀状と、美味しい名産品のやり取りをしている。

結婚の約束

バラ色の人生が始まった。

暫《しばら》くして、二人の間で「結婚しよう」という話がまとまった。しかし、私は、毎月の母への仕送りと、最近、入居した住宅公団の敷金や、自動車の購入費用など、出費が嵩《かさ》み、蓄財《ちくざい》はほとんどなかった。

二人で相談して、これから一年間頑張って、結婚資金を貯《た》める。そのために、私は彼女に、「給料を全額渡すので、それから遣《や》り繰りして下さい」と言って、毎月の給料を全額彼女に渡した。(若気《わかげ》の至りであり、それから後の人生、大変苦労をすることになる)

そして、「一年後には、必ず、結婚する」という目標を二人で立てる。

故郷の母に、連絡をする。

「彼女ができた。大変良い人である。これから、お金を貯めて、一年後には、結婚したいと思っている。母と一緒に住むことも了承してくれており、寧《むし》ろ、それを喜んでくれてもいる」

母は、大変喜んでくれた。

そして、「彼女を大切にしなさい。私が大阪に行くのは、先に延ばしましょう。その時期が来たら、また、連絡してください。田舎で、充実した生活を送っているので、心配しないように。そして、年金をもらい始めたので、毎月の仕送りは少し減らしてください。彼女によろしくお伝えください」と言って、受話器をおいた。

国民年金なので、額は知れている筈。そして、大阪に出て来るのを、私達二人に配慮して、先に延ばすという。

母の思いやりの心が、深く胸に沁《し》みた。

鶴山台に引っ越しして、三カ月、経《た》ったころである。

私は、会社では、クラブ活動は、野球部と民謡部に入っていた。

民謡部では、就職試験時に対応してくれた、総務部の関谷《せきや》役員と一緒である。ある日、クラブ活動が終わって話をしていると、関谷役員は、和泉市鶴山台に住んでいるとの話になった。

「実は、私も三カ月前から、鶴山台の日本住宅公団のマンションに入居しています」

「そこなら知っている。私の家から、歩いて五分ぐらいだ。私の家は、鶴山台西地区の一戸建てエリアです」との返事が返ってきた。

確かに西地区には、一戸建てのエリアがあるが、そこは、石積の豪邸エリアである。

「今度の日曜日に遊びに来なさい」

「ありがとうございます」とのことで、関谷家を訪問する。

会社の話から、関谷役員の個人的な話まで、色々聞かせていただいて、豪華な食事をご馳走になった。奥さんもとても良い人である。

その後も、事があるたびに招待されている。

私が、一人で暮らしているのを見て、ある日、奥さんから、「北さん、良い人が居るので、お見合いをしませんか」との誘いを受けた。

既に、彼女と結婚の約束をしていることから、お見合いの件は、丁重《ていちょう》にお断りさせていただき、その理由も説明させていただく。

関谷役員は、名前を聞いてびっくりしていた。

「新原さんて、うちの会社で、経理事務をしている新原君か?」

「そうです」

「それは、めでたい。彼女なら、いうことはない」

奥さんも、それなら今度、是非連れてきなさいとのことで、後日、二人で、関谷家を訪れた。

奥さんも彼女を大変気に入ってくれて、

何時から付き合っているのか?

結婚はいつするのか?


など立て続けに質問が飛んできた。話の流れで、関谷夫妻が、結婚式の仲人《なこうど》をしてくれる話にまでなる。


それからは、結婚に向けての準備が、スムーズに進んだ。

最初は、和歌山県橋本市の姉宅に二人で挨拶に行く。姉も姉家族も大変気に入ってくれた。

次は、鹿児島の彼女の家に行き、

「お嬢さんをください。必ず幸せします」と言って、了承を得る。

そして、和歌山県太地町に行き、母と兄と親戚の方々に、彼女を紹介した。皆さん、大変気に入ってくれた。

結納《ゆいのう》は、橋本に嫁いでいる姉の義父と義母が鹿児島まで届けてくれた。義父は、南海電鉄株式会社の役員であり、複数の子会社の社長をしている名士である。

新居《しんきょ》は、挙式直前に、和泉市鶴山台から、吹田市桃山台の日本住宅公団のマンションに転居することができた。

結婚式の二か月前に、住宅公団に転居申請をして、その理由欄に、結婚のためと書いた。式の日にちも記載していたため、それに間に合うよう手配していただいたようである。

公団のマンションは、地下鉄御堂筋線の延長路線である北大阪急行、桃山台駅の真上にあり、非常に利便性が良い。

駅に隣接するため、雨の日でも傘を差す必要はない。住居は、十三階建ての十階にあり、広さは、六畳・六畳・ＬＤＫが八畳（あと、洗濯物を干す三畳の板の間がある）の二ＬＤＫ。家賃、三万七千円。二人が新婚生活を始めるのに、丁度良い広さである。

結婚式

昭和五十三年十一月二十六日、堺市にある結婚式場「玉姫殿」で、二人の結婚式が関谷夫妻の仲人《なこうど》により執り行われた。

たくさんの方が参列してくれる。

新郎の方は、和歌山の親族・親戚。友人は、吉野の東谷さんや大学・高校・中学時代の懐かしい友人達。そして、私たち二人の愛のキューピット役をしてくれた八材さんが、宮崎から駆けつけてくれた。また、会社の同僚や先輩・上司もたくさん参列していただく。

新婦の方も、遠路、鹿児島から親族や親戚十数名が大挙来阪して、参列してくれた。そして、新婦の友人や会社の上司もたくさん参列していただいた。

厳《おごそ》かに、且つ、賑《にぎ》やかに楽しく、挙式と披露宴が執《と》り行われる。

その夜は、新居で一泊して、翌日、伊丹空港から、「グアム島」へ、『三泊四日の新婚旅行』に出かけた。

子々孫々を繋《つな》ぐ I
―三つの新しい生命の『誕生』―

子　供

結婚が決まってからは、二人で将来のことをあれこれ相談するようになった。

子供は、何人が良いかの話になった。

私は、学生時代に、「理想郷の創造」と「最幸の人生」を夢見て、人生の設計図を創った。「最幸の人生」を送るためには、子供は三人が良いとの結論に達していた。それらの夢は、両親のために諦《あきら》めたが、ここだけは譲《ゆず》れない。

「子供は、三人にしよう」

一人や二人では、人類社会の発展に貢献できない。四人以上つくると、私たち二人の人生が、子供のための人生になってしまう。それは、避けたい。

第一子・新しい生命の『誕生』

グアム島への新婚旅行を、「新しい生命の誕生」へのチャレンジとする。

新婚旅行の二日目の夜、グアム島タモンビーチにあるヒルトンホテルの一室で、二人の間に愛が育まれ、人類の崇高《すうこう》な儀式が執《と》り行われた。

新婚旅行から帰り、二人の新居での新婚生活が始まった。

私の勤務は、午前四時から午後三時まで。

妻の勤務は、午前八時半から午後五時半まで。

私と妻は、午前三時に起床して、私は、出勤の準備。妻は、コーヒーとトーストの朝食を作ってくれ、一緒に食べて、私は、三時半に出勤のため家を出る。妻は、玄関まで見送ってくれて、その後、三時間ほど仮眠をとり、六時半に再び起床。洗濯などの家事を片づけて、七時半に、出勤のため家を出る。

私は、仕事を終えて、午後三時半に帰宅して、洗濯ものを片づけて、それから三時間ほど仮眠をとる。妻は、午後六時半ごろ帰宅して、夕食の準備をして、七時半ごろ、一緒に夕食をとり、片づけをして、それから、風呂に入り、ゆっくりと寛《くつろ》ぎ、午後十時頃、寝室に向かう。

全てが新鮮で、バラ色の生活である。

十二月に入り、暫《しばら》くすると、妻に生理が訪れる。グアム島での「新しい生命の誕生」へのチャレンジは、失敗に終わった。

めげずに、再度、チャレンジである。

年が明けて、正月の三日、再び二人の間に愛が育まれ、人類の崇高な儀式が執り行われた。

一月二十九日、妻の体調が変化して、同三十一日、産婦人科で診察を受けると、妻の子宮内に、新しい生命が宿《やど》った。

妻と手を取り合って、跳びあがって喜ぶ。

マンション購入

次は、母を大阪に呼ぶ準備に入る。

昭和五十四年二月八日の朝刊に、新築マンションの分譲チラシが入った。地下鉄新大阪駅から、徒歩七分（これから、全国への出張が増える。新大阪は、新幹線や伊丹空港への空港バスが発着し、アクセスは最適である）。

マンションの名称は、「コスモハイツ新大阪」、総戸数　九十七戸。

明日、九日（金曜日）モデルルームオープン。

十一日（日曜日）先着順分譲開始。

竣工（完成）は、翌五十五年一月の予定。

将来的に、子供は三人と決めているので、母を含めると、家族は、総勢六名になる。最低でも、部屋数は、四つ欲しい。桃山台の住宅公団では、手狭である。

チラシの内容は、三ＬＤＫが中心であったが、

一　四ＬＤＫ（六畳・六畳・六畳・六畳・ＬＤＫ十畳）千五百三十万円〜

二　四ＬＤＫ（八畳・六畳・六畳・六畳・ＬＤＫ十六畳）千八百三十万円〜

この二つが、目に留まった。

一は、頭金三百十万円を入れると、あとは、ローン支払いで、毎月三万九千円、ボーナスで年間二十二万七千円。

二は、頭金三百七十万円を入れると、あとは、ローン支払いで、毎月四万九千円、ボーナス年間二十八万六千円。

現在の住宅公団の家賃は、月三万七千円である。

ローンの返済も、月額としては、家賃と、殆《ほとん》ど変わらない。家賃は、払い捨てである。ローンの返済は、払いきれば、物件は、自分のものになる。

どちらが得かは、誰が考えても明らかである。


分譲チラシをみて、私は、「これだ」と閃《ひらめ》いた。

夕方、妻が返ってくると、早速話をした。

妻は、「何を言っているの。そんなお金が何処《どこ》にあるの」と最初は、取り合わなかったが、私は、何度も説得を試みた。モデルルームも妻と一緒に、見に行きたかったが、妻は、仕事を早退する訳にもいかず、とりあえず、私一人で行き、詳しい資料を貰ってくることになった。

翌日、仕事の帰り、新大阪に寄り、モデルルームを見た。当時としては、最新式の造りである。申し分ない。私は、再度、「これだ」と確信をした。

後は、妻をどう説得するかである。


家に帰って、妻を説得するための資料、「マンション購入白書」を作ることにした。

マンション購入資金から考える。

ローンは、私の年収と年齢を加味すると、住宅金融公庫から七百二十万円。銀行ローンで三百五十万円。小計、一千七十万円借りることができる。総額一千五百三十万円の物件を購入するとして、あと、五百万円近くが必要である。

どう転んでも、これ以上の金額を調達するのは、難しい。

二の物件を購入したいが、資金的にどうしても無理なので、一の物件に絞《しぼ》った。あとは、不足分、五百万円の工面《くめん》である。自己資金は、結婚式他の費用を払って、二百万円が残っている。

あと、足らずの三百万円をどうするか。

熟考して、無利子の金を親族と親戚から借りることができないかという案が浮かんだ。申し訳ない話であるが、今回は、「母と同居するために」を盾《たて》にする。

和歌山県橋本市の姉（親族）から、百万円。

和歌山県太地町の叔父（母の弟）から、百万円。太地の叔父は、捕鯨船に乗っており、生活ぶりはかなり裕福である。私が母の面倒を見ることに、感謝の意を表明してくれており、応援もしてくれている。

そして、あと百万円は、妻の鹿児島の叔父（鹿児島市内で薬局を経営しており、骨董品《こっとうひん》をたくさん揃えるなど、裕福な生活を送っている。結婚の挨拶に伺ったとき、何でも相談に乗るからと言ってもらっていた）に頼みたいが、やはり、この件は、妻と妻の父を通して話をしなければ、礼儀に反する。

この無利子の三百万円の返済は、毎月四万円積立して、六年三カ月（七十五カ月）かかる。最初に、鹿児島の叔父、次に和歌山県太地町の叔父、最後に橋本市の姉の順に、百万円ずつ返済することにする。

親族（姉）から百万円。

和歌山県太地町の親戚から百万円。

鹿児島の親戚から百万円。バランスも丁度良い。（あまり意味がないように見えるが、これも大事）

あと、ローンの返済と管理費である。

頭金を五百万円で設定したため、ローンの総額は、一千七十万円となり、毎月のローンの返済額は、三万三千四百円に設定できる。これは、今の家賃より、四千円安い。あと管理費が別途、月七千円掛かる。

ボーナス時、年間二十二万七千円の返済は、当時、賞与の年間合計額が七十万円ほどであるので、何とかなりそうだ。


大変厳しい設定になるが、不可能ではない。

妻の協力を得ることができれば、十分可能である。そのためには、当分の間、妻には、共稼《ともかせ》ぎで頑張ってもらわなくてはならない。

『マンションが完成したら、その時が、母に孫《まご》の世話をかねて「大阪に出てきてもらう時」とする』。


金曜日～土曜日、二日かけて、「マンション購入白書」が完成する。

土曜日の夜、妻に、満を持して、話をした。妻は呆《あき》れていた。しかし、私が熱心に話をすることにより、妻も、私の話に頷《うなず》いてくれるようになった。

取りあえず、明日の日曜日、妻と一緒に、新大阪に行き、モデルルームを見学して、妻も気に入れば、その足で、「先着順の分譲」に応募することにする。

その晩は、マンション購入後の想像が膨《ふく》らんで、なかなか寝付けなかった。

翌日、日曜日は、午前九時から分譲開始ということで、早めに出発した。

妻も、モデルルームを見て、大変気に入ってくれた。二人が顔を見合わせて「買おう」ということになり、その足で、分譲受付の列に並ぶ。

一の物件で、八階が目についた。八〇八号室。末広がりの良い番号である。

これに決めた。購入金額は、一千五百七十万円。まだ未建築で、完成は、来年、昭和五十五年一月。

入居時に、母を大阪に呼んで、同居が始まる。

あと一年は、妻と二人で、新婚生活を楽しむことができる。


三月三十一日付で、妻が、会社を退職することになった。

第一子の誕生予定は、九月二十六日であり、それまで半年あるが、当時は、結婚して、お腹に赤ん坊が宿《やど》ると会社は退職するものとの風潮があった。

来年一月、マンションが完成し、入居する時まで（その時は、母を大阪に呼んで、赤ん坊の面倒は母に見てもらい、妻は、共稼ぎができる）ほぼ一年間、私の給料だけで、毎月の遣《や》り繰りをしなければならなくなった。

私の給料は、毎月、手取り十二万円。年間賞与七十三万円。

毎月ぎりぎりの生活が続いた。

私の小遣いは、月一万円であったが、その一万円をも生活費に入れる時もあった。

第一子出産

昭和五十四年九月二十一日、吹田市にある済生会吹田病院で第一子が誕生する。

仕事中に、病院から、「男児出産」の報を受け、急ぎ駆けつけ、妻と喜びを分かち合うとともに、心から感謝の意を表した。

『人の生きる道』の四つの道の一つ、「神秘の生命の誕生に携《たずさ》わる」ことができた。

二人の心に、「幸せ」が充満する。

わが子

わが子とは、こんなにも可愛いものか。

新生児室には、産まれたばかりのたくさんの新生児がいる。

しかし、遠くからでも一目でわが子が分かる。

そして、とにかくよく動く。

大きく背伸びをして、
口を上下に開けて、あくびをする姿。
手のひらをゆっくり広げ、
指先まで伸ばす所作。
そして、私の指を近づけると、
小さな手で、「ギュー」と力強く、握りしめてくれる。
一時間、二時間、三時間…、眺めていても飽きない。
時々、目を開けて（目はまだ殆ど見えないが）、私を見つめてくると、
本当に可愛くて、たまらず、抱き上げて、頬《ほお》ずりをしたくなる。

母と同居

マンションの竣工日《しゅんこうび》（完成）が近づいてきた。

故郷の母に、連絡を入れる。

「マンションの入居日が決まった。年明けて、昭和五十五年二月一日である。その日に引っ越しをする。落ち着いたら連絡をするので、その時、大阪に来て欲しい」

母は、「有り難う。連絡を貰ったらすぐに行く」と言った。

父が亡くなってから、四年の歳月が過ぎていた。

同時に、故郷の兄にも連絡を入れた。

「新しいマンションを購入した。二月一日が入居日となる。将来のことを思って買ったが、大分無理をした。ローンの返済は、私だけの給料では、とても無理である。妻が共稼ぎをしてもぎりぎりである。今のままでは、赤ん坊（長男）がおり、妻は、パートにもいくことができない。そこで、兄にお願いがある。母が大阪に来ることを許して欲しい。母が来てくれて、赤ん坊の面倒を見てくれると、妻が、仕事に出ることができる。そうすれば、ローンの返済は、ぎりぎりだがやっていける。是非、助けて欲しい」

「母（義母）の気持ち次第だ。俺は、何の異存《いぞん》もない」と兄はいってくれた。

「ありがとう……。それでは、母にお願いする」と言って、電話を切った。大変回りくどいことであるが、これで、兄の顔が立つ。

母は、「大阪の私達家族を助けるために大阪に来て、同居する」という大義名分が立ち、誰に憚《はばか》ることなく、大阪に出てくることができる。

私の設定したとおりになった。

『これで、母も、兄も、私達家族も、良い形で、前に進むことができる』。

私達は、社会人として、ゼロから出発して、五年生で、マイホームを取得したことになる。ローンと借財が多く、大変であるが……。

第二子出産

二月中旬、母が大阪に来た。家族は、総勢四名になる。

長男（孫）を母に預けて、妻の仕事探しが始まった。

まもなく、妻の勤務先が決まった。自宅マンションから、自転車で五分、新大阪繊維シティ内にあるカーテンの卸問屋で、正社員採用。勤務時間は、午前八時半から午後五時まで。

これで生活は、少しは楽になるが、二人で相談して、そのほとんどは、無利子の三百万円の返済に充《あ》てることにする。


第二子の出産は、何時にするか話し合う。

第一子から三年空ける。そして。第三子は、第二子から三年空ける。そうすると、中学校、高校は、重なることが無くなる。

私の中学校時代は、「姉の存在」が大きなプレッシャーになっていた。苦い思い出ではあるが、「オール五」なんて、誰にもとれるものではない。たいしたものである。姉は、私達家族の誇りである。

そして、学校が重なることがなければ、三人は、学業他に伸び伸びと過ごせるはずである。また、大学など経済的負担も平準化されるはずである。

第二子の誕生は、第一子誕生の三年後、昭和五十七年九月とする。

昭和五十七年、元旦（一日）の夜、二人は、愛を育《はぐく》んで、人類の崇高な儀式が執り行われた。一月の末に、妻の子宮内に、二人目の新しい生命が宿《やど》る。そして、九月二十二日、大阪市北区にある済生会中津病院で第二子が誕生した。

『女児』である。

病院に駆けつけ、妻と妻の横に寝ている赤ん坊を眺め、つくづく「ありがたい」と呟《つぶや》いた。二人の心に、再び、「幸せ」が充満する。

昭和五十四年九月二十一日、長男が誕生し、翌五十五年二月、購入した新築マンションが完成して、入居する。

同二月中旬には、母が、大阪に来てくれた。

その後、妻は、正社員で働き、実に、第二子が生まれる、昭和五十七年九月、出産直前まで、仕事に励んでくれた。

二年六カ月（累計三十カ月）。その間の妻の収入全てに、私の収入の一部を足して、合計三百万円、マンション購入時の無利子の借財を無事《ぶじ》返済することができた。

最初は、鹿児島の叔父、次に和歌山県太地町の叔父、最後に、橋本の姉に百万円ずつ返済する。

当初の予定では、三百万円すべてを返済するのは、六年三カ月かかる予定であったが、その半分以下の期間、二年六カ月で返済できる。

二人で力を合わせた結果であるが、やはり、妻の頑張りが一番大きい。

勿論、母の内助の功も「大」である……。無利子の三百万円の返済が完了して、その重荷から、やっと解放された。

これからは、母、私、妻、長男、長女で、日常生活を展開していくことができる。

第三子出産

当初、三年空けるということであったが、よく考えると、大学は四年制である。子供二人が、大学生というのは、金銭的につらい部分がある。相談のうえ、第三子は、第二子から四年空けることにする。

昭和六十一年一月二日の夜、妻との神聖《しんせい》な儀式《ぎしき》が執り行われた。しかし、十四日後、妻に生理が訪れた。精子と卵子の受精は、成立しなかった。新婚旅行二日目の夜の儀式もそうだった。

そして、一年七カ月後、再び、チャレンジする。

昭和六十二年八月十三日夜、二人の間に、愛が育まれ、人類の崇高な儀式が執り行われる。

九月十日、妻の子宮内に、第三子が宿《やど》る。

妻は、マンション購入時の無利子の借財三百万円を返済し、第二子出産前に、仕事を辞《や》めた。

私の給料は、この数年、会社の業績も順調で（日本経済のバブル期）、大幅な昇給が続き、結構な賞与も支給されて、マンションの毎月のローンを支払いし、家族全員が、通常の生活をするには、充分であった。
その後、妻は、母とともに、二人の子供の育児と主婦業に専念している。妻は、母から、子育ての方法、田舎の名物料理の作り方などなど、教わっているようだ。

昭和六十二年五月二十三日、第三子が、市内北区にある済生会中津病院で産まれた。
仕事中に『男児出産』の報を受けて、跳びあがって喜んだ。早速、病院に駆けつけて、妻の労をねぎらう。やはり、妻は、私にとって、最高の「運命の人」であった。

『わが生命の奇跡でオンリーワンの誕生に携わった祖先に感謝し、そして、最も身近な誕生と育成に携わった両親に、感謝し、尊《とうと》び、孝行《こうこう》を尽くす。また、自らも、最も有能とされる人類のために、二つ以上の新しい神秘の生命の誕生と育成に携わって、生きていく』。
「人の生きる道」の一節であるが、その「二つ以上の新しい神秘の生命の『誕生』に携わる」が、ここに無事、完了した。

そして、嘗《かつ》ての目標であった、
『「新しい神秘の生命は、三人とする」がここに成就《じょうじゅ》して、
二人の心には、「幸せ」が、未来永劫《みらいえいごう》に充満し続ける』。

今後は、三人の子供たちの『育成』に携《たずさ》わる。

※あと、「男女の産み分け」にも挑んだ。
不首尾《ふしゅび》（本来の目的を達成しない出来事）は二度あったが、三人の子供の「産み分け」も完遂することができる。
只《ただ》、ここでは、ある事由《じゆ》により、表示することを控えた。

充実した幸せな人生

出世

昭和五十年三月、卸売会社、T社に入社。野菜部に配属し、『生椎茸担当』となる。

同五十三年四月、野菜部の内部異動で、『洋野菜（レタス・アスパラ・ブロッコリー・パセリ・セロリ等）担当』となる。この部署は、宮崎に帰った八材《やざい》さんが担当していた部署で、八材さんの後継として、指名された。

この部署で、主任、係長、課長代理と順調に昇格する。

（平成三年二月に、四年二カ月続いた「バブル経済」が崩壊する。この後十年間、平成十三年まで、日本経済は、「失われた十年」という、「苦難の時代」を過ごす）

平成三年七月、社内異動で、『管理部電算課統計情報部門』に配属となる。

平成四年四月、課長に昇格する。

生鮮青果物業界も、情報化時代に突入しており、産地→市場→消費地という流通ルートのなかで、その中核《ちゅうかく》をなす市場が一番情報を有しているにも拘《かかわ》らず、その情報の整理・加工・発信ができていないことに気付き、会社に申し出て、統計情報部門への転属を申し出る。

会社に提案して、『月刊《げっかん》青果情報誌「虹」（B五版　五〇ページ）』を創刊。

新時代の情報誌として、「毎月創刊」し、産地、仲卸、小売店等、関係先に配布する。

また、社内では、多忙な営業社員のサポートとして、毎朝、業界紙、一般紙の新聞八紙程度に目を通して、重要関連記事を抽出《ちゅうしゅつ》・コピーし、各営業部門に新設した、情報掲示板（野菜部は、「ベジタブルインフォメーション」。果実部は、「フルーツインフォメーション」）にその記事を掲載《けいさい》して、営業社員の啓蒙《けいもう》に努める。

平成八年四月、管理部部内異動で、『総務課（人事・総務・用度部門）』に配属。その全般を担当する。

日本経済は、「失われた十年」という、「苦難の時代」を過ごしており、会社は、『生き残り』をかけて、リストラ他様々な改革を行わなければならない。

・法改正他、時代の趨勢《すうせい》に合わせた、就業規則の改訂
・人事評価制度の見直し（「年功序列《ねんこうじょれつ》」から「成果主義」へ）
・社員の採用・解雇《かいこ》・教育
・社会保険料控除を含む、給与実務処理
・当社独自の健康保険組合及び共済組合の運営・管理
・会社資産の運営・管理
・用度品の購入他

平成十年四月、副部長に昇格する。

平成十六年四月、部長代理に昇格する。

『総務課（総務・人事）・秘書室の統括担当部長代理』となる。

総務課の仕事に加え、

・株主総会関係（営業報告書の作成等）
・代表者社外関係文書作成。

・広報担当窓口（テレビ局・新聞社・一般市民等）
・外部団体役員（職業安定協会監査役・防火管理協会役員・大阪市人権推進協議会支部役員他）

平成十八年八月、一身上の都合により、『退職』する。

充実した幸せな人生

父の命懸けの言葉により、「理想郷の創造」と「最幸の人生」を諦《あきら》めて、『親孝行の道』を選択する。

昭和五十年十二月十一日、父は、享年七十歳の人生を閉じた。

人生を閉じるときの父の「笑顔《えがお》」は、われわれ親族の最大の宝である。

私は、既《すで》に、父の言葉の「本当の意味」と母の意向により、母と同居する道を選択している。

就職する会社の決定も、結婚する彼女との恋愛も、その制約のなかで進んだ。

しかし、就職した会社も、結婚した彼女との恋愛も、母と同居するためではあるが、母による制約は、全《まった》く受けていなかった。

そして、昭和五十五年二月、母が故郷から大阪に出てきて、同居が始まる。

その時の母は、六十三歳を迎えており、高齢ながらも、長年住み慣れた故郷から、大都会大阪に出てくることになる。息子と同居するためとはいえ、それなりに、大きな不安もあったことと思う。

同居の家族構成は、母、私、妻、長男の四人家族である。早速、昨年九月生まれた長男の面倒は、母が見てくれることになった。


無理をして購入したが、新築マンションの住み心地は最高である。

南向きで、日当たりが良く、八階の高さで、眺望《ちょうぼう》が良い。

南側に、視界を遮《さえぎ》るような、ビルやマンションは何もない（購入決定前に、現地も見に来た。マンションの敷地の南側は、一戸建てが立ち並んでおり、日当たりも、眺望も最高である）。

景色は、遠くまで見渡《みわた》せて、淀川の向こうに聳《そび》える、梅田の市街地がよくみえる。夜は、宝石を鏤《ちりば》めたような夜景が綺麗である。（私は、マイホームを購入するなら、宝塚の山手が良いと考えていた。眺望《ちょうぼう》が良く、大阪市内を一望できるからである。しかし、交通の要所から、遠く離れることになり、今回は、選択をしなかった）

宝塚の山手の眺望と、新大阪のマンションの八階からの眺望は、あまり変わることはなく、憧《あこ》れていた夜景は、とても綺麗で、感慨一入《ひとしお》である。

二月は、一年で最も寒い季節であるが、南向きのため、部屋のなかは、結構温かい。
夏は、八階だから、風通しが、非常に良い。（はずである）
部屋数は、六・五畳、六畳、六畳、六畳、ＬＤＫ十畳の四ＬＤＫ（和室二、洋室二）。
南ベランダ側の和室六畳一室は、母が使用し、同じく、南ベランダ側和室六・五畳は、私と妻と長男が使用《ベビーベット》する。

十畳のＬＤＫには、六人（あと五〜六年で、家族が六人になる）が座れる大きな食卓を購入し、真ん中の六畳の洋室には、応接セットを購入して、配置した。北側通路に面する六畳の洋室は、当面空ける。子供があと二人生まれ、成長すれば、これでもすぐに手狭《てぜま》になる。

母と同居してから、妻は、長男の世話を母にお願いして、無利子の借財、三百万円の返済のため、正社員の仕事に就《つ》き、二年六カ月、第二子・長女が生まれる直前まで、がむしゃらに働いてくれた。第二子も無事誕生し、無利子の借財三百万円も完済することができた。

妻と母に、感謝である。

この間、私の給料も、年々昇給して（日本経済が右肩上がりの時期）、ローンの返済と普通の暮らしをするならば、充分にやっていける状況になった。

妻は、第二子出産直前に仕事を辞めて、第三子・次男が生まれ、幼稚園に入園するまでの十年間、母から、子育ての方法や田舎の名物料理の作り方などを教わりながら、母とともに、家事と育児に専念した。

三人の子供たちも順調に育ち、長男が中学校に入学、長女が小学校四年生、次男が幼稚園入園になる年の四月から、妻は、再び仕事に出た。子供たちにあまり手が掛からなくなり、母の負担も軽くなってきたからである。

そして、これからお金が入用になる、子供たちの塾代や学費を稼《かせ》ぐためである。子供たちが、中学、高校、大学と進学すると結構な学費が掛かる。そして、結婚、出産となれば、親としての援助も結構な額になる。

妻が務《つと》めていた、「新大阪繊維シティ」のカーテンの卸問屋がパートの募集をしていた。時間は、午前九時から午後一時までの四時間、丁度良い時間である。

次男を幼稚園に送り、自宅で少し休憩をしてから、出勤する。先方の卸問屋の社長や奥さんは、妻が正社員で仕事をしてきており、内容が理解できていることと、妻の人柄を大変気に入ってくれており、今回は、先方から、妻に声をかけてくれた。

平成四年四月から、妻はパートに出る。

母が大阪に来て、十二年が経過していた。母、七十五歳である。第三子・次男が幼稚園に入園して、母の負担は、大幅に軽くなった。これからは、三人の孫の成長を見守りながら、日々元気に過ごしてくれれば良い。

丁度、私も、四月から課長に昇格した。

子々孫々を繋《つな》ぐ Ⅱ

―三つの新しい生命の『育成』―

私は、子供たちが、人生の大きな節目を迎えるとき、必ず、子供たちと話をすることにしている。
・義務教育を卒業する中学三年生の時は、「高校進学について」。
・高等教育を終える高校三年生の時は、「大学・専門学校等進学について」。
・大学を卒業する時は、「就職について」。

中学三年の話し合いの時から、このように言う。

「どうするのかは、自分で決めなさい」。
親が指図すべきではない。
自分の人生は、自分で考えて、自分の足で歩いていかなければならない。

親ができるのは、その応援だけである。応援を惜《お》しむことはない。
だから、よく考えて、どうしたいか、お父さんとお母さんとで、話をしよう。どうしたいか分からないときは、いくらでも、お父さんとお母さんが、人生の先輩としての体験談は話してあげる。

そうすると、たいてい、

「高校は、私立の○○高校理数学科に進みたい」とか、「高校は、○○高校の普通科に進みたい」とかになる。

「しっかり勉強しなくては、入れないぞ」とか、「分かった。頑張れ」とか、返事をする。

大学・専門学校進学になると、将来の「自分の進むべき道」が視野に入る。電子工学科を目指すのか、幼児教育を目指すのか。


大学に入ると、必ず言うことがある。

「学費が年間百万円から百五十万円（月換算十二万円程度）掛かるので、小遣いは、家から支給しない、自分で稼ぐこと。アルバイトで、世の中を垣間《かいま》見ることは、非常に良い経験となる。自分の将来の人生の選択に、必ず役に立ってくれると思う」

そして、「お父さんたちが応援してあげられるのは、大学を卒業するまで。就職して、社会人となれば、それからは、自分の足で、歩いていくこと。助言はできるが、これまでのような応援はしない」

このように、人生の節目には、必ず向き合って話し合う。

子供たちも、その時期が来たら、自ら進んで、その話し合いにくる。


子供として向き合うのではない。

一人の人間として、「その人間の尊厳《そんげん》」と向き合うのである。

ちょっと厳しい話であるが、それが子供たちへの餞《はなむけ》の言葉となる。

妻は、子供たちに内緒で、郵便局の、学資保険、成人保険に加入している。学資保険は、子供が十八歳になるとき、二百万円が支払われる。成人保険は、子供が、二十五歳になるとき、二百万円が支払われる積立保険である。それぞれ、大学の授業料、結婚資金等の大きな足しになる。

私達家族の人生は、その時が来て、どうするか、ではない。何年後にこうなるから、それに先んじてどうするかである。

理想の家族

関係のない話であるが、

私の身長が、　百七十五cm

妻が、　百六十五cm

長男が、　百九十cm

長女が、　百七十三cm

次男が、　百八十五cm

五人が並ぶと、壮観《そうかん》である。

そして、みんな仲が良い。

これが家族の誇りである。

姑《しゅうとめ》と嫁、「祖母と母」の背中をみて、育ったからであろう。

夫は、「一家の大黒柱」として、仕事に励んでいる。

「親孝行を人生の術《すべ》」としながらも、「運命の人」と結婚して、子供は、望み通り、男児（長男）、女児（長女）、男児（次男）の三人の出産と育成に携わり、マンションの「自治」にも、貢献している。

妻は、「夫を支え」、「母を敬《うやま》い」、「子育てに励み」、パートをして将来の教育資金や結婚資金を貯めて、家計を支えている。世の中で、一番難しい、「姑《しゅうと》と嫁の関係を見事に融和《ゆうわ》」してくれている。

母は、息子夫婦のマンション購入時の厳しい家計を応援するために、「孫の面倒」を一手に引き受けてくれた。おかげで、家計は、順調な軌道に乗ることができた。そして、人生の先輩として、私たちの生活を「控えめな態度」で見守ってくれ、孫三人の成長を楽しみとして、余生を過ごしてくれている。

子供たちも、「人に、きちんと挨拶のできる人間」に育ってくれて、各自、自分の道を模索《もさく》しながら、自分の足で歩き始めている。

マンションの人たちからも、周りの人たちからも、「北さんの家族は、『理想の家族』ですね」と言っていただいている。

母の死

大往生の母の死

平成十七年十一月十七日、母が、東淀川区にあるキリスト教病院で、享年九十歳の命を閉じた。『大往生《だいおうじょう》』である。

淀川区にある北大阪祭典で葬儀を行い、たくさんの人に母との別れを、惜しんでいただく。

マンションでも「多くの人の心に残る」、そんな母であった。

火葬に伏して、遺骨《いこつ》は、故郷の太地町に帰り、兄が葬儀委員長となり、再度、盛大な葬儀が行われて、故郷の知人・友人との別れを惜しみ、父と先祖代々が眠る、終《つい》の棲家《すみか》、北家先祖代々のお墓に埋葬《まいそう》された。

母の人生

母は、大正五年四月二十日、太地町で、小濱《こはま》家《け》の長女として生まれた。戦時中に、他家に嫁いだが、夫は、すぐ戦地に召集されて、戦死した。少しして、母は、実家に戻り、その後、父と再婚して、姉と私が生まれた。父、母、姉、私の四人家族で、幸せな日々を過ごした。

昭和五十年、父が亡くなり、その四年後、母は、六十三歳で、大都会大阪に来てくれた。それから二十七年、私達家族を助けてくれて、孫の成長を見守りながら、享年《きょうねん》九十歳でその命を閉じた。

晩年《ばんねん》は、健康管理のため、毎朝、近くの公園を欠かさず散歩していた。道で行きかう人に、会釈《えしゃく》をする、ひたむきなその態度は、**周りの人に感銘《かんめい》を与えていた**。

八十歳代も、寝込むことも、痴呆《ちほう》が入ることもなく、自分の足で、買い物に行くなど、大変元気で、家族に負担をかけることは、一切なかった。

胆嚢摘出《たんのうてきしゅつ》手術や、白内障《はくないしょう》の手術で入院することはあったが、いずれ共に、短期の入院である。老齢《ろうれい》になっても、健康管理に努め、家族に負担をかけることなく生きる母のひたむきな姿は、**周りの人々の模範《もはん》と**なっていた。

私は、「理想郷の創造」と「最幸の人生」を諦《あきら》めて、「親孝行」を人生の生きる術《すべ》とした。父健在《けんざい》の時は、父と母に。父亡きあとは、母に、孝行を尽《つ》くした。

母が入院すると、毎日仕事の帰り、病院に寄り、母を見舞う。

母が亡くなる最後の入院の時は、出勤前と、仕事が終わってから、一日に二度、病院に見舞った。妻も、パートが終わってから、毎日、病院に通ってくれている。

母は、いつも「すまない。ありがとう」と言って、喜んでくれていた。

看護師も、母に、「嬉しいですね。身内でも、こんなに見舞いに来てくれる家族は、他にいませんよ」と言っていただいた。


十一月十七日、仕事中に、病院から、「母危篤《きとく》」の連絡が入る。

妻や子供や橋本の姉に、連絡を入れて、病院に急いだ。田舎の兄や親族には、先日、先生と相談して、母がまだ元気なうちに別れを惜しんでもらうということで、既に大挙来阪していただいている。


病院の駐車場に車を入れて、病室に向かうと、母は、虫の息である。

ベッドの横に歩み寄り、声をかけた。

「お袋……。どうした……。しっかりしろ……」

母は、薄目を開けて、私を見て、最後の言葉を絞《しぼ》り出して言った。

「昊輝《こうき》よ……、永い間、ありがとう……」

私は、すべての意味を込めて、

「お袋……、こちらこそ、ありがとう……」と返事をした。

母は、微笑《ほほえ》みをたたえた観世音菩薩《かんぜおんぼさつ》のような顔になり、目を閉じた。

享年九十歳、大往生《だいおうじょう》の母の死である。

親孝行が完遂

実に賢い母であった。貰う年金は、国民年金だから少ない筈。

しかし、年金受給月（二カ月に一回）に、「米代」と称して、僅《わず》かな金額であるが家に入れてくれていた。妻は、大丈夫ですからと言って、断っていたが、母は、「けじめです」と言って、応じない。

母は、亡くなる前に、私に母の預金通帳と印鑑を差し出した。二百万円入っている。

「これで、私の葬儀をして欲しい」。そして、「このことは、橋本の姉や太地の兄には、言わなくても良いから」と言った。

少ない小遣いを自分の葬儀代として、貯《た》めていた。本当に頭が下がる思いである。

妻と相談して、「母の意」を汲《く》ましてもらうことにした。

母の委任状を持って、通帳から現金を引き出して、私の名義とした。母は、亡くなってからでは、息子でも、簡単に、通帳から現金を下ろすことができないことを知っていた。このお金は、妻と相談して、先述のこと以外には、一切使うことはない。

母が、大阪に来て、二十七年。

「母との同居」を約束して、三十一年の歳月が経《た》っていた。


『ここに、父と母への親孝行が完遂した』。

そして、『人の生きる道』の第二の道の一項目、『両親に、「親孝行」を尽くす』が成就して、二人の心に、『幸せ』が永遠に充満することになる。

親孝行を人生の術《すべ》に生きてきたから、私たちの家族は、「理想の家族」と称され、「充実した幸せな人生」を歩むことができている。


しかし、私の人生の出発点とは、大きな相違点が、まだ残っている。


「私達家族だけが幸せであれば、それで良いのか。

それは、『否《いな》』である。

周りの人々も幸せでなくてはならない」

第六章

再び「最幸の人生」に挑む

会社退職

親孝行が完遂して

平成十七年十一月十七日、大往生《だいおうじょう》の母の死により、親孝行が完遂《かんすい》した。『苦渋《くじゅう》の決断』により、「理想郷の創造」と「最幸の人生」を諦《あきら》めて、『親孝行』を人生の術《すべ》にしてから、三十一年の月日が過ぎており、私は、五十四歳を迎えていた。

年が明けて、日常生活が、落ち着きを見せると、私の心には、「理想郷の創造」と「最幸の人生」に『再び挑みたい』との思いが、日に日に強まりを見せている。

大学を卒業してから、三十一年が経《た》ち、「人生の設計図」に基づくと、既に「理想郷が創造」され、「最幸の生き方」が始まっている頃である。

しかし、幾ら熟考《じゅっこう》しても、三十一年の歳月は、もう取り戻すことはできない。

今から、「理想郷」を創ることは、不可能である。

しかし、『理想郷の大典（人類の融和の法則）』は、創ることができる。

そして、私が、『最幸の人生』を歩むことはできる。

そのためには、これから、数多くの「自然法則」と「精神法則」を探知し、それを融和の法則に進化させなければならない。
一　私の精神が、『自然法則』を探知・習得し、自然界と融和して、自然への責務を全《まっと》うする。
二　私の精神が、『精神法則』を探知・習得し、他の人の精神と融和して、人間社会への責務を全《まっと》うする。
そして、人の生きる道の四つの道を全うすれば、

そこに、『天国』が現出し、

『現世《げんせ》で天国に生きる』ことが可能となり、

『最幸の人生』を歩むことができる。

チャンス到来

会社では、秘書室、人事、総務と重要な部署を任《まか》されている。

簡単には、「退職したい」とは、言い出せない。

平成十八年四月、春の昇格人事により、職員の序列が決定して、私は、役員昇任候補、序列一位になった。しかし、五月十五日の役員会で、今年の株主総会の懸案《けんあん》事項の一つ（この事項は、三年に一度の頻度《ひんど》）、新任執行役員六名が、内定したが、そこに私の名前はなかった。

株主総会は、六月二十四日である。その準備のために、新任役員の正式な公表は、五月二十七日（土）になる。

本年の株主総会では、会社の『勢力地図』が、大きく変わる。

わが社の「社是《しゃぜ》」は、『伝統・奉仕・創造』である。

伝統を重んじ（先駆者たちの精神を尊重し）、

奉仕の精神で（社会への奉仕の精神を持ちながら）、

未来を創造する（斬新な発想で、未来を創造する）。

素晴らしい「社是《しゃぜ》」である。

「現勢力（穏健派）」は、これを踏襲《とうしゅう》して、会社経営を推進し、日本経済の「失われた十年」を乗り越えてきた。

その「現勢力（穏健派）」が、今回、退任に追い込まれ、これからは、「新勢力（急進的な個性派）」が会社の運営を仕切る。

時代の趨勢《すうせい》とはいえ、良き伝統と奉仕の精神を排除し、実利を重んじる姿勢と、一部の急進的な個性派が会社を支配する実状は、誠に残念である。

幾ら優秀な指導者であっても、個性が強すぎる人間は、どこまで行っても、「全体と和する」ことはない。

当然、このような過渡期《かとき》には、裏で、様々な事象が渦巻いている。私は、現勢力（穏健派）の会長や社長の側近《そっきん》でありすぎたのだと思う。

「新体制（急進的な個性派）から、私は、疎《うと》んじられている」のか……。

『会社を退職する大きなチャンスが到来《とうらい》した』。

それから密《ひそ》かに、退職の準備に取り掛かった。親孝行は完遂したが、家族の生活は、守らなくてはならない。

その時の家族構成は、

私　　五十四歳

妻　　四十九歳（主婦業と、一日四時間のパート勤め）

長男　二十六歳（大学を卒業して、社会人四年生）

長女　二十三歳（専門学校を卒業して、社会人三年生）

次男　　十八歳（大学一回生）

である。

会社を退職したとして、私が七十歳までの、生活設計図を作った。（この時、妻は、六十五歳になり、二人の年金が満額支給される）私は、六十五歳から、年金を満額受給できる。

それまでは、家族の協力を得ながら、生活費を確保する必要がある。

会社に残り、自分の夢を追い求めることができるのか？

それは、否《いな》である。

会社は、資本の論理で、蠢《うごめ》いている。会社は利益を上げ、会社を存続させることが第一義である。ましてや、今後は、実利を重んじる新勢力（急進的な個性派）が会社の運営を仕切る。仕事遂行上、その命《めい》を受ければ、「内容が如何《いか》でも、従わなければならない」。

私の生きる理念（「人々が幸せに成る」）には、当然反する。

五十四歳で、会社を退職する。

妻にお願いして、毎月の生活費を算出してもらった。

一カ月、二十七万六千円。（私の小遣いは、月二万円入れてくれている）あと、年単位での必要経費は、月換算　五万円程。合計　月　三十二万六千円。これだけ収入（手取り）があれば生活に支障は出ない。

〔五十四歳七月～六十九歳までの収入計画〕

一　五十四歳七月～九月、失業給付待機期間（三カ月）は、収入ゼロのため、この間の生活費、社会保険料等の支払いは、**退職金から賄《まかな》う**。

二　五十四歳十月～五十五歳二月まで（五か月間）は、失業給付（月手取り二十三万円）を受給する。

あと不足分は、妻のパート代、長男・長女の食事代で、充分賄える。

三　五十五歳三月～六十歳（定年）までは、月支給総額二十五万円（手取り額二十万円）超の仕事に就く。

あと不足分は、妻のパート代、長男・長女の食事代で賄える。

四　六十歳～六十四歳まで（定年後の嘱託）は、月支給総額十七万円（手取り額十四万円）超の仕事に就く。

あと不足分は、私の年金と妻のパート代で賄える。

五　六十五歳～は、年金（厚生年金）他で賄《まかな》う。

この収入目安に基づいて、『最幸の人生に挑むことのできる仕事を選択すればよい』。

これで、大体の筋道を描くことができた。

家族会議を開いて、私の会社退職について、議論をした。

一　今年の株主総会で、新しい派閥《はばつ》（急進的な個性派）が台頭し、会社運営を担う。私は、現体制（穏健派）の一員と疎《うと》んじられ、今年の新任執行役員昇任メンバーから外れた。今後も職務を遂行するなかで、厳しい状況に置かれることは、明白《めいはく》である。

二　私には、予《かね》てより大きな夢があった。これを機に、その夢に再度、挑戦したい。家族のみんなには、迷惑をかけることになるが、迷惑は、最小限になるよう、今後の生活設計図を作った。是非理解してほしい。

妻も子供たちも、今まで私が歩んできた背中（親孝行を人生の術とする）を見てくれている。「お父さんが、そうしたいなら……、私は附《つ》いていきます」と妻が言ってくれて、子供たちも了解してくれた。

長男や長女は、これまで家に食事代を入れているが、その額を増額するとの話にまでなった。私も妻も、「大変ありがたい話であるが、大丈夫、気持ちだけ戴《いただ》いておくから」とのことになる。（これまで、子供たちが、家に入れている毎月の食事代は、家計で使うことはない。妻が、子供たちのために、積立貯金にしている。今後は、その食事代は、毎月、家計費に入れることになる）

これで、家族全員の了解を得ることができた。

退職届

五月二十七日（土）、予定通り、新任執行役員の名前が公表される。

やはり、そこに私の名前はなかった。

その日、仕事終了後に、上司の役員が、私と総務課の男性社員を飲みに誘ってくれ、酒が入って暫《しばら》くすると、上司の役員が、本日の新任執行役員公表の話をする。

「今回は残念だった。私も悔しい。しかし、今後（三年後）昇任の可能性は十分にある。頑張れ！」

総務課の男性陣も全員「頑張ってください」と励ましてくれた。

ありがたいことである。しかし、私の気持ちは、既に決まっている。

翌々日、二十九日（月）、出勤して一番に、上司役員の所に行き、「退職届」を提出した。業務は多忙であり、今後のスケジュールもびっしり詰まっている。それらを消化し、引継ぎ期間も設けなくてはならない。また、給与の締日が毎月十五日であることから、退職日は、半月先の六月十五日とした。有給は、大分残っているが、それは、加味《かみ》しない。

上司役員は、大変驚いて、
「ちょっと待て」といったが、
既に私の気持ちは決まっており、
「よろしくお願いします」と言って、提出した。

上司役員は、会長、社長、副社長に相談に行ったが、まさか私が会社を辞《や》めると言いだすとは、誰も思っていない。

私の退職の件に関して、
・会長は、今年の株主総会で退任のため、「無言」（もう私の力でどうすることもできない）。
・社長は、「今、北君が辞めたら、誰がその仕事の変わりをするのか？　君たちにその仕事ができるのか。辞めさせてはいけない」。
・副社長は、新興勢力（急進的な個性派）の一員であり、「無言」。
全体として、社長の意見が優先され、「北を説得しろ」という話になった模様である。

上司役員に呼ばれて、別室で話をするが、私の気持ちは変わらない。その後、数日にわたり、何度も呼ばれたが、全く進展はない。

私は、今の会社の内部事情を知りすぎている。そのなかには、私でなくては、できない仕事もある。会社として、「今更、北を執行役員にする訳にはいかないが、北を辞めさせる訳にもいかない」となる。その後も、様々な条件を提示してくれたが、私が首を縦に振ることはなかった。

私の退職の決意が固いと分かると、退職後の仕事（市場関連の「協会」の仕事）の手配もしてくれたが、私は、首を縦に振らない。

最後は、上司役員から「株主総会（六月二十四日）が終わるまでは、居て欲しい」と言われ、それだけは、「分かりました」と答えた。退職日は、六月三十日で、退職届を書き直し、再度提出した。

六月も半ばを過ぎる頃、また、役員から呼ばれた。

「北君の退職日を八月十五日迄延長する。ただし、出勤は、六月三十日まで。七月一日から八月十五日までは、有給休暇扱いとするので、もう一度、退職届を書き直して、提出すること」

退職届二度の訂正を経て、三度目の提出である。

本来なら、会社は、自己都合による退職届が提出されると、有給の有無に拘《かかわ》らず、記載された日を退職日とするものである。

退職日が、六月三十日になるのと、八月十五日になるのでは、大変な違いがある。

・六月三十日が退職日になると、夏の賞与は、出ない。

・八月十五日が退職日になると、夏の賞与が満額出る。
夏の賞与の支給日は、八月上旬で、その基準は、「七月十五日に在籍しているものが対象」である。また、自己都合退職では、たとえ、賞与が支給されたとしても、支給額は、最低評価の支給額で算出される。私の場合は、いつもの評価の額で、支給してくれていた。


退職日が、当初の予定より、二カ月延び（二か月分の給与が入る）、有給休暇もすべて消化できて（それ以上）、夏の賞与（八月上旬支給）も満額支給される。

大変ありがたい。

会社は、今回の役員昇任人事で、私が、執行役員昇任メンバーから外れたことで、退職するとは思っておらず、慰留《いりゅう》を試みたが叶《かな》わず、結果的に退職することになったことに対して、会社として、様々な好条件を提示してくれたのだと思う。

あとで聞いた話であるが、この厚待遇《こうたいぐう》は、社長と上司役員の厚意《こうい》であったとのこと。ありがたくいただくことにする。


「北、退職」の話は、全社に広がった。

新執行役員昇任者の名前が公表されたとき、そこに、「私の名前がない」ことに驚いてくれた社員が、結構居ったような。私の退職後、社員の間で、「役員に推薦されないことが不満で、会社を辞めたものがいる」とのことが、話題（伝説）になったという。

私の退職日が決まった。平成十八年八月十五日である。

株主総会が終わってから六月末までに、仕事の引継ぎを全て済ませて、七月一日から休暇に入る。(私は、仕事のマニュアルを普段から作っていたため、引継ぎもスムーズに進む)

送別会

退職の手続きは、八月十九日に行う。

それに先んじて、八月九日、会社は、私の「送別会」を開いてくれた。

総務課(人事・総務)、秘書室、社員食堂の全員と、上司役員、内村監査役、そして、副社長が出席していただく。場所は、大阪ミナミの心斎橋隠れ家ダイニング○○。

総務課の女性から、花束とゴルフのシャツ(私は、ゴルフが大好きで、年間五十ラウンドぐらいやっていた)をプレゼントして戴き、松茸一キロは、高畑副部長より、そして、副社長から、夏の賞与の明細をいただいた。

いずれ共に大変ありがたいことである。

懇親《こんしん》がはじまると、「何故辞めたのか」、「辞めないで欲しかった」とのたくさんの言葉をかけて戴いたが、別れを惜しみ(正式には、別れは、退職手続き日の十九日であるが)、楽しく時を過ごすことができた。

私は、参加者全員に、体裁《ていさい》の良いケーキを用意していた。

送別会がお開きになるとき、私は出口に立ち、出てくる一人一人に、ケーキを手渡して、感謝の言葉を告げ、お別れをした。

上司役員は、「北君は、会社に迷惑をかけて、辞めるのではない。いつでも、胸を張って遊びに来なさい」と言ってくれた。

会社退職

八月十九日、退職手続きのため、久しぶり（五十日ぶり）に出社する。

総務課で、退職手続きが完了して、送別会でお世話になった部署以外へ、手土産を持参して挨拶に伺う。


本年五月まで、計算課の部長代理だった関学の私の二年後輩が、六月の株主総会で、監査役に任命されており、挨拶に行くと、

「私は、会社に入社してから、ずっと、北さんの背中を追ってきました。その北さんが会社を退職なされるのは、残念でなりません」と言って、涙ぐんだ。

私は、彼の目をじっと見つめて、「私は、退職することになりましたが、私の分まで、頑張ってください」としか言えなかった。


そして、様々な人と、「三十一年間」のお別れの挨拶をした。

命の洗濯

七月一日から、失業給付を貰い終わるまでの九か月間は、『命《いのち》の洗濯《せんたく》』をする。

会社勤めでは、嫌な事でも「ハイっ」。理不尽《りふじん》だと思うことでも「ハイっ」。資本の論理で蠢《うごめ》く会社だから、会社の利益と存続を第一義に考えなくてはならない。資本主義体制下での会社だから、自分の理念と相反《あいはん》することが多かった。

もうこれからは、従う必要はない。

「是《ぜ》は是《ぜ》、非《ひ》は非《ひ》の精神」で、物事に挑《いど》むことができる。

早朝ウォーキングⅠ

先ずは、『命《いのち》の洗濯《せんたく》』をする。

これまで溜《た》まった「俗世《ぞくせ》の垢《あか》」（『人の生きる道』では「悪」とされることが、資本主義社会では「正」とみなされる）**をすべて洗い流すこと。**

七月一日〜八月十五日までは、有給休暇期間である。まだ、会社に在籍している。表立った動きは避《さ》けなければならない。

この間は、「命の洗濯」と、今後のことを考えて、「体力強化」を課題に取り組む。

早速、七月七日の早朝から、ウォーキングを始める。

マンションから徒歩十五分の所に、淀川の河川敷公園がある。当面は、朝六時〜七時の一時間。（七時半になると妻が、パートに出かけるので、それまでには帰る）

一時間のコースであれば、自宅から、淀川の河川敷に出て、新御堂筋の大橋（新淀川大橋）から、十三大橋を往復して帰ると丁度良い。意外とこの時間帯に、ウォーキングをしている人は多い。仕事をリタイアした（現役を退いた）高齢者から、出勤前の若者、朝食を作る前の家庭の主婦などなどである。

七月に入っており、大分蒸し暑いが、深緑《しんりょく》が綺麗《きれい》である。

早朝の淀川を渡る風《かぜ》が、爽《さわ》やかである。ゆっくり歩くと、足元に咲く花々や、深緑に輝く草木が、新鮮な風を運んでくれる。その風を大きく深呼吸して吸い込むと、自然の息吹《いぶき》に、体の芯《しん》まで、洗われる気がする。

「ウォーキングによる呼吸は、体の細胞の隅々にたまった垢《あか》を燃焼してくれる」

母の初盆

母の初盆が近づいてきた。家族全員（五名）で、故郷に帰る。

八月十五日〜十七日の二泊三日で、太地町の国民宿舎「白鯨《はくげい》」を予約する。橋本の姉家族とも、

「白鯨」で合流する。

十五日、帰省し、白鯨に荷物を置いて、実家に向かう。実家の仏壇の母の位牌とご先祖様の位牌にお祈りをして後、親戚周りをし、午後四時に北家のお墓で、松明《たいまつ》を焚《た》く。

その後、「白鯨」に帰り、夕食をいただき、太地の名物の鯨料理に舌鼓《したつづみ》を打つ。


午後八時から、「東の浜」で、お盆の行事のひとつ、「柱祭《はしら》り」が行われる。

十五メートルほどの高さの柱の上に、藁《わら》のかごが作られており、それに向けて、火のついた松明《たいまつ》を投げ入れる。

なかなか入るものではない。

次男も参加した。多くの若者が、投げ入れようとするがなかなか入らない。（松明があれば、何回でもチャレンジできる）

しばらくして、次男の投げた何投目かの松明が、藁のかごに入った。


見守る多くの観衆から「オーっ」という歓声が上がった。


藁のかごに、火のついた松明が入ると、藁が燃え上がる。

柱の先に十数本の長い竹がくくり付けてあり、その竹の先に花火が仕掛けてある。藁の火が、そこに燃え移ると、仕掛け花火が大空にむけてすごい勢いで吹き上がる。

夜空が、昼間のように、明るく照らされる。とても綺麗な光景である。

松明《たいまつ》を投げ入れた若者に、記念品が贈呈される。
次男がそれを受け取った。
初盆の母への良い供養《くよう》になる。（母が、次男の投げた松明を藁かごまで運んでくれたのかもしれない）
その後、実家の軒先で、「線香焚《せんこうた》き」をしてから、「白鯨」に戻った。

翌日、十六日は、台風が近づき、強風と雨が、降ったり止んだりの悪天候になった。

お昼は、実家でご馳走《ちそう》になる。

午後二時から、お寺（東明寺）で、初盆の方々を対象に、施餓鬼《せがき》法要が行われ、午後六時に、初盆の方々の「精霊流《しょうろうなが》し」を行うために、魚市場に集合する。魚市場では、東明寺、順心寺の住職が、初盆の「霊《れい》」にお経《きょう》をあげたあと、「精霊流《しょうろうなが》し」が行われる。


精霊流しは、前もって作ってある初盆用の大きな舟に、初盆を迎える全員の霊や提灯などの飾りを乗せて、魚市場から太地湾に流す。

舟が、太地湾の中ほどに達すると、精霊流しの舟に備え付けた、花火が何発も上がる。

その後、舟は、花火とともに燃え尽き、「初盆を迎えた全員の霊」は、湾内の海に融《と》け入る。

初盆の関係者やそれを見守る観衆は、その時、両手を合わせて、お祈りをし、「初盆の霊」を見送る。

本来なら、その後、盆踊りが盛大に行われるが、本日は、悪天候のため、中止となった。

それから、実家に戻り、午後八時から三十分間、軒先で、海砂を一杯に入れた平たい木箱に、びっしりと線香《せんこう》を立てて、焚《た》き続ける。

三十分焚くと、その線香箱をそのまま浜辺《はまべ》まで運び、海に流す。その時も、みんなで、両手を合わせてお祈りをする。これで、初盆の行事がすべて完了した。

「母の霊《れい》」は、無事旅立つことができた事と思う。家族・親戚・関係者全員に見守られて。

再び、実家に戻り、食事会が開かれる。

実家の兄家族、橋本の姉家族、大阪の私たち家族、そして、太地の親戚の方々が集まって、大勢で、賑《にぎ》やかに母の冥福《めいふく》を祈ることができた。

父が亡くなる前、遺産相続の話で、揉《も》めていたことは、「今は、昔」の出来事である。

翌十七日は、実家の兄と義姉に挨拶をして、大阪に帰る。

兄にそっと近づき、今回の初盆の費用（お寺さんや法事の食事代など）の半額を手渡した。

母の、大阪の葬儀費用（香典辞退）は、全額大阪のほうで負担した。太地での葬儀費用（葬儀の香典は全額兄にとってもらう）と初盆の費用やその後の法事の費用は、兄と私で、折半することにしている。（私が兄に、そのように提案した）

だから兄も、母（兄から見れば義母）の葬儀や初盆の法要など積極的に取り組んでくれており、田舎では、「兄は、偉い。立派だ」という評価を得ている。

若いころ一人で苦労を耐えた兄（帰郷したあとも、父と母には心を許さなかった）が、こうして、田舎の人々に支持をされている。その幸せな姿を見るのは、本当に嬉しい。

わが家の費用は、家族全員（五人）の交通費や宿泊費、今回の初盆の費用の半額負担など合わせると、大阪の葬儀代を含め、母の残してくれたお金は、既に、すべて持ち出して足りることはない。しかし、そんなことはどうでも良い。人間関係を良好に保つために使うお金は、「理《り》に適《かな》った有効なお金の使い方」だと思う。

失業給付待機・受給期間

早朝ウォーキングⅡ

早朝ウォーキングを始めてから、体の調子が非常に良い。
私のことだから、良いとわかったらどんどんのめり込んでいく。
・七月は、朝六時～七時の【一時間程度】。
・八月～九月は、朝五時～七時の【二時間程度】。
・十月は、朝四時～七時の【三時間程度】。
・十一月からは、朝三時～七時の【四時間程度】。
ウォーキングをするようになった。

十二月に入ると、退職時、九十kgあった体重が、ベストの八十三kgに絞られてきた。

毎日、四時間近くかけて歩く。

走行歩数は、二万四千歩程度。歩行距離は、二十km。歩行速度は、時速六km。

多くの人々とウォーキング中に出会うが、基本、出会う人々に「おはようございます」の挨拶は、欠かさない。すると、相手の方も、大体「おはようございます」と挨拶を返してくれる。

私は、通常でも、時速六kmの速度で歩く。早ければ、時速七kmとなる。同じ方向に歩く場合は、大体の人は、追い越すことになり、追い越されることはほとんどなかった。

ウォーキングの基本のコースは、毎朝、朝三時に起床して、自宅~淀川河川敷に出て北東へ~赤川の鉄橋を渡り~城北《しろきた》公園を一周して小休止をとる~そこから北に上がり、豊里大橋を渡り南へ~赤川の鉄橋を経由して~十三大橋へ~新淀川大橋（新御堂筋線）へ戻り~自宅となる。

このコースを歩くと、総距離二十kmを超える。

特に、赤川の鉄橋から見る「日の出」がまた素晴らしい。

生駒《いこま》の山のうえから昇《のぼ》る朝日が、淀川の川面《かわも》に反射して、光り輝く。

本物の太陽と川面に反射した太陽、ふたつの太陽の光が、シャワーのように私の体に降り注いだ時は、体に溢《あふ》れんばかりのエネルギーをいただく。

気が向いたら、歩くコースは、どんどん変わる。

自宅（新大阪）～
・東端は、大阪城まで。
・南西端は、淀川の河口にある矢倉緑地まで。
・西北端は、服部緑地公園まで。
・北東端は、鳥飼大橋まで。
いずれ共に、二十五～三十㎞のコースである。


翌平成十九年二月二十五日（日曜日）。

天気は、曇り時々晴れ。最低気温、二℃。北の風。厳しいコンディションではあるが、自分で設定した『自宅（新大阪）を出発して、京都・八坂神社をゴールとする一日ウォーキング』に挑戦する。

午前六時、新大阪の自宅を出発～淀川の河川敷～赤川の鉄橋～豊里大橋～鳥飼大橋～枚方大橋～大山崎～淀競馬場～京都南インター～四条河原町～八坂神社のコースを歩く。淀川沿いに北上し、桂川《かつらがわ》から鴨川《かもがわ》に入り、その河川敷を進む。

ウォーキングの時間、十時間三十分。
・総歩数、七万歩。
・歩行キロ数、五十四㎞。
・平均時速、五・九㎞。

私は、どうも体力の限界に挑戦するのが好きなようである。

河川敷の冬の光景を満喫《まんきつ》する。

高槻市鵜殿《うどの》の河川敷で、「鵜殿のヨシ（葦）原焼き」が行われていた。

鵜殿では毎年二月に、ヨシ原の保全と害草・害虫の駆除《くじょ》、不慮の火災防止等を目的に野焼きが行われる。これは昭和二十年代より続けられている。それ以前まで、ヨシは、貴重な資源であり、ヨシの他に屋根葺きや燃料の需要のあるオギまでも、殆《ほとん》ど刈り取られていた。

このヨシ原焼きは、昭和四十五年から五年間中断した。その結果、ヨシ原は雑草などに占拠されれ、ヨシの品質が低下し、絶滅《ぜつめつ》の危機に陥った。

このことから昭和五十年に「鵜殿のヨシ原焼き」として、復活した。

河川敷いっぱいに繁茂《はんも》するヨシが、燃え盛り、その煙が天高く昇っていく。その様は、圧巻である。

鵜殿《うどの》の地名は、奈良時代の古文書に出てくる。

鵜殿には、「鵜殿の渡し」があり、対岸の枚方との渡し舟が盛んであった。淀川に橋が架かるまでは、「鵜殿の渡し」は、京都と大阪の間の「交流の重要な拠点」となっていた。

ゴールの八坂神社で、お参りをして、四条河原町に戻り、京極《きょうごく》の馴染みのお店で、お好み焼きとビールで、疲れと空腹を癒《い》やし、阪急電車で心地良く眠りにつき、大阪の自宅まで帰る。

記憶《きおく》に残る一日となる。

これも、毎日四時間のウォーキングが礎《いしずえ》となっている。ウォーキング仲間の間で、伝説が生まれる。

「新大阪から京都八坂神社まで歩いた奴が居る」

※江戸時代まで、心を馳《は》せる。大坂から江戸まで歩いた人は、本当にすごい。

自然界を体全体で、存分に感じた一日である。

自伝小説を書く

私のこれまでの人生について、振り返ってみた。

その時代毎のメモや個別の走り書きはあるが、それをきちっと纏《まと》めたものはない。

『自分の生き様を一冊の本として纏《まと》めてみたい』。そう思うようになった。今までは、それなりに忙しく、できなかったが、この失業給付待機期間と受給期間の九カ月（平成十八年九月～平成十九年五月）にその走りを纏《まと》めることにする。

ウォーキングで、「命の洗濯」と「体力強化」を行い、残った時間に、自伝小説を書き始める。

小説を書くのは、難しい。
一日で、半ページも進まない。
調子のよい時で、やっと一ページ（四百字）とちょっと。
たぶん、自分で、気取っているのだと思う。
全体像を再整理するために、もっと月日が欲しい。

職業訓練校での一年

平成十九年一月十日、淀川職業安定所の求職活動日に、職業訓練校のパンフレットをいただく。守口職業訓練校のインテリアリフォーム科が目についた。履修《りしゅう》は、一年。その間、失業給付、月二十三万円は、延長して支給される。健康保険料や市府民税は、課税年が更新されており、前年のような高い額でもない。「当初の計画」から鑑《かんが》みても、充分可能である。

今までの会社生活を根底から、覆《くつが》さなければならない。
泥にまみれて、地に這《は》い蹲《つくば》って、一から出直すことが必要である。
妻と相談して、一年間、職業訓練校に通うことにする。

一月十九日、淀川職安の失業認定日に、入校願書を提出して、応募票をいただく。

二月二十三日、府立高等職業技術専門校守口校の入校試験を受けるが、不合格となり、再度挑戦する。

三月二日、同校二次入校試験の願書を提出。

三月二十二日、同校二次選考試験。二回目の受験で、やっと合格できる。


平成十九年四月十日、守口職業訓練校に入校し、インテリアリフォーム科に所属する。簡単な大工作業や、壁紙・襖《ふすま》貼り、床のシート貼り等、リフォーム全体を学ぶ。

「技術の世界」である。

私は、これまで、「技術の世界」とは、縁遠かった。人間を相手にした仕事をやってきたので、大変良い経験ができるものと思う。生徒は、総勢二十九名。性別は、男女半々ぐらい。年齢層は、二十三歳～六十五歳まで、多岐《たき》にわたる。

外部研修があり、毎月一回、外部の歴史的建造物や関連一般企業などを見学に行く。

五月は、鳳凰《ほうおう》を模《かたど》る宇治平等院を見学に行く。日本建築の美と匠《たくみ》の技を学んだ。

スポーツ活動も盛んで、
・六月一日は、春季球技大会（バレーボール大会）。
・十月五日は、体育大会。
・十一月一日は、秋季球技大会（ソフトボール大会）。

等が開催される。

勿論、当日だけではない。各二週間前から、全員で練習を始めて、一週間前には、レギュラーを選抜して、残ったメンバーは、応援団を組織する。


わがインテリアリフォーム科は、可成り善戦はするが、いつも優勝には届かなかった。

秋の体育大会では、優勝を争い、綱引きで、あと一勝すれば体育大会優勝であったが、全員足がパンパンで、健闘するも惜しくも敗れ、僅差《きんさ》の三位となり、体育大会の優勝は逃した。

男性の比率が高く、若いメンバーが多い木工科や測量科が、やはり強かった。

体を動かすのが好きな私は、思いっきり「青春」をする。


夏期及び冬期休校日は、体力強化のウォーキングと自伝小説に没頭した。

十一月～翌一月末までの三カ月、週に一日、外部講師として、人間国宝の先生が、来校して、直接指導をしてくれる。**「技術の粋《すい》を極《きわ》めた講師先生」**の授業は、流石《さすが》で、毎週その日が来るのが待ち遠しかった。

年が明けると、技能照査《ぎのうしょうさ》の試験が始まる。

この技能照査の試験を合格すると、卒業時に、「技能士補」の資格が得られて、卒業後、三年間の経験を踏まえて、国家資格「技能士二級」の試験を受験することができる。

平成二十年三月十九日、守口職業訓練校の修了式を迎えた。

インテリアリフォーム科の教室で、担任の先生から、「技能士補の修了証書」を受け取り、それから、講堂に全校生徒が集合した。

校長から、修了式の訓話《くんわ》があり、その後、各部門の優秀者が表彰される。私は、皆勤賞を受賞した。

そして、最後に、「学校長特別賞（全校生徒で一人）」を残すのみとなる。

私の名前が呼ばれた。

壇上《だんじょう》に登り、校長から直接表彰状を受け取る。

全員から、盛大な拍手をいただく。

技術の世界で、「学校長特別賞（全校で一人）」をいただいたことは、今後の大きな励みになる。

自伝小説は、この一年六カ月の間に、まだまだ粗《あら》削りだが、全体の四分の一が見えてきた。そして、命の洗濯も完了して、リフレッシュもできた。

卒業後は、いよいよ、再び『最幸の人生』に挑《いど》む。

再び挑む

仲卸会社への就職を目指す

『最幸の人生』に再び挑むために、どんな職業に就くか、熟考した。
やはり、「理想郷の創造」と「最幸の人生」に挑んだ、人生の設計図に基づき、その第二段階となる、市場の仲卸会社に就職することにする。

人生の設計図では、「第二段階、中央卸売市場で仲卸会社を経営する」であったが、その目指すところは、
一　自然法則を探知・習得して、自然への責務を全《まっと》うする。
二　最高難レベルの精神法則を探知・習得して、社会への責務を全《まっと》うする。
三　結婚して、三つの新しい生命の誕生と育成に携わる。
四　理想郷を創るための、資本を増殖させる。
五　理想郷を創る同志を集う。
の五つであった。

その内、三の「結婚して、三つの新しい生命の誕生と育成に携わる」は、「家族とともに幸せに」の人生で、唯一挑《いど》むことができた課題で、これは既に達成している。

四の「資本を増殖」と、五の「同志を集う」は、親孝行の期間が永かったため、「理想郷の創造」は困難になっており、その必要性はなくなった。

残るは、
一の「自然法則の探知・習得」。

二の「最高難レベルの精神法則の探知・習得」。

である。

この二つを極《きわ》めることが、新たな就職先での、大きな目標になる。

就職活動

大阪の市場の野菜部大手「仲卸会社　I社」への就職活動を開始する。

職業安定所でパソコン検索をするが、I社は、今、特に求人は行っていない。

平成二十年三月十五日、I社の社長に直接連絡をして、面談を申し込む。

社長に面談をするなかで、人事権は、会長にあり、「私の入社希望」の件を「社長から会長に相談をかけてもらう」ことになる。

同二十四日、会長より、自宅に連絡が入り、応募の意志確認の上、
同二十九日、面接。
同三十一日、「正社員」として、採用の連絡を受ける。

四月四日、本社に出社し、顧問、会長、社長に面談、採用して戴いた「御礼」を述べる。その後、市場内の会社に行き、従業員全員に紹介をしてもらう。

同七日より、I社で、勤務開始となる。

I社に入社する理由

五十六歳の私を、**正社員**で入社させていただいたこのご恩は、仕事でお返しをさせていただかなくてはならない。これまで、私が貯えたノウハウ（企業の活動に必要な営業・管理・経営などに関する知識・経験の情報）は、惜しみなく出させていただく。

しかし、私は、I社の経営陣の一角に入ることは全く考えていないし、その話がでれば、お断りさせていただくつもりである。

経営陣の一角に入れば、社員とその家族を守らなければならない責務が生じる。

私が、I社に入社するのは、最幸の人生に『再び挑戦するため』である。

試用期間三カ月

私は、大阪の市場の**「卸売会社T社」**で、三十一年間、業界の様々な業務経験（野菜の営業、情報部門、人事・総務・秘書）を積んできているが、「求人をしていない会社に自分を売り込んで採用された」ため、I社への入社後、三か月間は、試用期間となる。

この三カ月は、仲卸会社の多岐《たき》にわたる業務を経験する。

会社（重吉取締役）からは、気が付いた点は、どんどん指摘・提案してほしいとの要請を受けていたので、積極的に数々の提案をした。

数々の改善提案 I

勤務時間の変更

I社の一日の勤務時間は、午前一時出勤、午前十一時半退勤。

一日の拘束時間が十時間半に及び、勤務時間が長い。

そして、曜日ごと業務は、土曜日集約型（普段の三倍）となっている。

しかし、土曜日の出勤時間は通常と変わらず午前一時出勤で、そのため、業務は多忙を極め、配達が得意先のトラックの出発時間に間に合わず、積み残しすることが多く、その度に、別便配送を仕立て、配達している。（別途、経費が嵩《かさ》んでいる）

また、「多忙」が、仕分・配達ミスを誘発し、そのため小さな商品一つを兵庫県福知山市まで配達するなどの余計な労力と費用をかけることが多々発生している。

『忙しい時は、早く出勤して、暇なときは、早く帰る』。

臨機応変《りんきおうへん》な「出退勤の制度」を導入する必要がある。

手始めに、次の事項を提案する。

「土曜日の出勤時間は、一時間早め、午前零時とし、営業、業務各分野ともに余裕をもって仕事に臨むことができるように変更願いたい。

一方、水曜日・金曜日はその逆に地方発送が休みであり、仕事は充分余裕がある。

勿論、当日の特命事項等にも積極的に対応し、その上で、早く仕事が終了した場合は、一時間早い午前十時三十分に退社できるよう、改善してほしい。

昨今の厳しい経営環境下で、利益率を向上させることは困難であり、ミスをなくすことで、余計な経費の発生を防ぎ、少しでも利益の確保に努めるべきかと……」

この制度が導入されることにより、社員の仕事への取り組み姿勢が大幅に改善され、仕事の効率は上り、社員の労働時間は、確実に、短縮している。

その他の業務改善の提案

一 「ブルーコンテナの積極活用」（輸送・納品手段の改善）

・これにより資材（空ダンボール）の購入経費が削減《さくげん》される。
・先方への納品後のごみ（不要になった段ボール）の発生も防ぐことができて、環境にも良い。
・仕事に要する「三分の二の時間と手間」を省くことができて、作業効率が、格段に改善される。

二　業務マニュアルの作成（業務の円滑な推進）
円滑に仕事を進めるためには、「誰でもその業務をこなすことができる」が基本である。ところが、会社には、「マニュアル」がない。

私は、経験した仕事は、全てそのマニュアルを作り、後進には、それを利用して、スムーズな引継ぎを行う。

三　品質保持提案（取引先に品質の良い商品の提供と事故品の発生を防ぐ）
これから梅雨時期、真夏の高温・多湿の時期を迎える。

商品の傷《いた》み、劣化が激しくなるので、卸売会社から商品を引取り後、在庫となる場合は、特に傷《いた》みの足の早い商品は、早急に冷蔵庫に入れる体制作りをお願いしたい。

事故品をなくすことで利益を確保することが大切である。

また、小物商品の「仕分場」は、夏場の高温多湿時、「保冷環境下で作業」をすることが大切であり、店舗内の作業場を保冷カーテンで仕切るなどの対応をすべきである。

数々の改善提案 Ⅱ

経営企画提案について

六月に入り、社長の会社経営の一助になればと思い、「経営企画提案書」を作成して、提出した。

一　百億円企業を目指す

二　LOSSゼロへの挑戦（最高の品質でお届けする）

三　「医食同源《いしょくどうげん》」にもとづく、健康への提案（毎月シリーズで提案）

特に、一について、会社の売り上げ規模は、この数年六十億円台前半を前後している。

近年、全国の拠点《きょてん》市場の役割が高まっており、大阪の市場の「集散性機能《しゅうさんせいきのう》」は、大幅に向上している。

そこで、次の三点を提案する。

一　販売力の強化と拡大（西日本のスーパーなどは大阪の市場にその活路を求めてくる）

①　全国展開のスーパー（イオン、ライフ等）への取引拡大か、

②　地方スーパー（マルナカ・オークワ・平和堂等）の新規開拓を行う。

二　集荷力の強化と多様化

①　大阪の市場の集荷力を活用する。（大阪の市場の集荷力は、今後とも確実に伸長する）

②「他市場の卸売会社」から集荷する。（大阪の市場で足りない分を補完する）
③生産者からの直集荷をする。（足りない分の補完とこだわり商品等の品揃え）
④農協などの生産者団体から直集荷をする。（荷受の手数料分安く仕入れる。そして、鮮度の良い商品の仕入れは〔強力な武器になる〕。足りない分の補完等）

三　転送部門の新設

①地方の市場やスーパーの開拓。
現在、全国の拠点市場に荷物が集まる傾向があり、確実に地方の市場やスーパーは、商品が不足している。

グループ会社に、運送会社があり、そこを拡大強化して、全国の市場への転送機能を持った「転送部門を新設・強化」する。

以上の項目を具体的に分析して、五ヵ年計画、十ヵ年計画の具体的目標数値を設定し、提案する。

そして、仲卸会社として、超一流といわれる、「百億円企業」を目指す。

私の再就職にご尽力いただいた社長の今後の経営方針の一助にしていただくことを目的として、社長のみに提案する。

しかし、この提案を社長が、会長、顧問へ上げてしまったから大変なことになる。

特命事項

会社トップスリーより特命事項をいただく。

顧問の特命事項

顧問は、わが社の初代社長である。（現在の社長は、三代目である）自社を発展させ、且つ、大阪の市場の開設から携わり、その後の市場の発展にも大きく寄与《きよ》されてきた。

また、わが国の卸売市場の「制度の確立」にも多大なる貢献《こうけん》をされている。時には、国会に赴《おもむ》き、市場代表として、質疑に登壇《とうだん》したこともある。そして、わが国の市場流通システムは、世界に類《るい》を見ない秀逸《しゅういつ》な制度として、世界にその地位を確立している。故に、顧問は、大阪の市場とわが国の卸売市場発展の大きな立役者である。

また、ライオンズクラブ（世界最大の社会奉仕団体）に所属しており、ロータリークラブを通じて、地域社会の発展にも貢献されている。

これまで、業界内外で、「講演等」多数手懸《が》けている名士《めいし》である。

顧問は、講演内容を全て自分で考え、自分の言葉で話されている。

内容は、事象《じしょう》を大きな観点で捉えており、分かり易く、理路《りろ》整然として、今後何を成すべきかを説いており、聴衆に、理解と深い感銘《かんめい》を与えている。

その手書きの原稿《げんこう》がたくさん残っている。その手書き原稿を全て、パソコンに入力をして、日付ごとに整理し、フロッピィに保管してほしいとの要請を受ける。容易《たやす》いことである。業務の合間を見て、入力する。全て完了して、顧問にお渡しする。

顧問からは、手書き原稿他は、私が保管するよう指示を受ける。

会長の特命事項

会長は、人事権を持っており、賞与の人事評定に大きな権限を持っているが、営業は、社長が掌握《しょうあく》しており、営業社員の個々の営業成績が見えてこない。

コンピューターで営業の日・旬、月別の**品目個々の実績と集計データ**は出るが**営業社員個々人の営業成績の実績データ**は出ていない。

会長から、毎月、営業社員個々の営業成績が分かるデータを纏《まと》めて欲しい。

そして、賞与の支給期間に合わせて、集計をして欲しいとの特命を受ける。

電算担当に相談すると、「品目個々の実績データは出ている（紙ベース）が、今のコンピューターで、営業社員の個人別実績データ作成ソフトを作るのは不可能との答えである。


パソコンの「エクセル」を駆使《くし》すると、データ作成は可能である。

ただ、膨大な「紙ベースのデータ」を、エクセル画面に手入力する必要があり、品名の横に空欄を設け、そこに担当者名をインプット（入力）して、「ソート」（並び替え）すると、担当者ごとの集計が可能となるが、それらをすべて行うには、結構な時間と手間がかかる。

しかし、それを一旦入力すれば、他の様々な資料の作成に転用できる。

入力の雛型《ひながた》ソフトを作成して、一カ月かけて、会長の望む、営業担当者ごとの一カ月の営業成績表と、それを賞与期間で集計して、その期間の個々の営業成績が一目で確認できる資料が完成した。

これを見ると、賞与期間の各営業担当者の成績（売上・粗利益・各前年比・各構成比）が明確となった。

個々の頑張りに基づく評定ができて、

『賞与の公平な支給』が可能となる。

毎月、紙に印字された膨大《ぼうだい》な品目別データが出ると、それを全て、エクセル画面に手入力し、加工・作成して、会長にお渡しする。

社長の特命事項

様々な特命事項を受けるが、社長には、会長の特命事項で手入力した基礎データをもとに、以下の資料を作成、お渡しする。

一　会社過去七年間の売上金額・粗利益《あらりえき》金額の月別・年別推移表
　これで、過去七年間の会社の歩みを認識することができる。
二　営業担当者別、売上・粗利益の月別 年別集計一覧表
　これで、各担当者の営業成績が一覧できる。
三　各営業担当者の、担当品目ごとの売上・粗利益の一覧表
　これで、担当者の担当品目別詳細営業実績が認識できる。
四　過去七年間（残存する基礎データが過去七年分しかない）の品目別売上・粗利益推移表
　これで、どの品目が伸びて、どの品目が衰退《すいたい》しているのかがわかる。
五　取引先別売上・前年比・構成比一覧表
　わが社は、三十数社のスーパーや百貨店と取引をしている。どの取引先が伸びて、そこがわが社のどの程度の構成を持っているかが分かることにより、販売戦略が組みやすくなる。


毎月、月初めに、前月実績の膨大《ぼうだい》な紙ベースの基礎データが出ると、それを全てエクセル画面に手入力をする。それをエクセルで作成した雛型《ひながた》ソフトで加工して、各資料を作成し、社長に渡す。

　会社として、社員の営業成績と取引先の動向が把握できて、

『具体的な戦略検討が可能』となる。

毎日、「本業の仕事」を片付けてから、特命事項にかかる。午前零時に出勤して、午後四時頃

の退社が続く。勤務時間は、一日十六時間。

給与について

T社を退職する時、今後七十歳までの収支計画を作った。
「五十六歳〜六十歳までは、月手取り額二十万円超（賞与込）の仕事に就く」。
研修期間を含む半年間は、月手取り額二十五万円。以降は、月換算手取り額は、三十四万円（年間賞与込）戴《いただ》く。（但し、仕事量は、半端なく多い）
「計画」を月額十四万円（七〇％）上回る。

ありがたい。

これで、子供たちの食費代は家計費に入れず、従来のように積立してあげることができる。私の給料のみで、家計を賄《まかな》い、一家の大黒柱としての責務を、再び、果たすことができる。
（この給与額は、T社退職時の給与にはとても及ばない。しかし、入社して一年もたたず、「再び、最幸の人生に挑《いど》む」ことを決めて行動している、今の私にとっては、充分すぎる給与である）

役員扱いを辞退

入社して九カ月が経《た》ち、新年を迎えた。

代表者が、得意先に「新年のあいさつ」に伺《うかが》う。

毎年、顧問、会長、社長の三人で伺《うかが》うが、本年は、会長が体調不良のため、顧問と社長、そして、同行者として、山崎取締役（歳は若いが次期社長候補ナンバーワン）と「私」が指名された。

顧問は、わが社の創設者《そうせつしゃ》である。その顧問が、山崎取締役と私を指名したようである。

営業の役員は、山崎取締役を含めて三人おり、残り二名の役員を差し置いて、入社九カ月の私が行くべきではない。入社時、懸念《けねん》したことが早速《さっそく》やってきた。


五十六歳の私を正社員で入社させていただいたご恩は、仕事でお返しをさせていただかなくてはならない。だから、これまで、私が貯《たくわ》えたノウハウは、惜《お》しみなく出させていただき、会社の業績アップの一助を担《にな》わせていただいた。しかし、私は、わが社の経営陣の一角に入ることは全く考えていないし、その話がでれば、辞退《じたい》させていただくつもりである。

私が、Ｉ社に入社したのは、最幸の人生に『再び挑戦するため』である。

この指名は、大変ありがたいことではあるが、お受けさせていただくことはできない。私は、周りには、新年のあいさつに同行する理由を、「運転手として同行する」と説明した。

平成二十一年一月四日、四人で、スーパーD社（本社向山市）と、スーパーB社（本社市内中央区）を社用車「クラウン」にて、運転手「北」で訪問する。

先方は、会長、社長、担当チーフバイヤーが待ち受けている。

翌五日は、スーパーA社（本社川西市）と、スーパーC社（本社市内港区）を訪問。

特にスーパーA社では、「取引先の新年の挨拶」の対応は、普段は社長が行い、会長が立ち会うことはない。しかし、わが社の顧問とスーパーA社の会長は盟友《めいゆう》であり、当日A社側は、会長と社長の両巨頭《きょとう》立会いのもと、新年の挨拶会が執《と》り行われた。


私は、できるだけ目だたない様に努めたが、顧問が、山崎部長と私をA社の会長に紹介してくれた。眼光《がんこう》鋭い会長から、それぞれが質問を受ける。無難《ぶなん》に返答をさせていただいたが、まことにヤバイ状況である。このまま走る訳にはいかない。

同七日、滋賀県彦根市のスーパーE社の社長がチーフバイヤーとともに、新年の挨拶に来社した。顧問が、社長を通じて、山崎取締役と私に同席するように指示をしたが、私は、あえて、その場に出席しなかった。（周りに、新年の挨拶に同行するのは、運転手の役割であるとの説明が矛盾するため）
それで顧問の怒りをかうことになった。顧問が私の所に来て、私が預かっていた顧問の講演内容手書き原稿を全て回収し、その後、顧問から私に声がかかることは無かった。
私も、その後、会社への経営提案は、控えさせていただいた。

顧問に申し訳ない気持ちでいっぱいである。

営業企画室の開設

入社して一年が経過し、新年度（平成二十一年）四月より、社長の予《かね》てよりの構想であった、営業企画室が開設され、私が、「初代室長」として就任する。

営業企画室での仕事は、

一　取引先への産地フェアー提案
二　日の出百貨店の営業窓口の担当
三　営業データの分析・加工・提案

産地フェアー提案

営業企画室が開設される前の年は、わが社が取引先に企画提案をしたフェアーの件数は、年間十件であった。

開設して三年後（私が五十九歳になり、定年を迎える前の一年間）には、年間フェアー数、百三十五件（四年前対比、十三・五倍）、フェアー売上高は、一億四千万円となった。

例えば、「宮崎県フェアー」を「スーパーA社（六十五店舗）」で開催する場合、一カ月前から交渉が始まる。マネキンの数、ポスターなどの販促資材の確保、そして、二週間前に販売品目が決定すると、今度は、担当バイヤーごとの交渉となり、一週間前には、販売価格を決定する。中には、無理難題《むりなんだい》を押し付けるバイヤーもいる。

産地サイドは、マネキンと販促資材を提供するので、販売価格は、市場価格スライドを望む。スーパーサイドは、フェアーだからと安売りを要望する。

その間に立ち、その調整を行わなくてはならない。

フェアーは、「一日だけ」、「二〜三日間」、及び「一週間」実施する、など様々なパターンがある。開催日には、各店を廻《まわ》り、状況をチェックする。フェアーが終了すると、のぼりやポスター等販促資材を回収して、産地に返還する。

年間大小のフェアーを百三十五件こなすということは、毎日、何らかのフェアーに携わる。複数のフェアーを同時開催することも多々ある。

産地側、スーパー側、双方の利害が対立するなかで、難しい面は多々あるが、自分で絵を描《か》いて進めていくことができる。

非常に遣《や》り甲斐のある仕事である。

ここでも、その都度、「私の精神」と「スーパー・百貨店等担当者の精神」の『融和《ゆうわ》』が求められており、様々な『融和の法則』が蓄積される。

日の出百貨店の販売窓口の担当

日の出百貨店の販売担当窓口を務《つと》めるのは、大変難しい。
一　多岐《たき》にわたる困難な要望が多い。
二　発注は小ロットなのに、産直《さんちょく》や独自商品開発の要請が多々ある。
三「毎日、定番《ていばん》で納品する商品の産地が、特定のブランド産地に限定」されており、それ以外の産地の商品は、納入できない。


わが社は、スーパーを基本納入先としている仲卸会社である。

営業担当者は、ロットの大きい取引を好み、ややこしい取引は、好まない。

これまで、営業の優秀な取締役部長が、日の出百貨店の販売窓口担当をしてきたが、百貨店の細かい要望に音《ね》を上げて窓口を辞退し、以降、担当するものがいなかった。

営業企画室が開設してから、私は、その販売窓口のサブに任命されていたが、メインの担当は、その営業担当部長が辞退してからは、空席の状態が続いていた。

このままでは、日の出百貨店側から、当社の取り組み姿勢が問われることになる。

月一回の商談日（先方の事務所で行う）の前日に、私は、社長に、「そろそろ、日の出百貨店側から、取引についての最後通告が来ますよ」と話した。
そして、当日の商談の席で、日の出百貨店の責任者から、「貴社は、わが社への取り組み姿勢が、極めて弱い。このままでは、わが社は、貴社から手を引かざるを得ない」との通告がきた。

予想通りである。

緊急役員会を開く。（私は、役員ではないが、サブの当事者として出席する）
議論百出のなかで、「日の出百貨店との取引をわが社が続けるのかどうか？」との話にまでなった。しかし、会社として、日の出百貨店と取引をすることは、「大きなステイタス（存在価値）」である。会長の鶴の一声で、「日の出百貨店との取引は、何よりも優先して行う」ことになり、その販売のメインの窓口を誰にするかの話になった。（私は、営業ではないので、メインの窓口を務めることはできない）
営業の役員や部長は、何《いず》れともに頭を横に振った。

そして、最終的にサブの私にその要請がきた。

私は、尋《たず》ねた。
「日の出百貨店の担当窓口は、一担当者の能力で勤め上げることは不可能であります。会社全体の協力体制が整わないと叶《かな》うことではありません。会社として、その約束をしていただけますでしょうか？」

会長は、「言ったように、日の出百貨店との取引は、何よりも優先して行う。全社を挙《あ》げての協力体制は、私が整える」と応えてくれた。

「分かりました。窓口担当をお引き受けさせていただきます」と私は、返事をした。

これで、日の出百貨店への販売窓口の体制が、ようやく整う。

二日に一回ほど、セリが終わる時間帯に、わが社に日の出百貨店の生鮮バイヤーが来る。百貨店各店からの基本発注は、オンラインで済んでいるが、当日のせりの状況で、お買い得商品となった商品情報等を求められる。

バイヤーの要望を私が聞き、各営業担当者に伝える。

また、営業担当者からは、バイヤーにお得情報の商品を売り込むのが基本であるが、どうしてもロットが小さいため、積極的な提案がなかなか出ない。

全体の雰囲気を見ながら、私が駆《か》けずり回る。

当社のメイン取引先の、スーパーA社やスーパーB社のバイヤーも毎日来社している。日の出百貨店のバイヤーのみ優遇する訳にはいかない。

その辺の配慮も必要である。

日の出百貨店は、梅地本店のみ、外部業者が入っており、別対応となる。

私が担当を引き継いだ時は、梅地本店に納入する業者は、野菜だけでも五社あり、わが社の野菜の納入比率は、一五％程度であった。

日の出百貨店全店でも同様（納品業者が多い）であり、それが納品ロットを小さくしている所以《ゆえん》である。

日の出百貨店全店の納入比率を短期間で上げるのは難しいが、日の出百貨店梅地本店は、外部業者が入っていることから、戦略上の優先順位を定め、先ず初めに、梅地本店の取引拡大を指向《しこう》する。

その内容は、次々項で詳細に触れる。

営業データの分析・加工・提案

会長、社長の特命事項の項で、触れたとおりである。

毎月、コンピューターから打ち出される膨大《ぼうだい》な営業の基礎データ（紙ベース）をパソコンのエクセルに手入力をし、分析・加工して、提案資料を作成する。

会長へは、「営業担当者別の一カ月の営業成績表（売上・粗利益・各前年比・各構成比等）と賞与期間の集計一覧表」を作成して、お渡しする。

社長へは、会社経営基本戦略用に、

・「取引先別売上・前年比・構成比一覧表」
・「営業担当者別、売上・粗利益の月別（年集計）一覧表」
他、計、毎月定番五資料をお渡しする。


この資料を作成するなかで、大事なことがみえてきた。

「誰が、会社の売上と利益に貢献《こうけん》して、誰が貢献していないか」である。今までは、漠然《ばくぜん》と評価をしていたものが、この資料で、明確になった。

三十代後半の中堅営業社員二人がクローズアップされる。

これまでは、二人ともあまり目立たず、会社からあまり評価はされていなかった。


この資料が、社長を通じて、会長・顧問に渡り、二人は、顧問、直々にお褒《ほ》めの言葉をいただくことになる。

一人は、利益率が抜群で、会社の利益確保に最大の貢献《こうけん》をしている。

もう一人は、個人別売上とその伸長率がダントツのトップであり、会社の売上高の伸長に、最大の貢献をしている。

私は、この二人と話をして、『二人が、会社の将来を担《にな》う逸材《いつざい》である』と確信した。

「会社を成長させるためには、その核《かく》となる人材を育成しなければならない」。以降、二人とは、会社の行方《ゆくえ》を見越して、事ある毎に、様々な先進的な話をする。

この後、二人は、良きライバルとしてしのぎを削り、営業実績（売上・粗利益）の向上に励み、会社の業績を向上させて、相応《そうおう》な報酬を稼《かせ》ぐ。

二人は、すぐに（平成二十一年）、課長に昇格し、

平成二十三年には、部長に昇格、

平成二十六年には、執行役員となって、会社の運営の一端を担《にな》っている。

超難題の精神の融和に挑戦

私がI社に来たのは、この難題を解明するためである。

「超難題の精神の融和」を図り、「精神法則」を探知・習得すること。

日の出百貨店梅地《うめち》本店の攻略

日の出百貨店との取引は、前述のように、わが社にとって、非常に難しい取引先である。

関西の最先端を行く老舗百貨店である。その要望は、多岐《たき》にわたり、取引先が多い。故に、その取引量は、小ロットとなっている。

「名を取るか、実を取るか」納入先にとっては、難しい選択を迫られる。

実を取るなら取引はしないし、名を取るなら苦しみながらも、取引を続ける。

その最たる難関の梅地本店に挑《いど》む。

飛騨屋《ひだや》

平成二十一年四月、営業企画室室長着任と同時に、日の出百貨店梅地《うめち》本店の対応戦略を練《ね》る。

私が担当を引き継いだ時は、野菜で、梅地《うめち》本店に納入する業者は五社あり、わが社の納入比率は、十五％程度であった。この納入比率を高めることが、最大の課題である。


梅地《うめち》本店の野菜売り場は、テナント業者が入店している。

「飛騨屋《ひだや》」である。

「飛騨屋」は、全国の百貨店に入店している高級青果店である。嘗《かつ》て、日の出百貨店全店に「飛騨屋」の青果店を出店していたが、百貨店の直営化の方針で、今は、梅地本店のみとなっている。

中心人物は、澤田課長と、藤山店長の二人。


澤田課長は、日の出百貨店の窓口担当で、百貨店の意向を聞き、企画提案を行う。

藤山店長は、売り場の責任者で、青果物の仕入れ、販売を一手に担《にな》っている。

刑事の鉄則ではないが、「現場百回」である。一日の仕事が終わると、週に三回は、梅地本店の野菜売り場に通う。藤山店長との面識がだんだん深まってくる。

ある日、藤山店長が、青果のバックヤード（「作業場」）を案内してくれた。社員が三名、パートが五名居た。話をしていると、現在は、神戸の市場から一番多く仕入れているとのこと。

それに対して、何よりも、大阪の市場が関西では、一番ブランド産地の商品が揃《そろ》っていることを強調して、そのなかでもわが社は規模が大きく、すべての品揃えが可能であることを売り込んだ。

また、五社に分けて商品発注をするよりも、一・二社に絞《しぼ》って商品発注をする方が、業務の効率を図《はか》れることも強調する。

今の状況では、野菜が五社、果実が四社で、青果だけでも、一日の発注作業は、合計九社に行っている。その他、加工商品の発注もある。

その作業を効率化すれば、売り場での販売の強化にもっと力を注ぐことができる筈。

超難題の精神の融和

六月の後半、飛騨屋の澤田課長と藤山店長から、相談を受ける。

日の出百貨店梅地本店は、今、リニューアル（改装）工事中である。三分の二は現在の建物で営業しており、残り三分の一がリニューアル工事中である。

その完成が近づき、十月十日、大々的に、リニューアルオープンセレモニーを行うとのこと。

日の出百貨店側から、そこで、目玉商品を開発して販売してほしいとの要請が来たとのことである。

また、残りの三分の二がその後に、リニューアル工事に入るため、今回完成した三分の一に入居するにあたり、売り場面積が、今の半分に縮小するとのこと。

それに伴い、現在の野菜取引五社を整理したいとのことである。

わが社にとっては、大きなチャンスである。

早速、社長に繋《つな》ぎ、対応したい旨《むね》を伝える。

わが社は、社長と私、飛騨屋は、澤田課長と藤山店長、の四人で、検討会議を行う。

隣接奈良県に「大和百菜《やまとひゃくさい》」というブランドがある。そのなかの『朝採り茄子』をメインにして、リニューアルオープン時に「大和百菜」を大々的に売り出すことで日の出百貨店側とも合意ができた。

秋茄子《あきなす》には、諺《ことわざ》がある。

「秋茄子は、嫁に食わすな」

秋茄子は、美味しいので、嫁には、食べさせないという意味である。（他にも、様々な解釈がある）

茄子は、本来夏の食材であるが、秋になると、昼夜の気温差が大きくなり、茄子の果肉が絞《し》まり、格段《かくだん》に美味しくなる。

その秋茄子を「朝採り」で出荷するということは、『最高の食材』になる。

会長は、日の出百貨店との取引の継続と拡大を熱望しており、会社を上げて取り組むことを約束してくれた。

七月十五日、社長、私、澤田課長、藤山店長の四人で、奈良の市場内の「大和百菜」の窓口仲卸会社に出向き、広陵町にある茄子の生産者の圃場《ほじょう》を見学して、今後の対策を検討した。

『朝採り秋茄子』は、「午前六時までに収穫し、選別後、コンテナで、九時までに奈良「大和百菜」の集荷場に納品する。そこから、専用トラックで、大阪の市場のわが社に十一時頃到着して、わが社から梅地本店に十二時に納品。午後一時には、店頭に並ぶ」という流通ルートが確立する。

それで、双方ともに合意ができた。

その後も、オープンセレモニーにむけて、野菜の「詰め放題」や、「特売品目の設定」など、様々な詰めの協議を重ねた。

十月十日、日の出百貨店梅地本店リニューアルオープン（三分の一部分）当日を迎えた。

関西の関係業界や消費者、マスコミが大きな注目をしている。野菜売り場も大盛況で、レジに長蛇《ちょうだ》の列ができていることをテレビで放映している。

当然、わが社も、顧問、会長、社長、私で、訪問し、お祝いを述べる。

五日間のオープンセレモニーは、大盛況のうちに幕を閉じた。野菜売り場の「飛騨屋」もその存在感を十二分に示した。

数日後に、澤田課長と藤山店長が来社して、社長と私に、お礼の言葉を述べてくれた。

「今回のオープンセレモニーが上手くいったのは、I社さん（社長と北さん）の御陰《おかげ》です。有り難うございました」

これで、わが社と「飛騨屋」との間に、強い絆《きずな》が生まれた。

『超難題の精神の融和』を解明することが、私がこの会社に入社した大きな理由の一つである。

今、『私の精神』と『澤田課長・藤山店長の精神』が融和する。

今、世界に七十二億人が生存しているが、一人として同じ人間はいないといわれている。特に、『精神《せいしん》』は、人それぞれに異なる。

人は、平穏な時、お互いの精神同士の融和は、比較的可能である。（平和時の精神）

しかし、利害が最大限に絡《から》む、超難題の商取引のなかで、お互いの精神同士の融和を図《はか》ることは、極めて困難《こんなん》である。利害《りがい》が対立していることと、融和の条件が、細部に亘《わた》るからである。

利害《りがい》の対立を乗り越え、細部に亘《わた》る融和の条件を全てクリアしなければならない。

特に、『お互いが、ウィンウィンの関係を作る』ことが、商取引上最も重要なことである。

日の出百貨店の売場

日の出百貨店の売り場の基本は、
一　上質ブランド産地の野菜を並べる。
二　売場でのフェアー開催。
三　目玉商品（珍しい品目や価格的に魅力のある品目）の販売
である。

澤田課長から、フェアー開催の要請が来る。

私は、二十二年前までの十五年間、卸売会社T社で野菜部の営業を担当しており、その時、各県連の大阪事務所にいた若手の職員が、今、所長、副所長クラスで戻ってきており、面識がある。

産地フェアー開催の場合は、そのルートで、要請すると、大体が、了解を得《え》ることができた。


まして、日の出百貨店梅地本店でフェアーができることは、「産地の夢」である。


早速、宮崎県経済連に話を繋《つな》いだ。

経済連の山本氏は、嘗《かつ》て、宮崎県大阪事務所の若手のホープであり、今は、宮崎県経済連本会の重要な役職に就《つ》いている。

梅地本店「飛騨屋」が、宮崎県野菜のモニター店に指定される。

年間を通じて、毎月一週間、梅地本店の野菜売り場に、宮崎県野菜の販売コーナーを設けて、マネキンを配置し、のぼり、ポスター等を活用して、販促《はんそく》活動を行った。

売場を見学に来ていた他の産地関係者が、藤山店長に、「わが県でも販促活動をやらせて欲しい」と頼むと、藤山店長は、「大阪の市場の仲卸会社I社営業企画室北室長にすべて任《まか》せてあるので、そちらをお尋《たず》ねください」と言って、私を訪ねてくる産地関係者も少なくはなかった。

そうなると、占《し》めたものである。マネキンの手配、販促資材の提供、販売品目の価格補助等、大体がこちらの要望通りに事が進む。

産地関係者も、大阪の日の出百貨店梅地本店で、当該《とうがい》産地フェアーが開催できることは、当該産地が、一流ブランド産地として認められたことを意味しており、地元に対して、鼻高々である。

飛騨屋・澤田課長と毎月ミィーティングし、翌月のフェアー開催予定を作成して、それを各産地に繋《つな》ぎ、予定通り、売場でフェアーを開催することができた。その際、当該産地の商品で、市場流通に乗らず、地元消費で終わっている「珍しい商品」などをフェアー時に梅地本店で販売することも忘れなかった。

宮崎県フェアーでは、県内で鎌倉時代から食されているという「冷や汁」を紹介した。

夏になると、宮崎の飲食店では「冷や汁」がメニューに並ぶ。鯵《あじ》などの魚を炙《あぶ》って骨ごとすり潰《つぶ》し、『きゅうりやみょうが』・豆腐など、栄養満点の食材を入れて、ダシ汁に混ぜて冷やしていただく。

宮崎の暑い夏を乗り切る「冷や汁」は、塩分や水分を適度に摂《と》れる熱中症対策にもなる食べ物なのである。

フェアー時に、当該《とうがい》産地・地元の珍しい商品を販売することは、大阪在住の当該《とうがい》県出身者は勿論、他の地方出身者（故郷を持っている人々）にとっても、故郷《ふるさと》を回帰《かいき》する絶好の機会となった。

次に、野菜定番商品の売場での販売について検討する。

納品は、早朝に、わが社の専用トラックで行うが、（前日夕方に発注をいただいている）売れが好調で、品不足を生じる恐れがある場合は、当日午前十一時までに追加発注をいただければ、納品できる体制を取った。

わが社は、大阪の市場で、大手の仲卸会社であり、その分の在庫も確保されている。大体は対応することができた。セレモニーとしての販売品の手配は、私のほうで行うが、日常の発注品の精度《せいど》を高める必要がある。

日常の発注品の価格交渉は、藤山店長とわが社の営業担当とで、「直接行ってもらう」体制をつくることにする。

そのために、藤山店長には、わが社の営業担当者と面識《めんしき》を持ってもらわなくてはならない。藤山店長に、週に一度、わが社に来社してもらうことにする。

お互い面識が深まる中で、担当者からは、「生の商品情報」が提供されるようになり、藤山店長は直接、わが社の営業担当者と「特売品や日常品の価格交渉」を行うことができるようになる。

これで日々の販売力も着実にアップする。

商談が終わると、二人で、市場内の厚生食堂で、ミィーティングを兼ねて、昼食を摂《と》る。その後、藤山店長は、場内にある「飛騨屋」の事務所で実務を行う。私は、退社時間が来ると、連絡を取り合い、帰宅するついでに（方向が同じ）、藤山店長を梅地本店まで、自家用車で送り届ける。

二人の絆《きずな》は、確実に強くなる。

精神法則の探知と習得

お互いの精神同士が融和すると、そこに『融和の法則が』生まれる。
「最幸の人生」を追い求め、人生の設計図を作成した三十六年前、それを『精神法則』と名付けた。今回、日の出百貨店との「超難題の精神の融和」を追求するなかで、様々な法則がみえてくる。

一　お互いの面識を深める。

・相手のことをよく知る。
・相手にも、自分のことをよく知ってもらう。

二　裸の心で接する。

・小手先でなく、腹を割って話をする。
・嘘をついてはいけない。

三　相手の立場を「理解する心」を持つ。

・一方的に、こちらの主張を押し付けてはならない。
・自分が相手の立場に立ち、相手が自分にどうして欲しいかを考え、行動する。

四　お互いの「信頼関係」を熟成する。

・一～三を実行すれば、自《おの》ずとそこにお互いの信頼関係が生まれる。
・生まれた信頼関係を大切に、熟成させる。

五　「共通の目標」を持つ。

・双方が、お互いの立場を理解し、双方がプラスになるための共通の目標を持つ。
（一方が良くても、他方が不利益を受けるならば、その関係は長続きしない）

六　自分一人の力だけでなく、「組織の力」を駆使《くし》する。

・担当者個人の力だけでは、限界がある。
この取引への会社全体の協力体制を構築《こうちく》する。

七　組織を「大きな仕事の渦《うず》のなかに導く」。

・全員がひとつの呼吸のなかで蠢《うごめ》くことができる体制を作る。

そうすると、無駄がなく、効率的で、且つ、最大限の利益が確保される。

八　「是は是、非は非」の精神でお互いを確認する。

・絶えず、その取引が、正当《せいとう》であるかの確認をする。
　正当でなければ、取引が歪《いびつ》になり、長続きしなくなる。

九　お互いが、「ウィンウィンの関係」を作る。

・正当な取引で、それが理《り》に適《かな》っていれば、その取引は長く続く。
　そして、「お互いが、ウィンウィンの関係を構築する」ことができる。

これらの精神法則で、日常をチェックすれば、
本来対立する個々の精神が、融和することが可能となる。

澤田課長と藤山店長の「思い」が理解できて、二人の今後の行動が予測できる。
先んじて、その対応策を検討し、時期が来たら、早めに提案する。「大きな商談」が、成就するたびに、三人で、固い握手をして、抱き合い、「成就の感激」を分かち合う。

飛騨屋が繁栄し、わが社も成長する。

『人の生きる道』の第四の道、『精神法則』を探知・習得して、「私の精神と百貨店の担当者の精神」が融和して、お互いの会社が発展する。

そして、社員や消費者がその恩恵にあずかり、「社会への責務を果たす」が成就する。

三人の心に、『充実感と幸せ』が満ち溢《あふ》れる。

目標の達成

わが社に、営業企画室が開設され、日の出百貨店梅地本店への販売戦略を立ててから、六か月後に、梅地本店の三分の一のリニューアルオープンセレモニーがあり、それから九カ月経過すると、わが社の売上が格段《かくだん》に伸びていた。

営業企画室が開設する前までは、売上　月額二百五十万円程度。
営業企画室が開設されてからは、月額四百万円（一・六倍）。
リニューアルオープンで、野菜の売場が半分に縮小されたにもかかわらず、それから九か月後には、売上は、月額七百〜九百万円（三・二倍）まで伸長する。

梅地本店「飛騨屋」が、わが社と提携《ていけい》したことにより、梅地本店の販売力が向上したこと、この頃には、嘗《かつ》て、野菜の納品で、五社あった取引先が二社まで、絞《しぼ》られており、わが社の納品比率が九五％まで上昇していた。
売場は、発注作業が簡素化されることにより、店頭の販売活動にウェイトをおくことができている。

日の出百貨店への販売対策のモデルが完成した。

これを基本に、対策を練《ね》って、私が六十歳の定年を迎えるころには、日の出百貨店全体で、年間売上、四億七千万円（三年前対比二〇〇％）と伸長して、わが社の取引先ランキングでは、スーパーA社、スーパーB社に次いでスーパーF社と並び三位タイにランキングされ、日の出百貨店は、わが社にとって、無くてはならない取引先に成長した。

「日の出百貨店側には、業務の効率化を兼ねて、取引先を絞《しぼ》っていただく。そして、わが社は、日の出百貨店の販売力とブランド力が向上するような様々な提案と努力を惜しまない」

そのような関係になれば、日の出百貨店に対して、

「名をとるか、実をとるか」の話ではなく、
日の出百貨店が、確実に、魅力的な取引先に生まれ変わる。

第七章

現世で「天国」に生きる

定年

会社の定年規定で、社員の定年は、六十歳となっている。継続して勤務を希望する場合は、定年後の嘱託《しょくたく》再雇用となる。

私は、この会社の営業企画室で、『超難題の精神の融和』を成し遂げることができた。

そして、『精神同士（「私の精神と取引先の担当者の精神」）の融和の法則』も見つけることができた。

あと、成《な》し遂げたいことは、『私の精神と自然界の融和』である。

その命題の答えは、Ｉ社のなかで、「業務管理部」にある。

私は、これまで、営業企画室で、様々な仕事をしてきたが、定年を機《き》に、嘱託《しょくたく》となり、業務管理部への転属を希望する。

会社の定年規定では、六十歳到達者の定年は、年度末の三月十五日となる。

十二月に入り、私は、会社へ、定年後の嘱託再雇用と、その際の、業務管理部への転属を申し出た。

同時に、営業企画室の後継人事も提案した。

定年延長も視野に

会長から私に、「北さんが嘱託《しょくたく》になり、業務管理部に転属すると、今の状況では、日の出百貨店の営業窓口を務《つと》める人材がいない。例えば、北さんの定年を延長すれば、このまま営業企画室の仕事を続けることができるか」との打診があった。

私は、「私の推薦《すいせん》する山下なら、充分に務《つと》めてくれます。いつまでも年配者が幅を利かすのではなく、後継の人材にチャンスをあげることが、会社発展の礎《いしずえ》になると思います」と言って、丁寧《ていねい》にお断りをした。

この四年の間は、会社全体が高揚《こうよう》して、会社の実績は、当初の六十億円代前半から、七十五億円（一二〇％）に伸長している。この翌年には、会社業績は、八十五億円まで伸長し、百億円企業が目前となりつつある。

嘱託再雇用

希望の部署へ

平成二十四年三月十六日から、定年後の嘱託再雇用となる。

会長に了解をいただき、希望の部署、業務管理部へ（強引にではあるが）、転属させていただく。

嘱託再雇用で、給与・賞与の月換算手取り額は、二十二万円、年金を含めると、二十八万円となる。

当初の資金計画で、この期間は、私の収入が、「月換算手取り額二十三万円超」（私の年金九万円含む）のため、当初計画をクリアして、且つ、月額五万円の超過となる。

「定年延長」を受ければ、給与と賞与、そして年金を加えると、月換算手取り額は四十万円になるのだが……。私は、**お金のためにこの仕事を選んでいるのではない。**

『最幸の人生を歩む』ために、この仕事を選んでいる。

会長の特命

業務管理部へ転属して、二カ月が経過する。

平成二十四年五月二十五日、会長より、召集《しょうしゅう》が掛かる。子会社で事件が起こり、本社でも、ミニセンター（以下、「ミニセンと称する」）加工部門が、それに該当するため、会長の特命を受け、子会社の事件の処理に携《たずさ》わり、その後、本社のミニセン部門（パックや袋詰めの加工部門、女性のパート十二名程の部署）の仕事をすることになった。

会長には、定年延長の件をお断りした経過があり、ここは、従うことにする。

ミニセン加工部門に配属して、はや一年が経過する。

事件も無事処理されたにも拘《かかわ》らず、業務管理部へ復帰の指示が出ない。会長は、ミニセン加工部門の実情にまだ疑念《ぎねん》を抱《いだ》いているようである。しかし、いつまでも、加工部門の仕事を続けるわけにはいかない。

トマト部門へ

トマト部門の臨時応援

私は、再度、業務管理部へ転属できるように、画策《かくさく》する。

ミニセンでは、パート十名程で、バックや袋詰めの加工作業をしている。

（「ミニセン」とは、市場に隣接するスーパーA社の市場事務所兼加工場兼配送センターのことで、その一階にあるパッケージ業務室と冷蔵庫及び室外の商品置き場をわが社が賃貸契約で借り受けている。新しく兵庫県内にA社の物流センターを開設したため、事務所以外の機能は不要となっている）

その他、ミニセンで業務管理部が、トマトとミニトマトの冷蔵庫への商品保管及び分荷作業や買受人のトラックへの配達・積み込み作業等を行っている。

ミニトマトは、社員二名が担当しているが、トマトは、社員一人で対応しており、「トマトが忙しい時は、意識して、私が臨時に応援するように画策した」

六月十三日（木）、午前零時十分、出勤のため自宅を出ようとしていた時、トマトの営業担当の役員から、携帯メールが入る。

「芝山さん（トマトの業務担当者）が交通事故にあい、今週いっぱいは、出勤できない。緊急で申し訳ないが、本日から暫《しばら》く、トマトの商品管理業務（現場引き取り・配送・在庫管理など）をお願いいしたい」

これまで、トマトの応援業務というサブの仕事はしてきたが、メインの仕事はしていない。

しかも、芝山さんは、二十数年、トマトの業務担当をしており、その業務の仕方は独特である。

その「独特」故に芝山さんの代休日がきても、代わりにトマト担当をできる者が居らず、芝山さんは、休むことができずに、代休日でも出勤していた。

万が一のために、芝山さんの仕事を観ながら「マニュアル」を作っていたのが役に立った。

昨日の水曜日は、休日（市場休市日）で、トマトの入荷は、昨日入荷分と本日入荷分の二日分が分荷されており、大量の引き取りになる。

そして、本日は、スーパーB社のトマトの特売日とのこと。慣れた芝山さん（トマト担当を二十数年やっている）でも、大変な一日である。

また、トマトの営業担当が、明日（金曜日）、新しい担当者に変更になるとのことである。

そんな複雑な三日間、トマトの業務担当の代役を務《つと》めることになった。

芝山さんでも、応援がなくては、仕事は成り立たない状況である。

私は、業務管理部の責任者（担当部長）に、「応援」を要請して、本当に「ドタバタ劇」であったが、配達を無事完了することができた。

その後は、卸売会社の現場に残ったままのトマトを回収して、ミニセンの冷蔵庫に片づける。

本日の最後の仕事、在庫一覧表を作成して、営業担当者に渡すと、午後一時を回っていた。（普段の退社時間は、午前十一時半）

土曜日も、スーパーB社の特売日で、大忙し。

土曜日は、翌日曜日の配達分の準備もしなくてはならない。全て、初めての経験である。しかも、トマトの営業担当者は、前日（金曜日）に、新しい担当者に変わり、仕事の指示の仕方も変わっている。

在庫一覧表を作成すると、午後二時を回っていた。本日の勤務時間は、十五時間である。（スーパーB社特売日のため、前日の午後十一時に出勤）

業務管理部の仕事は、頭で覚えるのではなく、体で覚える仕事が多い。

故に、その「経験」がものを言う。まだ、経験の浅い私は、この三日間、本当に大変であったが、難しい代役をミスもなく、無事努めることができた。

『体は、クタクタに疲れていたが、何ともいえない充実感がある』

トマト部門へ

翌月曜日には、芝山さんが復帰（大きなけがではなかった）できたため、通常のミニセン加工部門の業務に戻る。

しかし、営業のトマト担当者が替わり、旧担当者は、保守的な営業だったが、新担当者は、拡大的な営業をして、トマトの荷扱い量が一気に増え（前年比一五〇％）、私が、トマト部門を応援する日々が増える。

私は、トマト部門への転属の最終画策《かくさく》をする。

そして、荷扱い量が大幅に増えたトマト部門を芝山さん一人で受け持つのは難しいとのことになり、七月十八日、私が、忙しくなったトマト部門へ転属する（期の途中であるが）ことに決まった。

八月に入り、会長から、夏期賞与をいただく際に、「トマト部門、大変ですが、頑張ってください」と正式に、転属の承認をいただく。

会長の特命で、加工部門に配属になり、一年二か月が経過して、やっと、念願の部署「業務管理部」へ戻ることができた。

夏場の「トマトの一日」

トマトは、夏場の商材である。これから多忙な日々が続く。望むところである。午前零時二十分、始業時刻（午前一時）より四十分早く出勤する。

一　ミニセンに移動して、「トマトの冷蔵庫出し」を行う。

（午前零時二十分〜一時）

冷蔵庫には、前日の仕事終了時に、庫内の通路にもいっぱいに在庫商品を詰め込んでいる。毎朝、朝一《あさいち》で、通路に詰め込んでいる商品を外に出す。冷蔵庫の中の通路を開けなければ、他部署の作業の妨《さまた》げになるからである。

冷蔵庫から加工作業室を経由して、外の商品置き場に移動する。

1　最初に、短キャリー六台と長キャリー四台を各々「手押し」で出す。

特に短キャリーにトマトが三十ケース（百二十kg）も乗っていると、手押しする際、大変不安定で、ひっくり返すと大事《おおごと》になる。トマトは柔らかく、そのショックで、実が割れたりする。

2　次に、冷蔵庫内通路に入れている板パレット十二枚全部を外の商品置き場に出す。

先ずは、一枚ずつ、「ハンドリフト」を操作して、加工場の入り口まで出す。板パレット一枚にトマト百二十ケースが乗ってあり、重さにすると四百八十kgで、ほぼ〇・五トンになる。余程腹に力を入れなければ、動かない。冷蔵庫の出入り口は狭く、ハンドリフトを巧《たく》みに操作しながら通るが、その際、パレットの荷物が入り口上部の金具に引っかかって落ちたりするため、注意を払う必要がある。

3

加工場入り口には、最高六パレットまでしか並ばない。それを今度は、「(電動) フォークリフト」を操作して、一枚ずつすくい、外の商品置き場に並べる。(ここまでくると入り口の天井高が確保されており、電動フォークリフトの操作が可能となる)

4

その作業をトータル二回繰り返して、やっと板パレット十二枚他の「冷蔵庫出し」が完了する。一人で行うので、約四十分かかる。加工場の女性パートが出勤(午前一時)するまでに、その作業は終了させる。

夏場だと、それで一回目の汗をかく。

二

次に、卸売会社の荷卸し場に行き、「本日入荷分のトマトの引き取り作業」に入る。

(午前一時~二時半)

荷物は、産地トラックの到着順で荷降ろしされており、荷主別・等級別に、狭い　通路を挟《はさ》んで「直降《じかお》ろし（直接地面に置く）」している。

故に、わが社の購入商品は、卸売会社の広い荷降し場にバラバラに点在している。

1　最初の仕事は、「商品購入一覧表」に基づき、バラバラに点在しているわが社の購入商品の探索《たんさく》から始める。現場の隅の陰に隠れて、なかなか見つからない場合もある。

2　商品が確認できると、次は、積み込み作業に入る。

電気ターレット（場内運搬車）で横付けして、積み込みができることは稀《まれ》である。殆どは、ターレットでできるだけ近くまで行き、そこから先は、狭い通路を十メートルほど、トマトを両手に抱え、ターレットまで運び、積み上げる。トマト一梱包《こんぽう》三ケースで、十二kg、それを両手に一梱包《こんぽう》ずつ抱えるため、一回で六ケース（二十四kg）を運ぶ。

「購入商品一ロット百ケースあれば、ターレットまでの間を十七往復する」。

3　電気ターレット（場内運搬車）には、階級（入り球数）を揃《そろ》えて、積み込む。荷台には、板パレットが二枚乗る。

その上に、「同一の球数のトマト」を一枚に百二十ケースずつ積み上げる。

トマトは、ターレット満載《まんさい》で、二百四十ケース（百二十ケース×二）を積載する。ターレットが満載になると、卸売会社の現場から、市場外にある「ミニセン」まで運ぶ。「ミニセン」でパレット二枚のトマトを降ろし、その足でまた卸売会社の現場に向かう。
その都度、それを繰り返す。
一日のわが社の購入量は、平均千五百ケース（ターレット七台分）ぐらいである。
ゆっくり作業するととても間に合わない。
時間との勝負で、二回目の汗だくになる。

三　午前二時半になると、「次のステップ（配達）」に進む。
（午前二時半～七時半）

店に行き、営業担当者から、本日の取引先別の出荷伝票（以下、短冊《たんざく》という）を受け取る。それから、オフィスに帰って、その短冊に基づき、配達の手配をする。

1　短冊《たんざく》には、一つのスーパーの全店舗名（スーパーB社の場合、四十一店舗名）と各店舗別の発注数量が入力されている。その短冊に、営業担当者が、本日使用するトマトの「産地名と入り数（十六玉入りとか二十玉入りとかある）」を記入しており、それに基づき出荷の準備をする。

2　最初の配達（午前三時頃）は、スーパーC社（十二店舗）。続いてスーパーB社（四十一店舗）→スーパーD社（二十店舗）→スーパーE社（十八店舗）→日の出百貨店（六店舗）・スーパーG社（三店舗）↓　スーパーA社（六十五店舗）の順に配達する。

3　午前三時から午前七時までの四時間で、これら取引先のすべての配達を熟《こな》す。どこかのスーパーで特売があれば、個々の配達時間は、後ろにずれ込む。旧担当者は、特売を重ねる（複数のスーパーで行う）ことは無かったが、新担当者は、二つや三つのスーパーで特売を重ねて入れることが多々ある。

4　特にスーパーB社は、一週間に三日は特売が入る。スーパーB社で特売が入ると、ターレット満載で、三～四往復することになる。配達一往復でほぼ三十分かかる。四往復すると、スーパーB社の配達だけで二時間はかかる。

三回目の汗だくになる。

四　毎日、合計千五百～二千ケース、重さでいうと六～八トンのトマトを配達する。
各スーパーのトラックには、全て、手積《てづ》みで積み込む。

1　各取引先のトラックの出発時間は、それぞれ決まっている。それに必ず間に合わさなくてはならない。トラックは、一分も待ってはくれない（出発が遅れれば、店舗到着が遅れ、運転手が店舗担当者からお叱りを受ける）。

2　出発時間に間に合わず、積み残しが出ると、大阪市内はもちろん、亀岡市（京都府）や福知山市（兵庫県）でも、別便を仕立てて、配達に行かなければならない。

五　朝便の配達が完了すると、スーパーB社の昼便と九州宮崎県のスーパーH社の転送便の配達を行い、その後（午前七時三十分～八時頃）、やっと朝食にありつける。朝食後は、片づけに入る。休日前は、休日配達分の手配も行う。

（午前八時～）

1　卸売会社の現場に残っているトマト（朝取りきれなかった分）で、センター（茨木市にある）で加工する分は、南山の置き場（ここからセンター行きの便が出ている）に運び、オフィスで保管する分は、オフィスに入れる。

2　オフィスの在庫だけで、三千ケースを超えることがある。オフィスの冷蔵庫に入りきらないときは、全部で八つある他の冷蔵庫に入れさせてもらう。

ここで、四回目の汗だくになる。

六　在庫を数えて、仕事が終了するのが、いつも午前十一時～十二時である。他の部署は、全体の仕事が終わると退社しており（いつも十時頃）、トマト部門だけが遅くまで仕事をしている。

これを毎日、正社員の芝山さんと嘱託《しょくたく》の私の二人でこなす。

午前九時頃になると嘱託《しょくたく》の大屋さんが応援に来てくれて、大体最後まで手伝ってくれる。感謝である。

正社員の芝山さんは、毎日、前日の午後十一時ぐらいに出勤（会社の出勤時間は、当日の午前一時で、他の社員より二時間早く来ている）して、業務に励んでいる。

トマト業務管理部門の改善

芝山さんは、極《きわ》めて実直《じっちょく》な社員である。

毎日、他の社員より、二時間早く出勤して、一～二時間遅くまで仕事をしている。

しかし、会社であるから、各部門業務を平準化《へいじゅんか》すべきである。毎日遅くなる部署があれば、早く終わった部署から応援を出して、業務は、みんな一斉に終わるべきである。

私は、嘱託であるので、正社員の芝山さんの指示に基づき、日々の業務を行っている。しかし、この二～三カ月、忙しい業務を振り返ると、改善点が多くみえてくる。機会を見ながら芝山さんに提案するが、どうもうまく反映《はんえい》されない。

芝山さんは、人は良いが、大変頑固《がんこ》な性格である。

そして、**職人気質《しょくにんきしつ》**である。

自分で絵を描いて、仕事をする。長時間労働をすることは、一切厭《いと》わない。

パレットにトマトを積み上げるときにも、丁寧《ていねい》に全て角を揃《そろ》えて積み上げる。積み方が雑なパレットがあると、時間が掛かるにも拘《かかわ》らず、別パレットに、綺麗に積み替える。

そして、二十数年に亘《わた》り、積み上げてきた経験をもとに作られたノウハウを決して変えようとしない。

職人の仕事は、マイペースであり、他の者から、手を入れられたり、口を挟《はさ》まれたりすることを極端《きょくたん》に嫌う。だから、他部署から「仕事が終わったので、トマトの応援に行こうか」と声を掛けてもらっても、「大丈夫ですから、先に帰ってください」と言って断《ことわ》る。少し、仕事が忙しいと、勤務時間内一回だけの食事を抜くことは毎時である。

私は、芝山さんからの指示がなければ、食事に行くことができない。

忙しい時は、その指示が全くでない。時々、芝山さんの顔を覗《のぞ》き込むが、黙々と仕事に没頭している。私も勤務時間内一回だけの食事を抜くことになる。

私は、芝山さんに何度も言った。

「もう急ぎの仕事（配達など）は、終わり、後は、片づけの仕事だけです。私は、遅くまで仕事をすることは、厭《いと》いません。だから、勤務時間内一回だけの食事は、摂《と》らせてください」

芝山さんは、「私は、他の人よりも二時間早く出勤しているし、できるだけ早く仕事を終えて帰りたい。忙しい時は、食事にいく時間が勿体ない。その分、仕事に専念して、一分・一秒でも早く帰りたい。だから、北さんも、それに従ってほしい」と言う。

毎日、十一時間に及ぶ勤務時間内一回だけの食事を摂ることができない。

下に就《つ》くものは堪《たま》ったものでない。これまで何人も芝山さんの下に入ったが、みんな音《ね》を上げて退職するなり、他の部署への配置換えを願い出たようである。

私は、営業企画室で、超難題の精神の融和を成し遂げ、「融和の法則」も見つけた。

人は良いが、頑固《がんこ》で融通《ゆうずう》の利《き》かない芝山さんと、「お互いウィンウィンの関係を構築すべき」である。

私は、長時間汗をかいて働くことは何ら厭《いと》わない。むしろそれを望んでいる。

しかし、不平等な仕事の「重・軽」は望まない。

私は、正式に、芝山さんに二つの要望を出した。

一「どんなに忙しい時でも、勤務時間内一回の食事時間は必ず確保して欲しい」

一日十一時間に及ぶ仕事のなかで、食事もとれない、休憩時間もない、ではあんまりである。普通の人間であれば、そんな環境下で仕事をしようとは誰も思わない。今後共に、芝山さんの下で、仕事をしようという人間は、絶対に現れない。

二「仕事が遅くなるのならば、他部署の応援は、必ず受けて欲しい」

他部署の社員も業務経験豊かで、基本の業務内容は熟知《じゅくち》しており、大体の仕事は熟してくれる筈《はず》。自分でなくてはできない仕事と、応援部隊ができる仕事を振り分けてもらい、応援部隊にその仕事を手伝って貰う。

そうすると、トマト部門だけ極端に毎日残業するということは無くなる筈である。社員は、残業代は附《つ》かない（わが社の給料は年俸制であり、既に一定時間の残業代が含まれている。故に、個別に、何時間残業しても給料には反映しない）。毎日うちの部署だけ遅くまで何故仕事をしなければならないのか、という不満が鬱積《うっせき》して、すぐに辞めてしまう。

この二つだけ要望を出し続けて、一カ月かかったが、改善していただくことができた。それで、私と芝山さんの間に、「ウィンウィンの関係」ができて、その後は、仕事で揉《も》めることは無くなった。

もう一つ踏み込んで考えるならば、芝山さんの仕事への意気込みは、素晴らしい。

取引先に迷惑を掛けてはいけないというプロ意識から、「入荷商品引き取り時の商品チェック、在庫商品の品質管理、及び、出荷前の商品の品質チェック」を一切怠《おこた》らない。

一会社員ではあるが、このプロ意識は、見習うべきである。

「会社員」と「職人」、この二つが融和する良き方法は無いものであろうか。

私が退《しりぞ》いた後でも、「一」と「二」の二つを実行していただいたら、次の人も納得して仕事に励んでくれるものと思う。

『この仕事は、体の奥深くに、「崇高な充実感」を与えてくれる魅力のある仕事だから』

私の精神が自然界と融和する

私は、学生時代、西宮地方卸売市場の仲卸でアルバイトをして、毎日、デッチ車で、野菜を運搬し、汗をびっしょりかき、『何ともいえぬ充実感』を感じていた。

それを求めて、大学を卒業後、大阪の市場の卸売会社T社に入社したが、就職してからは、体を思いっきり使って、汗をかくような仕事はなく、その充実感を感じることはできなかった。

「最幸の人生」を求める過程で、『この充実感』は、必要不可欠な要素であり、それができるI

社の「業務管理部」で、是非とも体験をする必要がある。

そのために、六十歳の定年後、強引に「業務管理部への転属」を希望した。

私の精神が自然界Ⅰ（「私の体《からだ》」）と融和する

人が体を動かせて、一番充実感を覚えるのは、「汗《あせ》をびっしょりかく」ことである。

一人で、毎日八t（二千ケース）の荷物（トマト）を手作業で、積み降ろしする。


汗を幾度もかき、その都度、服は汗でびっしょり。

そのうち体熱でまた乾く。

服には、幾重《いくえ》にも「汗の塩の花」が咲く。

《汗の役割》

汗の最も重要な役割は、「体温の調節機能」である。

気温の上昇や運動、カゼの発熱などで、「体温が高くなった時」に発汗《はっかん》は起こる。汗の水分が皮膚の上で蒸発するときに、熱が奪われ（気化熱）、それによって体温を三六・五℃前後に保つことができる。

いわば汗は、皮膚の表面での「打ち水」として機能している。

恒温《こうおん》動物である人間は、体温を常に一定にして置かないと、すべての身体機能は正常に働かない。もし汗をかかないとしたら、熱が身体に籠《こ》もってしまい、身体機能が麻痺《まひ》して、人間は死に至ることになる。

このように汗は、私たちの生命維持に、極めて重要な働きをしている。

「トマトの一日」で流す汗の量は、半端《はんぱ》でない。

肉体をおもいっきり駆使《くし》し、汗をびっしょりかくと、

『私の精神が、私の体《からだ》（自然界Ⅰ）』と融和して、

私の体《からだ》の「健康《けんこう》」を保つことができる。

そこに充実感が充満《じゅうまん》して、私は「幸せ」になる。

私の精神が自然界Ⅱ（「空気ほか」）と融和する

人が自然を一番身近に感じるのは、自然界の空気《くうき》、土《つち》、水《みず》、太陽《たいよう》の四つである。

一　大阪市内でも早朝は「清涼《せいりょう》な空気」に包《つつ》まれる。（とても気持ちが良い）一日の業務の半分は、ターレット（電動運搬車）に乗っている。

スピードは速くないが、その早朝の清涼な空気に、私の肌が融和《ゆうわ》する度《たび》に、『生きている実感』が湧《わ》いてくる。

二　人は、土《つち》（大地）の上に、立ち、歩き、自由に走り回ることができる。
（地球の重力に、うまく適合できている）
常に、足の裏に大地《だいち》を感じ、土の温《ぬく》もりを感じている。

三　大雨の日や台風の日でも、ターレット（電動運搬車）で配達する。
雨粒《あまつぶ》が、台風の横殴《よこなぐ》りの雨風《あめかぜ》が、私の皮膚《ひふ》を叩《たた》くと、私のなかに、『自然界と融和《ゆうわ》している喜び』が湧《わ》いてくる。

四　早朝、都会の高層《こうそう》ビルの谷間から、太陽が昇《のぼ》る。
日の出の「金色《こんじき》に輝く陽光《ようこう》」を体全体に浴《あ》びて、私は、体の芯《しん》から湧《わ》き上がるような『温《あたた》かいエネルギー』を享受《きょうじゅ》する。

《太陽の恵み・「光合成」》

植物は、根から「水」を、葉から「二酸化炭素」を吸収し、「太陽光エネルギー」を浴びて、『光合成《こうごうせい》』をおこない、『糖（炭水化物）』を作り、『酸素』を発生させる。

一　植物の『光合成《こうごうせい》』により作られる『酸素』により、地球上（陸地や海）の生命体《せいめいたい》（人間を含めた生物）は、「生きる」ことができている。

地球上の空気に酸素が含まれていなければ、原核生物（バクテリア他）以外の生命体（生物）は、生きることができない。

二　植物から作られる『炭水化物（「糖」）』は、自然界の『三大栄養素』の主力を為し、生命体（動物）の「エネルギー源《げん》」となっている。

自然の営《いとな》みとその恵《めぐ》みは、誠にありがたい。

毎朝、高層ビルの谷間から『昇《のぼ》る朝日の眩《まばゆ》いばかりの太陽光《たいようこう》』から、「今日」も地球上のあらゆる生物が、直接・間接に、多大なるエネルギーを享受《きょうじゅ》することに感謝《かんしゃ》する。

市場の厚生食堂

毎日の朝食（我々にとっては昼食）は、市場の厚生食堂で摂《と》る。

食材の宝庫にあり、調理も拘《こだわ》る

市場のなかに、青果・水産部門の仲卸合同の厚生食堂がある。

双方の仲卸組合が補助金《ほじょきん》を出して、外部の業者を誘致《ゆうち》しているが、中央市場という食材の宝庫《ほうこ》にあるため、具材は、新鮮《しんせん》でとても美味しい。

食堂は、市場棟の二階（一階に水産部、三階に野菜部が入っている）に入居している。入り口を入ると、左側に大きな精米機《せいまいき》が置いてある。その機械で「精米したてのコシヒカリ」を、毎日、大きな炊飯器《すいはんき》で、炊いている。だからご飯はとても美味しい。少し進むと右側に三十種類ぐらいの小鉢《こばち》が並んでいる。魚の刺身《さしみ》、酢の物、煮物、揚げ物、出し巻卵、デザート等々である。

定食は、六百円と消費税で、六百四十八円。これが高いか安いかは意見の分かれるところであるが、私にとって確実に安い。

定食には、焚きたてのコシヒカリのご飯（大・中・小みな同じ料金）に味噌汁とお新香が付き、小鉢が三品とメインのおかずが一品付き、食後には、サイフォンのコーヒーが付く。

私は、小鉢の三品は、毎日同じものを取る。

一品は、魚の刺身《さしみ》。包丁の通《とお》し方が見事である。刺身の味は、包丁の通し方で決まると言っても過言《かごん》ではない。刺身は日替わりである。マグロ、サーモン、鯛、鯵《あじ》等色々である。すぐ下が、水産部の売場であり、間違いなく「新鮮」である。

もう一品は、生卵を取る。

ご飯は「中飯」にする。刺身で四分の一を食べて、メインのおかずで四分の二を食べる。そして、残りの四分の一で、「卵のぶっかけご飯」をする。炊きたてのコシヒカリの卵かけご飯は、目茶苦茶《めちゃくちゃ》美味しい。

そして、もう一品は、昆布と胡瓜の酢の物を取る。

卵のぶっかけご飯には醤油が入り、どうしても後口が不味《まず》くなる。それを消してくれるのは、サッパリした酢の物である。だから私は、酢《す》の物を最後に食べる。すると口のなかが、すっきり爽《さわ》やかになる。

メインのおかずは、「日替わり」がある。他にも定番の焼き魚、魚の煮つけ、とんかつ、唐揚げ等からも選択できる。基本は、全て温かい作り立てを出してくれる。

特に、焼き魚は、目の前で、炭火《すみび》で焼いてくれる。秋刀魚《さんま》や、サバの塩焼きや鮭等。マグロの「カマ」（エラの後ろの胸ヒレが付いた部分）がある時は、大変お薦《すす》めである。中央市場内の厚生食堂ならではある。

全て食べ終わると、食後のコーヒーを楽しむ。

しかし、毎日ゆっくりと食べてはおられない。忙しい時が多く、急いで食べて、食後のコーヒーも飲まず、仕事に戻ることが殆《ほとん》どである。

しっかりとエネルギーを補充《ほじゅう》して、片づけの仕事に挑む。

感謝の心

食は、人が生きる上での三大要素「衣食住」の一つである。

食は、人の健康を維持し、食べる楽しみを与えてくれる。

市場内の厚生食堂だが、内容は、高級レストラン並みの拘《こだ》りで、器を大きな皿に替えると、それはもう高級レストラン。美味しく、ボリューム満点でバランスもよく大変満足である。

私は、普段、食事をする前と食べ終えた時、必ず手を合わせて、「いただきます」「ご馳走様でした」と呟《つぶや》く。


『此処《ここ》での食事は、それに深い感謝の心が湧《わ》く』

現世で「天国」に生きる I

天国とは

天国《てんごく》、理想郷《りそうきょう》（ユートピア）、極楽浄土《ごくらくじょうど》、よく聞く言葉である。

しかし、その意味を説明できる人が、どれだけいるだろうか。

何《いず》れともに、「愛と喜びに満ちた世界」というような抽象的な説明はできても、それでは、「具体的にどうなの」と質問が出れば、答《こた》えることができないのが、実情である。

一　「天国《てんごく》」は、キリスト教の経典《きょうてん》に出てくる言葉。
　死後に到達できる世界。

　現世で善行を重ねた人、または、悪行を行っても、イエスキリストを信仰し、悔い改めた人は許されて、死後に行くことができる世界。

　「安楽《あんらく》な生活を営め、とても美麗《びれい》な風景を眺められる場所」。

　反意語として、「地獄」。
二　「理想郷（ユートピア）」は、現実社会のもの。
　現実社会で、想像上の理想の社会とされているが、具体的には、何一つ定義《ていぎ》されていない。
三　「極楽浄土《ごくらくじょうど》」は、仏教《ぶっきょう》の世界。
　死後に到達できる世界の一つである。しかし、仏教には、輪廻転生《りんねてんせい》の理《ことわり》があり、死後、幾度も生まれ変わり、六道《りくどう》の世界を転生《てんせい》する。

とある。


しかし、天国《てんごく》や極楽浄土《ごくらくじょうど》は、何れ共に、死後《しご》にしか到達できない世界である。

私は、嘗《かつ》て、理想郷を追求する。

そして、理想郷の大典（自然法則と精神法則を進化させて創った「人類の融和の法則」）を創ることを目標としていたが、道半ばで、諦《あきら》めざるを得なかった。

私の言う『理想郷《りそうきょう》』とは、私の周りのすべての人が、「幸せ」に成れる場所。

そして、私の人生の目標である「人として生まれた以上、人として最幸の生き方がしたい」の、『最幸《さいこう》の生き方ができる場所』である。

『天国《てんごく》』も、同様《どうよう》である。

仲卸会社Ｉ社の魅力

私は、大学四回生の夏休みに、一航海の「マグロ漁」に挑み、貴重な体験をする。

一　「私の精神と自然界が融和する法則（「自然法則」）」を垣間見《かいまみ》、

二　「精神同士（私の精神と他の乗組員の精神）が融和する法則（「精神法則」）」を垣間見て、

『理想郷での融和の法則』の一部を見付けた。

それは、まだ、ほんの入り口であった。

それから、三十三年後、仲卸会社Ｉ社の営業企画室で、「超難題の精神の融和」に挑戦して、見事成し遂げることができ、精神法則の本筋《ほんすじ》を、探知・習得することができる。

そして、業務管理部では、「私の精神と自然界の融和《ゆうわ》」をいくつも成し遂げ、様々な自然法則を、探知・習得することができた。

仲卸会社Ｉ社は、度量《どりょう》の大きさも兼ね備えた、本当に魅力に溢《あふ》れた会社である。

「人の生きる道」を歩む『幸せ』

私は、新しい人生が成就してからは、絶えず『人の生きる道』を歩んできた。そして今、その四つの道で、それぞれに、『幸せ』を成し遂げ、『最幸の人生』に到達しようとしている。

自分を成長させる道での『幸せ』

『人の生きる道』が探知できてからは、只管《ひたすら》この道を歩き続けた。

一　一航海のマグロ漁船に乗船する。そして、生死を懸《か》けた、「精神や肉体」の限界に挑《いど》み、それらを超越《ちょうえつ》することができる。

二　「家族とともに幸せに」の時代は、親孝行を人生の術《すべ》とし、三つの新しい生命の『誕生と育成』に携《たずさ》わることができる。

三　「最幸の人生に再び挑む」の時代に

①　営業企画室では、精神法則を探知・習得し、私の精神が、他の人々の精神と融和して、社会への責務を果たすことに邁進《まいしん》した。

②　業務管理部では、自然法則を探知・習得し、私の精神が自然界と融和して、自然への責務を果たすことに、邁進《まいしん》した。

それぞれの時代で、「授かった能力や個性」を磨《みが》き、時には、命懸《が》けの試練を乗り越えて、自分を成長させてきた。その時々に生まれた「充実感」と『幸せ』は、今も鮮明に蘇《よみがえ》る。

子々孫々を繋ぐ道での『幸せ』

一　祖先を尊び、両親に、孝行を尽くす。

「父の命を懸けた願い」により、「理想郷の創造と最幸の人生」を諦めて、『親孝行』を、人生の術とする。そして、三十一年の歳月を懸けて、親孝行が完遂する。

また、後項でふれるが、北家先祖代々のお墓を守ることも任される。

二　二つ以上の新しい「神秘でオンリーワンの生命」の『誕生』に携わる。

妻と母のお陰で、「三つ」の新しい生命の誕生に携わることができた。

三　誕生した三つの新しい生命の『育成』に携わる。

三人の子供たちは、義務教育（小・中学校）と高等教育（高校・大学・専門学校）を修了して、社会に出て、それぞれに自分の道を歩んでいる。

子々孫々を繋ぐ。私は、この道での三つの項目をそれぞれに完遂することができる。そして、母・妻・私のなかに、未来永劫《えいごう》に、この道での幸せが生き続けている。

自然への責務を全うする道での『幸せ』

一　私の精神が、自然界Ｉ（私の「体」）と融和する。
トマトの現場引き取りや配達をすると、その都度、汗びっしょりになる。

そして、私の体が、「健康」に保たれる。

私の精神が、私の体と融和して、「心と体」全体に、その都度をやり遂げた『充実感』が充満している。

二　私の精神が、自然界Ⅱ（空気・土・水・太陽他）と融和する。
①　早朝の清涼な空気と融和する。
②　土《つち》（大地の上を自由に駆け巡り）と融和する。
③　水《みず》（肌に打ちつける雨）と融和する。
④　毎朝昇る太陽《たいよう》と融和する。

特に、太陽光エネルギーと植物による『光合成』の恩恵は、大きい。

今、地球は、人類が二酸化炭素を大量に放出したため、自然の摂理《せつり》が壊《こわ》れ、オゾン層の一部が破壊《はかい》された。温暖化が進み、異常気象による災害（スーパー台風や集中豪雨による洪水など）が頻発《ひんぱつ》して、人類社会を脅《おびや》かせている。

この対策として、世界の国々がパリ協定を中心に、協調路線を取ろうとしているが、それも儘《まま》ならない。


私たちは、国の対策だけに依存するのではなく、私たち一人一人が、その周りに、「各自一個の緑化運動（ベランダや庭に植物を植える他）」をするだけで……。

全世界のぞれぞれの国民一人一人が、その意識を持ち、行動すれば、それだけで、歪《ゆが》んでしまった自然体系を基に戻し、「人類と自然が調和する未来を築く」ことは、可能である。


これらは、「私の精神が、自然界と融和する様々な事象《じしょう》」（「自然法則」）であり、『私の精神が、自然界と調和した現象そのもの』である。

私の精神が、その都度《つど》、「充実感」と『幸せ』に包《つつ》まれる。


人間社会への責務を全うする道での『幸せ』

一　営業企画室では、

私の精神が百貨店の担当者の精神と融和して、取引が順調に行われ、双方の会社の営業成績が向上し、社員とその家族に恩恵が行き渡っている。

そして、そこでは、お互いが、ウィンウィンの関係を構築することができている。

二　業務管理部では、

一番厄介《やっかい》な上司（人は良いが、頑固で、職人気質）と、「是は是、非は非の精神」に基づき、『お互いの個性《こせい》が尊重された精神同士の融和』（「精神法則」）を成し遂げ、『争いのない平和な世界』を造り出している。

お互いが、お互いの力を合わせて真摯《しんし》に取り組み、ウィンウィンの関係を構築すると、会社や社会が発展し、社員や市民がその恩恵《おんけい》に預《あず》かることができる。

そして、お互いの個性《こせい》が尊重された精神同士の融和《ゆうわ》を成し遂げることができると、争いのない平和な社会を築くことができる。

そこでは、人々の個性が、光り輝《かがや》き、全ての人々が幸せに成ることができる。

食の楽しみ

厚生食堂では、毎日、心から感謝の気持ちが沸《わ》き上がるような、拘《こだわ》りの高級レストラン並みの美味しい料理を食べることができている。

満ち溢《あふ》れる愛

家では、温《あたた》かい家族の愛《あい》が満ち溢れている。

現世で「天国」に生きるⅡ

毎日が『平和』で、『崇高《すうこう》な充実感』に包《つつ》まれており、『幸せ』が充満して、『至福《しふく》の時』を送っている。

これは、死後にしか、しかも善行を行った人しか、到達しえない『天国』そのものである。

私は、今、『「現世《げんせ》で天国《てんごく》に生きる」ことができている』

最幸の人生に到達

『まさに今、私は、「最幸《さいこう》の人生《じんせい》」に到達した』

第八章

人生とは

人生の詩《うた》

個人個人の『器《うつわ》』は、全て異なる。（「世界で、オンリーワン」）
そして、それぞれが、素晴らしい「独創性《どくそうせい》」を持っている。
だから、人は、自分の「器《うつわ》」に適《てき》して、
『人の生きる道』を歩《あゆ》めば良い。
「器《うつわ》」の大・小は問題ではない。
大切なのは、その器《うつわ》が、「充実感」で、
いっぱいに満たされているかどうかである。

※「自分の器が分からない」と言う人が結構いる。
分かるためには、『人の生きる道の第一の道』、

「授かった能力や個性を磨き、自分を成長させる道」

を真摯《しんし》（「まじめで熱心」）に歩むと観えてくる。

二・六・二の法則

様々な分野での原理原則

私は、卸売会社T社で人事・総務を十年間経験するなかで気付いたことがある。

「二・六・二の法則」である。

どんな組織やグループ、会社、地域社会にも、このルールは適用される。

会社の場合、
最初の「二」は、自発的に能力を発揮《はっき》する人々の存在である。
中の「六」は、指示に従《したが》い動く人々の存在である。
後ろの「二」は、指示に背《そむ》く人々の存在である。

ここで、会社として、後ろの「二」に手を付けるのは、得策《とくさく》ではない。注力をして、後ろの「二」が、中の「六」に移行したとしても、すぐに、また、後ろの「二」が、現《あらわ》れるからである。

その注力は、何時まで経っても報《むく》われることはない。

つまり、会社は、最初の「二」と中の「六」の合計八割を育成して、その能力を向上させ、会社の運営ができるように持っていくことである。

あと、後ろの「二」には、「会社に迷惑を掛けないこと」だけを基準とする。

そうすると、何故か会社の「生産力」が全体に向上して、うまく運営できる。

後ろの「二」の影響力が極端に薄くなるからである。

逆に、後ろの「二」（高い能力を持っている）を表舞台に出して、追求すると、とんでもない問題に発展して、会社の存在が脅《おびや》かされることにもなる。


「いじめ」もそうである。

「問題を直視することは大事だが、敵視《てきし》してはいけない」

世のなかから、「いじめ」の問題が、無くなることは決してない。

しかし、全体の八割の人間が、「人を敬《うやま》う気持ち」を持てば、「いじめ」は、問題にならないほどに小さくなる。残りの二割には、「人に迷惑だけは掛けないこと」を基準とすればよい。


あなたは、決して一人ではない。

あなたの回りに十人居れば、敵となる人間は、二人はいる。その二人には、苦しめられるかもしれない。

しかし、あなたの周りには、同時に、頼もしい二人の味方が必ず居る。そして、あなたが、「正当な主張をすれば」、中の六は、あなたの味方になる。八割という多くの人々が、あなたの味方になる。


そうなると、あなたの敵である二人は、いつの間にか、「消滅」している。そして、あなたの敵であった二人が、近い将来、あなたのかけがえのない友となっているかもしれない。
只、その局面を乗り切ろうと、あなたが「嘘をつき、黙秘《もくひ》を続ける」と、二人の味方はいるが、中の六は、あなたの敵に回ることもある。

あなたは、二人の敵と争ってはならない。
あなたが、「裸《はだか》の心で、正当な主張」をすれば、
周りの人々は、必ずあなたを助けてくれる。
あなたが、その勇気《ゆうき》を持つことが、第一歩である。

人生では

世のなかの人の役割は、年齢とともに変化する。
人生を二・六・二の法則で、仕分けする。
※この法則は、三次元までは、有効であるが、四次元（時系列）になると複雑になる。私が生まれてから、現在に至るまでに、平均寿命が二十歳延びている。それを考慮して、私と同世代の人々の人生を次のように法則化する。

現在の平均寿命を八十歳とし、二・六・二の法則を若干修正して、「二・五（本来は二）」・「五・五

（本来は六）」「二」の法則とする。

最初の「二・五（〇歳〜二十歳）」は、『生育期の時代』。
中の「五・五（二十一歳〜六十四歳）」は、『社会への責務を全うする時代』。
後ろの「二（六十五歳〜八十歳）」は、『自分のために生きる時代』。

最初の「二・五」『生育期の時代』（〇歳〜二十歳）

生育期は、親や社会に甘えて良い時期である。
しかし、「甘えて良い」は、「責任がない」ではない。

子供として、世のなかへの責任は、果たさなければならない。
一　親の躾《しつけ》を守る。
二　学校教育を真摯《しんし》に受け、教養を身につける。
三　『人の生きる道』の基本を学ぶ。

生育期の時代は、なかの「五・五」に向けて、『人の生きる道の基本を学び、『授かった能力や個性を伸ばし、自分を成長させなければならない』。

なかの「五・五」『社会への責務を全うする時代』（二十一歳～六十四歳）

この時代が、最も重要である。

全ての人が、『幸せ』になれる社会（真の共産主義社会・理想郷）の到来は、まだまだ先の話である。だから、その発展途上の社会に住む人々は、「それぞれの社会が内包《ないほう》する矛盾《むじゅん》」に寄り添って、生きていかなくてはならない。

資本主義社会では、「物質的豊かさは享受された」が、「精神的豊かさは享受されない」。だから、「精神的豊かさ（「豊かな心と優しさ」）」を自分達の力で育《はぐく》み、『幸せ』を追い求めていかなくてはならない。

そして、この時代の社会への責務を全《まっと》うしなければならない。

資本主義社会では、

一　矛盾《むじゅん》を抱えながらも、社会の生産活動に携《たずさ》わることである。つまり、自らと家族を養うために、仕事に励み、お金を稼ぎ、消費することである。それが、イコール、この社会に貢献《こうけん》するということである。

二　そして、人類社会の維持発展のために、二つ以上の新しい生命の誕生と育成に携《たずさ》わることである。

この時代は、「自分の思い通りになることは無い」。そう思って、乗り越えることが肝要《かんよう》（「非常に大切なこと」）である。

後ろの「二」『自分のために生きる時代』（六十五歳〜八十歳）

『後ろの「二」は、これまで頑張って生きてきた人々への、ご褒美《ほうび》の人生である』。

これからは、「自分（及び自分達）のために生きて良い」時代である。

自分で決断して、「社会のために生きる」も良し、「自分（及び自分達）のためだけに生きる」も良い。「社会に迷惑はかけない」が基本である。

皆さんにお願いがある。

まだ多くの人が、こんな素晴らしい「後ろの二」と向き合えていない。

現役時代は、「人生は、自分の思い通りにならない」と嘆《なげ》き、「自分の思い通りに生きて良い人生（後ろの「二」）が到来《とうらい》すると」、今度は、「その思い通りな人生」が見つからない。

『勿体《もったい》ない』。

今からでも遅くはない。「あなたの生きたい人生」を見つけて、歩むことである。

様々な生き方があると思う。

「今、あなたが生きていること」、「今、あなたが行動していること」を再認識するのも、一つの方法である。

また、あなたの人生を振り返ってみる方法もある。

過去の辛《つら》い、苦《にが》い出来事も、振り返ってみると、不思議に、楽しい思い出に変わっていたりする。自分が歩いてきた道が、誇らしく思えるかもしれない。そして、あなたがやり残していることが見つかるかもしれない。


それらのなかから、「あなたの生きたい人生」を見つけて、これからその人生にチャレンジする。

（目標ができれば、認知症や病気になる確率が、極端に低くなり、健康が維持できる）

そして、生涯《しょうがい》が完遂する時に、心が充実感で満たされるならば、

「あなたの人生は、『幸せな人生』で完了する」

ご先祖様

義姉《あね》の死

平成二十五年十二月二十三日、太地町に住む兄嫁（義姉）が、和歌山市の日赤医療センターで亡くなる。十二月上旬、体調を崩して、新宮《しんぐう》医療センターに緊急入院して、僅《わず》か二週間後のことである。

同二十六日、太地町で、盛大な葬儀が行われた。享年七十四歳である。

私は、親族代表の挨拶をさせていただく。優しく、思いやりのある素晴らしい義姉であった。葬儀の参列に、町長はじめ、町内のあらゆる層の方々がお越しいただいた。

義姉は、季節が来ると、「自家製の美味しいお味噌」を作り、身内や親戚に配る。また、季節が来れば、「田舎の名物、秋刀魚《さんま》の寿司」を作って、皆に配っていた。勿論、その都度、大阪にも送ってくれる。

義姉が亡くなると、美味しい手作りのお味噌や秋刀魚の寿司がもう食べれなくなる。**そして、何よりもこれからは、『そんな優しい義姉《あね》』に、もう会えなくなる。**

葬儀で義姉を偲《しの》び、参列者全員が涙した。

私は、兄に話す。

「姉の遺骨《いこつ》は、北家のお墓に埋葬《まいそう》して、今後も、兄が北家のお墓を守って欲しい。もし、兄にもしものことがあった場合は、その時に、私が、お墓を継承する。そして、その時、兄も北家のお墓に入り、愛娘《まなむすめ》に何かあった場合にも、北家のお墓に入って貰う。それが一番良い」

しかし、義姉の遺骨は、北家のお墓に埋葬《まいそう》されないままで、兄から、「私も高齢で七十七歳になる。一人で、北家のお墓を御守《おまもり》するのはきつい。お前が早く継いで欲しい」との要請があった。兄の強い思いが伝わってきた。

北家のお墓を継承

私たちは、家族会議を開き、兄の思いを検討して、太地町にある北家先祖代々のお墓を継承《けいしょう》することを決める。

しかし、お墓が太地町にあるままでは、御守《おまもり》ができない。大阪でお墓を購入して、田舎のお墓を大阪に「改葬《かいそう》（お墓を引っ越しする）」することにする。

自宅から車で十五分の、吹田市常光円満寺の境内墓地《けいだいぼち》に空きがあり、そこに北家先祖代々のお墓を引っ越しする。

お墓の購入・移転費用の四割を兄が出してくれた。残りは、わが家の貴重な貯《たくわ》えから賄《まかな》う。

『北家先祖代々のお墓を継承《けいしょう》する』

『人類の歴史のなかに、「神秘《しんぴ》」で「オンリーワン」の生命を誕生させてくれた祖先に感謝し、尊《たっと》ぶ』。

「人の生きる道」の一節である。

やっと、ご先祖様を「尊《たっと》ぶ」ことができる機会が訪れる。

ご先祖様の話は一切聞かされていなかった。

太地のお墓には、石碑《せきひ》が五つ建っている。

その石碑に刻まれた戒名《かいみょう》を全て記載《きさい》し、檀家《だんか》元の東明寺の住職に、わかる範囲でお墓に眠るご先祖の戒名《かいみょう》を教えていただき、太地町の役場で、父と祖父の戸籍謄本《とうほん》を取得して（曾祖父の戸籍謄本は存在せず）、それらをすべて照合《しょうごう》して、**「墓石ごとの先祖代々」**と、**「北家の家系図《かけいず》」**を作成する。

これで、曾祖父母《そうそふぼ》以降の先祖代々の実名と戒名《かいみょう》、生年月日と没年月日すべてが判明した。

平成二十六年五月十一日、吹田市常光円満寺の新墓に「改葬《かいそう》」する際、ご先祖様全員の戒名《かいみょう》を読経《どきょう》していただく。ご先祖様は、安《やす》らかに、新墓にお入りいただいたものと思う。

ご先祖様に感謝

「春の彼岸《ひがん》」・「お盆」・「秋の彼岸《ひがん》」・「大晦日《おおみそか》」の年四回、お寺で、墓地万燈《まんとう》法要が開催される。

当日、法要の後、個別に、北家の墓石の前でも、読経《どきょう》して戴き、「ご先祖様の冥福《めいふく》」をお祈りする。

また、直系親族（曾祖父母・祖父母・父・母）の命日には、必ずお墓参りをする。

その度《たび》に、私をこの世に誕生させてくださったご先祖様に、深く感謝させていただく。

兄家族

兄は、義姉《あね》のお骨を北家のお墓に埋葬《まいそう》せず、半年間家に置き、初盆の直前で、東明寺にて「永代供養《えいたいくよう》」をした。まだ存命の兄自らと愛娘《まなむすめ》の分も、同時に行う。（永代供養の戒名を戴く）
兄家族三人は、東明寺で、「永代《えいだい》」に仲良く過ごすことになる。

子孫の生末《いくすえ》を見守る

子供の出生には、万全の態勢《たいせい》で臨んだ。

そして、念願どおり、男児（長男）・女児（長女）・男児（次男）三人の出産に携《たずさ》わることができた。

長男

平成二十八年六月現在、長男は、ＳＥ（システム・エンジニア）をしている。

平成十三年、大学の情報工学科を卒業して、今の会社に入社する。自分で探してきた小さな会社である。

社会人十五年生になる。国家試験の「応用情報技術者」を取得しており、現在、出向で、二部上場会社の開発部に在籍する。

この一～二年は、出向の出向で、一部上場会社に在籍し、製造業最大手の一部上場会社のソフトウェア更新のため、全国の事業所を駆《か》け巡っている。

まだ独身だが、「お父さんとお母さんの老後の面倒は、僕が見る」と言って、憚《はばか》らない。

私達は、「お父さんもお母さんも大丈夫だから。自分の道を歩きなさい」と言っているが、ありがたいことである。

長女と初孫

長女は、平成二十七年三月に入籍・結婚をして、翌年二月に第一子・長男が誕生した。

結婚相手は、優しくて、実直な、素晴らしい青年である。

娘は、よく実家に孫を連れてくる。

私は、お爺《じい》ちゃんに、妻は、お婆《ばあ》ちゃんになった。

初孫は、可愛くて仕方がない。

息子たちは、私が初孫と接する姿を見て、「親父は、あんなに子供が好きだったのか」と驚いている。

そして、娘たちは、新居を購入すると張り切り、実家の近くの物件を探している。

娘は、妻となり、母となった。

今後、人間として、大きく成長してくれるものと思う。

次男

次男は、文系の大学を平成二十一年に卒業して、大学時代アルバイトをしていた外食産業に就職した。責任感は人一倍強く、任《まか》された仕事は熟《こな》さなければ気が済まないタイプで、毎日、朝早くから、深夜まで、仕事に没頭《ぼっとう》した。

結果、一年半で体調を崩し、休養することになる。

その時、友達が、「ラーメン屋を開業するので、手伝ってほしい」と言ってきた。

親としての助言はした。ラーメン屋は、もっと長時間労働になる。大丈夫か。そして、会社員であれば、生活は安定する。商売となれば、流行り廃《すた》りが激しく、リスクが大きすぎることを説明し、最後は、「自分の人生だから、自分で決めなさい」と言った。

次男は、熟考《じゅっこう》の末、「俺は人間を相手にした仕事が好きだ。友達とラーメン屋をしたい」と言ってきたので、「分かった。頑張れ」と答えた。


平成二十四年四月、淀川区西中島の駅前に、友達と二人だけで、ラーメン屋を開業した。ラーメン屋の名前は、「人類みな麺類」。毎年一店舗ずつ新店を出して、現在大阪市内に四店舗。将来の全国展開、世界進出と夢は大きい。

平成二十八年六月現在、「人類みな麺類」のラーメン食べログランキングは、大阪市一位、大阪府三位、全国二十四位。

次男は、これからも波乱万丈《はらんばんじょう》の人生を歩むことと思う。


子供たちは、みんな頼もしい限りである。

私と妻は、親として、今後共に、「生」ある限り、子孫の生末《いくすえ》を見守りたいと思う。

二つの人生の違い

私は、大阪の市場の卸売会社T社在職中に、「充実した幸せな人生」を送り、仲卸会社I社に転職して、「最幸《さいこう》の人生」に到達することができた。

「充実した幸せな人生」も「最幸の人生」も、双方ともに、素晴らしい人生である。

充実した幸せな人生

『充実した幸せな人生とは、「人の生きる道」を懸命《けんめい》に歩き、自分が与えられた環境（「運命」や「定め」）で、その責務を全《まっと》うすれば、到達できる世界』である。

その人の人生が「幸せ」であるためには、人の生きる道の四つの道をそれぞれに成し遂げなければならない。

一　自分を成長させる道………日々を一生懸命生き、自分を磨《みが》き鍛《きた》える。

二　子々孫々を繋ぐ道…………ご先祖と親を敬い、子供の出産と育成に携わる。そして孫の成長を見守る。

三　自然への責務を果たす道……ベランダや庭に、花や草木などの緑を植える。そして、金魚や犬などの生命と共生する。

四　社会への責務を果たす道……一番小さな社会「家族」が仲良く過ごす。

これで、その人の人生は、「充実した幸せな人生」になる。

「現在、自分は、不幸の人生を送っている」と思っている人に言いたい。

生まれついての不遇《ふぐう》や、どこかでボタンを掛け違い、世のなかと歯車が噛《か》み合わない状態が続いているが、何も苦慮《くりょ》する必要はない。

これからは、「人の生きる道」に基づき、一つひとつの掛け違えたボタンを基に戻していけば……。そして、真摯《しんし》（真面目で熱心）に、「人の生きる道」を歩んでいけば、必ず、幸せな人生に辿《たど》り着くことができる。

最幸の人生

「最幸の人生」は、そうではない。

自分の「運命や定め」をも、乗り越えなくてはならない。

私は、「最高の人生に挑む」にあたり、一 幸せ 二 人の生きる道 三 最幸の人生 四 理想郷という四つのキーワードを設定した。

この四つのキーワードの答えは、世界中どこを探してもまだない。

故に、全て、手探《てさぐ》りで歩んできた。

この本のなかで、「最幸の人生とは、何か」を纏《まと》めることができたつもりであるが、これが世のなかに、認知《にんち》されるかどうかは、不明である。

認知されなければ、只《ただ》の私個人の自己満足に過ぎない。

理想郷は現実社会に存在するか

社会とは

社会とは（百科事典マイペディアの解説より）、複数の人びとが持続的に一つの共同空間に集まっている状態、またはその集まっている人びと自身、ないし彼らのあいだの結びつきいう。

・大きな社会として、「地球」・「国」・「都道府県」・「市町村」。

・小さな社会として、「地域社会」・「家族」。

を指す。

つまり、「家族」は、最小単位の「社会」であり、「家族」も、一つの「社会」なのである。

理想郷とは

理想郷とは（大辞林　第三版の解説より）理想的な想像上の世界。ユートピア。をいう。どの辞書を引いても、この言葉しか出てこない。そして、「現実には、存在しないもの」と追加の説明書きがある。また、具体的に、その定義《ていぎ》は、未《いま》だ何もない。

私が辿《たど》り着いた『理想郷の定義』は、
その社会が、
一　「物質的豊かさ」が享受できている。
二　「精神的豊かさ」が享受できている。
三　一人ひとりの個性が、光り輝いている。
四　そこに住むすべての人々が、「幸せ」な生活を営んでいる。
である。

それでは、ある社会に住む人々が、
一　**「普段《ふだん》の生活」に不自由する事は無い。**
（「物質的な豊かさ」が享受できている）
※「贅沢《ぜいたく》や「楽《らく》」をしたい」は**人間の悪《あ》しき欲求**である。
その先にあるのは、「欲望」と「怠惰《たいだ》」に満ちた『精神の破壊』である。

二　その社会のみんなが、仲が良く、「平和」で、周りの自然とも共生できている。
（「精神的豊かさ」が享受できている）
※　人が「仲良くなる秘訣《ひけつ》」は、お互いが、「意地《いじ》や見栄《みえ》を張らず、謙虚《けんきょ》になる」ことである。
三　全員がそれぞれに、「自分らしく生きる」ことができている。
（一人ひとりの個性が、光り輝いている）
※「自分らしく生きる」は「我儘《わがまま》をとおす」ことではない。
「自分の個性を生かす」ことである。
四　そこに住むすべての人々が、「幸せ」な生活を営んでいる。
※「人の生きる道」に基づき、生きている。
ならば、その社会は、『理想郷』といえる。

理想郷は現実社会に存在するか

大きな社会（国や都道府県・市町村）が、これまでに、「理想郷である」ことは難しい。

大きな社会は、その時の社会体制そのものであるから。

しかし、小さな社会（地域社会や家族）が「理想郷である」ことは、可能である。


小さな社会で、最小単位の「社会」といわれる『家族』が、

一　「普段《ふだん》の生活」に不自由する事は無い。
二　家族のみんなが、仲が良く、「平和」で、周りの自然とも共生している。
三　全員がそれぞれに、「自分らしく生きる」ことができている。
四　全員が、「幸せ」な生活をおくっている。
ならば、その「家族（社会）」は、『理想郷』であるといえる。

そう規定すると、

『「家族という最小単位の社会」の理想郷』は、
過去にも、そして、現在でも、世界中の至る処《ところ》に、『存在する』。
只《ただ》、人々は、それを「理想郷」だと認めていないだけなのである。

「理想郷とは、遥《はる》か遠くに、想い描くもの」ではない。
現実社会に存在すべきものである。
そして、それは、既に、身近に存在していたといえる。

思い返せば、「私の家族」は、『理想の家族』と呼ばれた。
ならば、私は、家族とともに、『理想郷』を創り、そこで『最幸の人生』を歩んでいたことになる。

第九章

未来史

最幸の人生の行方《ゆくえ》

私は、『親孝行が完遂した』ことにより、再び、『最幸の人生』に挑んだ。

そして、仲卸会社I社で、目標とした『現世で天国に生きる』を実現して、『最幸の人生』に到達することができた。


しかし、その『最幸の人生』は、未《ま》だ、『家族の枠《わく》を出ていない。最小単位の社会に留《とど》まる』。大きな社会的枠組《わくぐ》みには、到達していない。

あと二十五年

私は今、六十五歳になった。

私は、自分の人生を九十歳までと決めている。

「あと、二十五年ある」

『理想の大典』に挑む

これからの私は、年金暮らしになり、社会の生産活動に携《たずさ》わる必要はなく、二十五年という充分な「時《とき》」が与えられる。

これから、『理想郷の大典（「人々に精神的豊かさが享受できる大典」）』を創る。
私にとって、あと成すべき私の『人生の責務』は、それを成就《じょうじゅ》させることである。

自然法則・精神法則の探知と検証

そのために、今、小さな社会の枠組みに留まる、私が到達している「自然法則」と「精神法則」を、**大きな社会の枠組みとなる『融和の法則』**に進化させなければならない。

大学卒業後に、理想郷の創造に挑《いど》むはずであった二十年間。

一　「十年間は、マグロ漁船で就労する」

二　次の十年間は、「中央卸売市場で、仲卸会社を経営する」

そして、そこで探知《たんち》・習得して、積み上げる筈であった、「自然法則」と「精神法則」を、これからの十五年間で、積み上げる。

幸い、中央市場で、四十年間の就労を積んでおり、なにがしかの「自然法則」と「精神法則」

は、既に、探知・習得している。

「これからの十五年間（六十六歳から八十歳）」で、自然法則、精神法則を更に、探知・習得し、再整理して、それを大きな社会の枠組みとなる「精神の第三段階」の『融和の法則』に、進化させる。

『理想郷の大典』を創る

そして、人生の集大成として、「その次の五年間（八十一歳〜八十五歳）」で、様々な多岐《たき》に亘《わた》る、融和の法則を、更に整理・進化させて、『理想郷の大典（「人類の融和の法則」）』を完成させる。

『それが叶《かな》えば、大典《たいてん》の下《もと》で、より多くの人々が「幸せ」に成れる』。

人類の歴史のなかで、現在も、世界中で様々な「特定の（人々の）精神と、他の（人々の）精神の対立」があり、紛争やテロが勃発《ぼっぱつ》している。

『「人類が融和する法則」が誕生し、
人々の心が「広く・大きく・豊か」になり、
世界に平和が訪れることが望まれる』。

大きな社会の枠組みで、『最幸の人生』を歩む

そして、『「最終の五年間（八十六歳から九十歳）」は、成熟《せいじゅく》した私の「豊かな精神」が、大きな社会の枠組《わくぐ》みのなかで、「最幸《さいこう》の人生を歩む」』。

人生が全《まっと》うされる日まで、妻と共に歩む

妻とは、今年（平成二十八年）で、三十八年の付き合いになる。

私の人生の六割は、妻と共に歩んできた。そして、私は、人生が全《まっと》うされる日まで、妻と共に歩んでいるだろう。

昭和五十年三月、卸売会社T社の入社式で、『運命の人（妻）』に出会う。

しかし、入社時から、「恋」に心を奪われてはならない。これから三年間は、「仕事に専念する」と決めたばかりである。

それに、私は、将来は母と同居しなければならない。

とにかく、「石の上にも三年」の諺《ことわざ》通り、三年は、仕事を全力で頑張る。そうすれば、先が見えてくる。社会の荒波を乗り越える術《すべ》も具《そな》わる。

その時に、彼女が独身であれば、付き合いを申し込もう。

これが『運命の出会い』であれば、三年後でも遅くはない筈《はず》。

三年経《た》ち、私は、彼女に、デートを申し込む。

「入社式の日に、初めて、新原さんに会って、ドキッとしました。新原さんとは、運命の赤い糸で結ばれている　そんな思いもしていました」と言うと、

新原さんは、「私もです」と応《こた》えた。

彼女も私のことを慕《した》ってくれていた。

母との同居の件を話すと、彼女は、「私も、料理とか分からないことがたくさんあるので、一緒に住んで、教えていただけたら嬉しいです」と言ってくれた。

「姑《しゅうとめ》と一緒に住む」

普通の若い女性なら、首を縦に振ることは先ず無い。彼女は、それを受け入れてくれるだけでなく、「嬉しい」と言ってくれた。

私にとって、彼女は、やはり、『運命の人』であった。

六甲山山頂の展望台で、夜景を観ながら、私は、彼女に、告白した。

「結婚を前提に付き合ってください」

彼女は、「はい。こちらこそよろしくお願いします」と言ってくれた。

その時、彼女の目には、うっすら涙が光っていた。

昭和五十三年十一月、彼女と結婚して、翌年一月に、第一子がお腹の中に誕生する。

そして、二月に、新築分譲マンションを購入し（未建築で、竣工は一年後の来年二月）、九月に長男が生まれる。

翌年（昭和五十四年）二月、マンションが完成して、入居する。ほどなくして、母が来阪し、四人での生活が始まる。

マンション購入時の「無利子の借財」（三百万円）の返済期間が、わが家の一番苦しい時代であった。私は仕事に励み、母が長男（孫）の面倒を見て、妻が共稼ぎ（正社員の仕事）で働き、無利子の借財が無事返済できた時は、本当に安堵《あんど》に包まれた。

この間、二年六カ月、私も母も頑張ったが、一番頑張ったのは、妻であった。

『これで、家族の間に、「強い絆《きずな》」が生まれた』。


妻との生活を列挙すると枚挙《まいきょ》に暇《いとま》がない。

妻のお蔭で、
一　神秘の新しい生命の誕生に三度携わることができた。
二　親と同居するなかでの最大の課題、「嫁と姑《しゅうとめ》の関係」は、「対立」ではなく、「融和」を成し遂げることができた。
三　周りからも『理想的な家族』といわれ、『充実した幸せな人生』を送ることができている。
そして、何よりも、母が九十歳の天寿《てんじゅ》を全《まっと》うして、私の『親孝行が完遂』し、私の心のなかに、再び、『最幸の人生に、挑《いど》みたい』という思いが強まった時、妻が、そっと私の背中を押してくれた。

五十四歳で、三十一年間勤めた会社を退職する決断をすることができたのは、妻のお蔭である。

私は、最幸の人生に「再び挑《いど》み」、魅力に溢《あふ》れた仲卸会社Ｉ社に就職をする。

営業企画室で、私の周りに、「超難題の私の精神と他の（人の）精神が融和する世界」を現出し、且つ、業務管理部で、私の周りに、「私の精神と自然界が融和する世界」を現出することができて、『現世《げんせ》で天国に生きる』ことができた。

そして、『最幸の人生に到達』することができている。妻には、「感謝の言葉」しか出ない。

これから、私は、九十歳まで生きる。八十五歳までに、『理想郷の大典・人類の融和の法則』を完成させるつもりである。

私は、『私の人生が全《まっと》うされる日まで、「最愛の妻」と共に歩む……』。

私は、妻の人生を尊重し、妻は、私の人生を尊重している。

そして、二人は、同じベクトル（物事の向かう方向）で人生を歩んでいる。

二人の人生が『融和』し、

『崇高な充実感』が充満して、
二人は、今、『最幸の人生』を歩んでいる。

今も、四十一年前の『運命の出会い』に感謝する。

死後の世界

『生』あるもの（生命体）は、必ず『死』を迎える。
これは、世のなかの常である。生けるものの宿命《しゅくめい》である。

死とは、（大辞林第三版の解説①より）
　死ぬこと。
　生物の生命活動が終止すること。

宗教における死後の世界

宗教における死後の世界は、「霊魂《れいこん》が死体から離脱して、彷徨《さまよ》い、現世で、善行《ぜんぎょう》をなした人の霊魂は、天国や極楽浄土《ごくらくじょうど》に昇り、永遠に、安楽な生活と美麗《びれい》な景色を楽しむことができる。悪行《あくぎょう》をなした人の霊魂は、地獄《じごく》に堕《お》ち、永遠に苦しみ続ける」となる。

故に、『人は、現世で、悪行《あくぎょう》をなしてはならない。善行《ぜんぎょう》をなさなければならない。そして、たとえ、現世で悪行《あくぎょう》をなしても、宗教を信仰し、悔い改めれば、天国や極楽浄土に行ける』と説く。

宗教が、二千年以上に亘《わた》り、「人の心を救い続けた所以《ゆえん》」である。

科学的に死後の世界を分析する

生物は、遺伝子（「ＤＮＡ」）を持っており、遺伝子は、個々の生物を特徴づけている。

そして、人の遺伝子も、親から受け継ぎ、子や孫に受け継がれる。


私は、両親（父親と母親）から、遺伝子を受け継いでいる。

大まかにいうと、父親の遺伝子が五〇％、母親の遺伝子が五〇％である。受け継ぐ遺伝子は、人の場合、「二万数千個」あるといわれている。それらの遺伝子の内、どの遺伝子を継いだかにより、「父親似」「母親似」となる。


私と妻との間に、三人の子供が産まれた。

それぞれの子供に、私の遺伝子と妻の遺伝子が五〇％（一万個強）ずつ継がれている。

子供たちの子供（孫）には、私たちの遺伝子は、二五％（五千個強）ずつ継がれる。

孫の子供（曾孫）には、一二・五％（二千五百個）ずつ継がれる。

『私が死んでも、我が子に受け継がれた私の遺伝子は、死ぬことはない。
私の遺伝子は、確実に、子や孫や曾孫《ひまご》……のなかに、
永遠に受け継がれ、生き続ける』

※生命の神秘の一つ、「遺伝子」も、興味の尽きない学問であるが、ここでは、その趣旨《しゅし》が異なるため、深入りはしない。

私が追い続ける『最幸の人生』の死後の世界

私が追い続ける「最幸の人生」の死後の世界は、どうだろう。

私の場合、『最幸の人生に挑む』という書物が残る。そのなかに、私が導き出した、『人の生きる道』や、『最幸の人生』の理念や生きる信条が多く詰《つ》まっている。

これらが、世のなかに認知《にんち》され、世のなかのより多くの人々が「幸せ」に成れるならば、『最幸の人生に挑む』という「書物や信条」は、人類の歴史のなかに生き続ける。

認知されなければ、海の藻屑《もくず》と消え去る。

そして、『理想郷の大典・人類の融和の法則』が完成すれば、それが、人々に「精神的豊かさ」を享受して、人々の心が、「広く・大きく・豊か」になり、より多くの人々に「幸せへの道筋」を示すことができれば、

『理想郷の大典・人類の融和の法則』は、人類の歴史のなかに、人々の心のなかに、『永遠に生き続ける』のだが……。

生涯《しょうがい》を完成させる

宗教改革に奔走《ほんそう》したマルティン・ルター（一四八三〜一五四六年）は言う。

『死は、人生の終末《しゅうまつ》ではない。

「生涯《しょうがい》の完成」である』。

私には、あと二十五年の人生がある。達成すべき大きな目標もある。

私は、その目標を達成して、私の生涯《しょうがい》を完成させたい。

私は、「死に際《ぎわ》」について、思いを馳《は》せる時がある。

私が「死」に遭遇《そうぐう》するときは、父や母のように、

『顔に満面の笑みを湛《たた》えている』と思う。

人類の歴史・未来史

資本主義国の行方《ゆくえ》

私の専攻《せんこう》は、「日本近現代史」である。

日本の近代・現代は、資本主義社会である。

資本主義社会では、大量生産が可能となり、経済が飛躍的に成長して、「物質的豊かさ」が享受《きょうじゅ》される。そして、多くの『富』が醸成《じょうせい》される。

しかし、
一　その富は、資本家に集約され、労働者に公平に分配されることは無い。
二　「物質的豊かさ」は享受されたが、「精神的豊かさ」が享受されることは無い。

それが、資本主義社会の限界である。


資本主義社会の目標は、ある到達点に達すると、「贅沢《ぜいたく》をし、楽《らく》をする」ことに走る。これは、人間の「悪《あ》しき欲求」であり、その先にあるのは、「欲望」と「怠惰《たいだ》」に満ちた『精神の破壊』である。

また、その社会は、「自由」と「競争」を基本とする。

競争には、絶えず「勝ち負け」が伴う。最終的に勝ち残った「ほんの一握りの強者」が世のなかを支配し、殆どの人が負け組となり、その人々の心は、疲弊《ひへい》し尽くす。その社会をコントロールすることが難しくなり、かじ取りを間違えば、人間社会が崩壊へと進む可能性がある。

それだけは、阻止《そし》しなければならない。

資本主義社会の役割は、世のなかに、「物質的豊かさ」をもたらすことである。
そこに到達すれば、次は、速《すみ》やかに、「精神的豊かさ」が享受できる社会体制へと変遷《へんせん》しなければならない。

その生産力を維持・発展させながら、その『富』を国民に、平等に分配《ぶんぱい》するのが、次に来る社会、「真の社会主義社会（段階的に、「精神的豊かさ」が享受できる）」である。

そして、私は、その次の社会、「真の共産主義社会（人類が最終的に辿り着く社会・理想郷）」に想いを馳《は》せている。

不戦の誓いは、風前の灯火《ともしび》

二つの世界大戦を教訓《きょうくん》に、世界は、『不戦《ふせん》の誓い』を新たにした。
それから、七十一年が経過して、戦争を知らない世代が、歴史の表舞台に立っている。

そして、今、『不戦の誓い』は、「風前の灯火《ともしび》」になろうとしている。

もし、第三次世界大戦が勃発《ぼっぱつ》すれば、その被害は、過去二つの世界大戦の比ではない。

今、中国が人類の歴史のなかで、巨大勢力を持ちつつある。

中国共産党の一党独裁《いっとうどくさい》で、思想統制《しそうとうせい》が罷《まか》り通る国である。現在も、領土の拡大を指向し、力づくで強引に、多くの周辺国を巻き込み、紛争を起こし、その勢力を拡大しつつある。

現在の中国を分析する。

世界の人口は

※一位	中国	十三億七四〇〇万人
二位	インド	十二億九二〇〇万人
三位	米国	三億二〇〇〇万人
：	：	：
九位	ロシア	一億四三七〇万人
十位	日本	一億二七〇〇万人

世界の国土面積は

一位	ロシア	一七〇九万km²
二位	カナダ	九九八万km²
三位	米国	九八二万km²
※四位	中国	九五九万km²
五位	ブラジル	八五一万km²
六位	オーストラリア	七七四万km²

七位　インド　三二八万km²
……
六一位　日本　三八万km²

人口は、世界一（占有一九％・世界で五人に一人が中国人）で、国土は、世界でほぼ二位グループの広さを保有する。

広大な国土は、エネルギー資源（石炭・石油・天然ガス・水資源等）に恵まれており、世界一を誇る人的資源《じんてきしげん》（世界一の人口）を活用して、国内の資源開発に注力し、国を豊かにすべきである。

其《そ》れなのに、何故、領土の拡大（東シナ海や南シナ海）に奔走《ほんそう》するのであろうか。

共産主義を主張する国ならば、その国を率《ひき》いる政治家ならば、一番先に「国民の幸せ」を探求《たんきゅう》すべきである。

第三次世界大戦勃発《ぼっぱつ》の可能性

現在の世界の情勢《じょうせい》を再度分析してみよう。

「東西冷戦」が終結（一九九一年）してからの世界は、米国が、唯一の超大国として君臨した。強烈なリーダーシップを発揮し、「世界の警察」を標榜《ひょうぼう》（主張などをはっきりと掲げ示すこと）するなど（多少の問題は残すが）、世界の安定と平和に寄与してきた。

しかし、その費用は、莫大なものであり、九年前（二〇〇八年）に起きたリーマンショックにより、米国経済が破綻《はたん》し、「世界の警察」を続けることが難しくなってきて以降、中東他地域に、民族・宗教紛争が勃発して、世界情勢は、不安定な様相《ようそう》を呈している。

先般、米国では、「アメリカファースト」を唱えた、トランプ政権が誕生して、「外向きの国（世界全体のことを考えて行動する）」から「内向きの国（自分の国のことを最優先に考えて行動する）」に舵《かじ》を切ろうとしている。

一方、資本主義国の魁《さきがけ》となった英国では、国民投票が実施され、世界平和を目指すＥＵ（ヨーロッパ連合）からの離脱が決定した。

これまで、「外向きの国々」を引率してきた米国や英国が、完全に、「内向きの国」に舵《かじ》を切ろうとしている。

中国やロシアは、修正《しゅうせい》的な共産主義と社会主義の国である。

真の共産主義や社会主義の国は、「外向きの国」であるが、修正的な国は、「自国を守る」ことが優先されるため、確実に「内向き」となる。

第三世界である中東は、王族が国を支配したり、宗教が、国を支配したりしており、確実に「内向き」である。

「内向き」というのは、その国が、他国との協調・融和の精神を捨て、
その国の利害《りがい》を最優先に追い求めることである。
いわゆる「自国の我《が》を徹《とお》す」ことである。

その国が、「内向き」になり、「我《が》を徹《とお》せ」ば、他国と必ず『対立する』ことになる。

世界に、強烈なリーダーシップを持った「外向き」の国が、いなくなる。

そうなると、世界は、確実に、第三次世界大戦への道を歩み始める。


現在、世界に百九十六の国がある。

それぞれに『異なる国家観』を持っている。

世界規模の異常事態が起きると、各国々は、自国を守るために、様々な対処《たいしょ》を迫られ、国を守ることが、最優先の課題となる。


利害が一致する国同士が集まり、利害が対立する国同士が集まる。

世界の趨勢《すうせい》は、二つの大きな塊《かたまり》となり、対峙《たいじ》する。

核兵器の今

今、世界各地に、核兵器が多数散在《さんざい》する。

社会主義国を標榜《ひょうぼう》するが、実際は、世襲《せしゅう》指導者が、強権《きょうけん》で国民を押さえつけている、人口二千五百万人の小さな国（北朝鮮）でも、核兵器を持っている。

二〇一七年、ストックホルム国際平和研究所（ＳＩＰＲＩ）の公表では、今、世界に、核兵器が、一万五四〇五発存在する。

国別内訳は、

ロシア	七二九〇発
米国	七〇〇〇発
フランス	三〇〇発
中国	二六〇発
英国	二一五発
パキスタン	一三〇発
インド	一二〇発
イスラエル	八〇発
北朝鮮	一〇発

人類の歴史のなかで、核兵器が使用されたのは、第二次世界大戦終戦間際《まぎわ》での「広島」と「長崎」のみである。

その悲惨《ひさん》な惨状《さんじょう》を鑑《かんが》みて、その後七十年間、実戦で使用されていない。

そして、現代の核兵器の威力《いりょく》は、「広島」の六〇〇〇倍に及ぶといわれている。

その核兵器が、今、世界に、一万五四〇五発もあるという。

人類が滅亡する

現時点で、核兵器は、相手国への抑止力《よくしりょく》だというが、実際に戦争がはじまれば、それは、あまりにも強大な武器となる。

たった一つのボタンの掛《か》け違いで、国と国の戦争がはじまり、そこで一発でも核兵器が使用されるならば、それが全世界に波及《はきゅう》して、「全面戦争《ぜんめんせんそう》（核兵器による世界戦争）」となる可能性がある。

歴史は繰り返す。

「核兵器による第三次世界大戦」が勃発《ぼっぱつ》すると、
今度は、本当に、人類が、滅亡する。

人類が融和する法則

今、地球上に、七十二億人が生存している。
しかし、同じ人間は、一人もいない。
『人間一人ひとりが、我《が》を徹《とお》せば（内向きになると）、必ず対立する』
これは、人類社会の真理《しんり》である。
また、人類は、地球上で、最も有能な生命体である。
だから、その対立を融和する能力も備えている筈。

「対立が人間社会の真理《しんり》である」ことを素直に認めて、
「対立を融和する術《すべ》」を見出さなくてはならない。

自然法則と精神法則を探知し、進化させる

『自然法則』…（人々の）精神と自然界が融和する法則。
『精神法則』…特定の（人々の）精神と他の（人々の）精神が融和する法則。
これらの法則を探知・習得し、大きな社会の枠組みの「融和の法則」に進化させる。

人類が融和する法則（『理想郷の大典』）

そして、「融和の法則」を、更に、進化させて、理想郷の大典《たいてん》を創ることができたならば、それは、確実に、『人類が融和する法則』になる。

『人類が融和する法則』が誕生し、
その法則が、世界中に、浸透《しんとう》して、
人々に、「精神的豊かさが享受《きょうじゅ》」される。
そして、『人々の心が、広く・大きく・豊かに』なれば、
精神同士の対立は、解消して、
第三次世界大戦の勃発《ぼっぱつ》は、
未然《みぜん》に、防ぐことができるのだが……。

只《ただ》、この法則は、人類の歴史が、順調に進み、真の共産主義社会（理想郷）に到達する時に、『理想郷の大典』として、整備される。

もう一つの方策《ほうさく》が

地球国を創《つく》る

もう一つ、それを防ぐ方策がある。

地球上に一つだけの国、単一国家《たんいつこっか》『地球国《ちきゅうこく》』を創《つく》ることである。

「人類の滅亡を防ぐ」のもとに、すべての国々が大同団結《だいどうだんけつ》をする。

これにより、これまでの『国家間の対立や紛争』は、消滅《しょうめつ》して、世界は、「外向き（地球国国民全体が、対立ではなく、お互いが協力し合うことができる環境が整う）」になれる。

そして、自国を守るための莫大《ばくだい》な防衛費は、不要となり、そのお金が、「平和利用」に転用でき、世のなかは、飛躍的《ひやくてき》に発展する。

人類滅亡の危機《きき》を救うためには、この方策《ほうさく》が、重要な二本の柱の一つとなる。

早急な地球国の課題

『地球国を創る』ことは、本来はまだ早急《そうきゅう》である。

未《ま》だ、「社会体制」が成熟していないからである。

一『地球規模の経済の発展が伴《ともな》っていない』。

経済の発展（「物質的豊かさの享受」）が伴《ともな》っていない以上、やはり地球上の『富の分配』で、対立が生じる。

二『理想郷の大典（「人類の融和の法則」）』が、未《ま》だ出現していない。

人類の融和の法則（「精神的豊かさを享受」）が出現していない以上、単一国家になっても、宗教や民族間の対立は、続く。


しかし、先行して、二の『理想郷の大典（「人類の融和の法則」）が出現すれば、一を補填《ほてん》でき（富を分け合う精神が育《はぐく》まれる）、地球国全体の融和《ゆうわ》を図《はか》る（宗教や民族間の対立を解消する）ことができる。

そのために、私は、これからの二十年をかけて、『理想郷の大典』に挑《いど》む。

未来（本来）の『地球国』

人類の歴史が、順調に進めば、数百年～一千年後、三十世紀の世界は、地球上が、『地球国』一国になっていることと思う。

今の国々は、整理・統合《とうごう》されて、『州』になり、州や県は、整理・統合されて、『市』になる。
科学的社会体制の変遷《へんせん》が順調に行われて、その時の社会体制は、最終段階の『真の共産主義社会（理想郷）』に到達している。

地球国国民は、
一　豊饒《ほうじょう》な生産力（「物質的豊かさ」）
二　豊かな心（「精神的豊かさ」）
の二つを持ち合わせ、『「人々の精神と自然界」、「人々の精神と他の（人々の）精神」が融和して、個々人の個性が光り輝く』、そんな社会が誕生していると思う。

そして、そこでは、『理想郷の大典』の下《もと》で、
すべての国民が、「幸せ」な生活を営んでいるものと想う。

其処に到達するまでの間に、人類が滅亡するなど、決してあってはならない。

永遠に『人の生きる道』を歩む

『人の生きる道』には、四つの道がある。

その人の人生が、『幸せ』であるためには、四つの道を、形の大小は問わず、全《まっと》うすることである。どれかが実行できないなら、他の方法で補填《ほてん》すればよい。

人は、『人の生きる道』を歩み、自然法則と精神法則の「融和の法則」が習得できれば、強靭《きょうじん》な能力と心（「精神」）を備えることができる。

どんな苦難にも立ち向かい、それらを乗り越えることができる。

そして、「広く、大きく、豊かな心」を持つことができる。

『人の生きる道』を歩んでいる人は、「私だけが幸せであればそれで良い。ほかの人はどうでも良い」なんて思っている人は、一人もいない。

「自分だけでなく、周りの人も、ともに幸せになることが、自分にとっての幸せである」と思っている。

そんな人が、一人でも二人でも多くなれば、厭《いや》、世のなかの多くの人が、そんな人達であれば、世のなかは『平和』になり、人々は『幸せ』になれる。

時代により、社会体制により、「人の善悪の基準」は違ってくる。

しかし、人が、『人の生きる道』のなかで判断した「善悪」こそが、『真実の善悪』であり、

それは、『永遠の真実』である。

あとがき

人生の節目

私は、これまでに、人生の大きな節目《ふしめ》に「六度」遭遇《そうぐう》する。

一　「新しい人生」の始まり。（十九～二十一歳）
二　「理想郷の創造」と「最幸の人生」に挑む。（二十一～二十二歳）
三　家族とともに幸せに（「親孝行」を人生の術にする）（二十三～五十四歳）
四　再び、「最幸の人生」に挑《いど》む。（五十四～六十三歳）
五　「最幸の人生」に到達する。（六十四歳）
六　より多くの人々が、「幸せ」になるために、『理想郷の大典・人類の融和の法則』の完成を目標と定める。（六十五歳～）

私は、人生の節目に遭遇《そうぐう》するたびに、あらゆる角度からその実状を鑑《かんが》みる。そして、これでもかというほど、検証《けんしょう》を繰り返す。

その節目で決断したことが、大きな禍根《かこん》を残さ無いためである。

そして、一旦決断すると、それに向かって邁進《まいしん》する。

周りの人々に感謝

大きな節目《ふしめ》に遭遇《そうぐう》するたびに、周りの人々に、多大なるご支援《しえん》をいただく。

そのお蔭で、無事、五度に亘《わた》る節目《ふしめ》を乗り越えることができた。

特に、四の節目《ふしめ》では、妻と家族の協力がなくては、とても、乗り越えることはできなかったと思う。

この本を纏《まと》めるなかで、その時々の『人々の温かい心』が鮮明《せんめい》に、蘇《よみがえ》る。


この本の作成にあたり、大重健一様、市川恵一様、林　盛二様には、的確《てっかく》なアドバイスをいただき、その度《たび》にこの本が、成長できたものと思う。

そして、リーブル出版の坂本圭一朗様には、多大なるご指導をいただき、この本を、完成させることができた。


『これまで、私の人生に携《たずさ》わり、ご協力を戴《いただ》いた多くの方々に、この場をお借りして、厚く御礼《おんれい》を申し上げたい』。

また、この本が、世のなかに出て、「一人でも多くの人々が『幸せ』に成る」、その小さな一助をなすことができれば、幸いである。

座右《ざゆう》の銘《めい》

私の人生は、まだ二十五年ある。
その二十五年の「人生の設計図」は、できている。
今はまだ、私の「最幸の人生」は、「家族の段階」でしか到達していない。

一　今後、『理想郷の大典《たいてん》・人類の融和の法則』を完成させる。
二　私の「最幸の人生」が、大きな社会の枠組みのなかで、成就《じょうじゅ》する。

この二つの大きな目標に向けて、私は、邁進《まいしん》する。

そのための「座右《ざゆう》の銘《めい》」は、

『「是《ぜ》は是《ぜ》、非《ひ》は非《ひ》の精神」で、
「大人《おとな》の心を超越《ちょうえつ》した青春《せいしゅん》の心」を
永遠に持ち続ける』

Enjoy my life　私の人生は、喜びで、満ち溢れています。
And together　だから、一緒に、

Enjoy your life　あなたの人生も、喜びで満ちて欲しい。
Do my best　そのために、私は、全力で、人生を歩んでおります。
And together　だから、一緒に、
Do your best　あなたも、全力で、自分の人生に挑《いど》みましょう。

人が生きることの『真理』

『最幸の人生に挑む』という題名の自伝小説《じでんしょうせつ》が完成する。

この自伝小説は、
人が生きることの『真理《しんり》』を追い求め、
人生を愚直《ぐちょく》に生きた男の物語である。

【プロフィール】

北　昊輝（きた　こうき）

1951（昭和26）年	和歌山県「クジラの町」太地町に生まれる。
1969（昭和44）年	和歌山県立　新宮高校　卒業。
同　年　秋	京都の予備校時代に、「人として、目覚める」。
1970（昭和45）年	関西学院大学　入学。
1973（昭和48）年 夏	「幸せ」と「人の生きる道」に辿り着く。
1974（昭和49）年 春	「人生の設計図」を創り、 「理想郷の創造」と「最幸の人生」に挑む。
同　年　夏	その一歩として、夏休みに「マグロ漁船」に 一航海乗り、素晴らしい体験をする。
1975（昭和50）年	夢を諦めて、「親孝行」を人生の術とすることを決断。 関西学院大学　卒業。 大阪の市場の卸売会社　就職。
2006（平成20）年	「親孝行」が完遂し、54歳で、31年間勤めた会社を退職。 再び、「最幸の人生」に挑む。
2008（平成22）年	大阪の市場の仲卸会社　就職。
2016（平成28）年	「最幸の人生」に辿り着く。

最幸《さいこう》の人生《じんせい》に挑《いど》む

発行日――2018年3月30日
著　者――北　昊輝
発行人――新本勝庸
発　行――リーブル出版
〒780-8040
高知市神田2126-1
TEL 088-837-1250
装　幀――白石　遼
印刷所――株式会社リーブル

定価はカバーに表示してあります。
落丁本、乱丁本は小社宛にお送りください。
送料小社負担にてお取り替えいたします。

ISBN 978-4-86338-210-7